Das Buch
und die Autorin

Wir hätten nicht geglaubt, dass eine Beziehung zu viert funktionieren würde. Mit Birte und David jedoch entdeckten wir eine ganz neue Dimension des Swingens. Plötzlich war alles möglich, alles erlaubt. Wir erlebten mit den beiden die aufregendste Zeit unseres Swingerlebens – und ein Wechselbad der Gefühle. Wir kamen den beiden unglaublich nah. Vermutlich zu nah.

Kirsten Steiner, Jahrgang 1984, studierte Literatur und Geschichte. Seit Jahren ist sie gemeinsam mit ihrem Mann in der Welt der Swinger unterwegs. Einige ihrer Erlebnisse hat sie zu der Serie „Aus meinem Swinger-Tagebuch" verarbeitet, in der sie diese besondere Form der Erotik beschreibt, die sich nicht allein auf zwei Menschen beschränkt.

Kirsten Steiner

Zwei Männer, zwei Frauen, eine Verführung

Aus meinem Swinger-Tagebuch

Bibliografische Information der Deutschen Nationalbibliothek: Die Deutsche Nationalbibliothek verzeichnet diese Publikation in der Deutschen Nationalbibliografie, detaillierte bibliografische Daten sind im Internet über http://dnb.dnb.de abrufbar.

© 2017 Kirsten Steiner

Herstellung und Verlag:

BoD – Books on Demand, Norderstedt

Coverfoto: Dreamstime

ISBN: 9783743137615

Für K.

Kapitel 1:
Fremde Haut im Dämmerlicht

Ein Swingerclub im Sauerland, Februar 2010

Vielleicht war es der Schmetterling auf Birtes Po. Das Tattoo hatte in der schummrigen Atmosphäre unsere Aufmerksamkeit auf sich gezogen. Ob wir ohne diese Verzierung ihres süßen Hinterteils wohl einfach weitergegangen wären? Oder wären uns die zwei Menschen dort im Halbdunkel auch sonst aufgefallen? Schwer zu sagen, und es ist auch müßig, im Nachhinein darüber zu spekulieren.

Unser erster Kontakt mit Birte und David war jedenfalls eine jener Zufallsbegegnungen, wie man sie im Swingerclub immer mal wieder erlebt. Es hatte allerdings eine ganze Weile gedauert, bis wir die beiden überhaupt entdeckten. Wir waren wohl stundenlang aneinander vorbeigelaufen, ohne Notiz voneinander zu nehmen – was in einem großen Club wie diesem durchaus passieren konnte. Dabei war gar nicht sonderlich viel los an diesem Abend. Es war zwar nicht gerade leer, aber wir hatten bei anderen Gelegenheiten hier schon deutlich mehr Besucher erlebt.

Wir trafen an diesem Abend zunächst kein Paar, das uns wirklich gefiel. Mehrfach streiften Steffen und ich durch den Club und schauten in dieses und jenes Spielzimmer. An einigen Stellen gab es durchaus etwas zu sehen; mehrfach blieben wir stehen und schauten anderen beim Sex zu. Einmal lächelte uns die Frau eines Paares von der Matte aus aufmunternd zu, aber weder sie noch ihr Partner reizten uns zum Mitspielen. Eine der großen Spielwiesen allein belegen wollten wir allerdings auch nicht. Schließlich wusste man nie so recht, wer sich dann möglicherweise zu einem gesellte. Die interessierten Blicke, die ich an diesem Abend wahrnahm, stammten ausnahmslos von Menschen, die so rein gar nicht in mein Beuteschema passten – zur Enttäuschung meines Liebsten. Denn er hatte durchaus ein, zwei Damen entdeckt, mit denen er gern Hautkontakt aufgenommen hätte. Doch was half es? Es musste schon für uns beide passen.

So zogen wir uns in ein Separee zurück, hatten Spaß zu zweit, wanderten dann weiter über die Gänge, aßen gut und tranken Rotwein – und hatten uns bereits darauf eingestellt, dass wir an diesem Abend wohl unter uns bleiben würden. Das war zwar schade, aber auch kein Drama. Immerhin machte es uns ja auch Spaß, durch den Club zu ziehen, die vielfältigen Outfits zu betrachten und anderen Menschen beim Liebesspiel zuzusehen oder uns zusehen zu lassen.

Vor einer Wand mit Gucklöchern entdeckten wir sie zu später Stunde schließlich. Da stand ein Paar, das von hier auf die dahinterliegende Spielwiese schaute. Die Geräusche von jenseits der dünnen Wand verrieten eindeutige Aktivitäten dort, welche die beiden aufmerksam beobachteten. Wir sahen die zwei zunächst nur von schräg hinten, aber sie zogen unsere Aufmerksamkeit auf sich. Vor allem der blau-lila schimmernde Schmetterling auf der rechten Pobacke der fremden Frau war ein unübersehbarer Blickfang – selbst bei der schwachen Beleuchtung, die hier herrschte. Da die Frau außer ihrem Bustier und den Pumps nur einen String trug, war das Tattoo gut zu erkennen. Vielleicht geriet dieses Paar aber auch deshalb in unseren Blick, weil die Frau überhaupt einen ausgesprochen süßen Po hatte. Steffen liebte schön geformte weibliche Hinterteile, wie ich nur zu gut wusste. Und auch ich sah mir durchaus gern schöne Frauen an.

Der fremde Mann ließ hin und wieder seine Hand über Rücken und Po seiner Begleiterin wandern, während die beiden auf die Spielwiese sahen. Als er ihr etwas ins Ohr flüsterte, fiel wohl sein Blick auf uns. Jedenfalls wandten sich die beiden von den Gucklöchern ab und uns zu. Sie sahen uns an, sagten aber kein Wort – ebenso wenig wie wir. Der Mann stand nun hinter seiner Frau und ließ die Hände über ihren schönen Körper wandern. Es sah sehr erotisch aus, wie er die Formen ihres weiblich-schlanken Körpers nachzeichnete. Zugleich sah er mich an, während mein Blick zwischen ihm und seiner Frau hin- und herpendelte.

Der Fremde hatte zweifellos dunkle Augen. Das war bei der Beleuchtung zwar nicht deutlich zu erkennen, aber ich hatte den Eindruck, dass es nicht anders sein könne. In diesem Licht wirkten sie fast schwarz und gaben ihm etwas Geheimnisvolles, das mich faszinierte.

Plötzlich schob der Mann seiner Partnerin das Bustier nach oben, womit er ihre kleinen, aber schön geformten Brüste freilegte. Das war eindeutig eine Einladung – und wir folgten ihr. Wir gingen die wenigen Schritte auf die beiden zu, und kaum waren wir bei ihnen angelangt, begannen wir alle vier, aneinander herumzufummeln. Es dauerte nicht lange, und der fremde Mann hatte nach der Oberweite seiner Partnerin auch meine Brüste freigelegt. Ganz schön forsch, murmelte die Erotikfee in mir. Auch wenn man im Club mit wildfremden Menschen fummelte: Mich auszuziehen überließ ich normalerweise doch gern meinem Liebsten – wenn ich es denn nicht selbst tat. Doch ich ließ es zu, dass der Fremde meinen BH öffnete und ihn mir abstreifte. Vielleicht auch deshalb, weil er mir fortwährend mit einem Blick in die Augen sah, mit dem er vermutlich Frauen hypnotisieren konnte. Außerdem roch er verdammt gut.

Beide Männer streichelten abwechselnd meine und die Brüste der anderen Frau, beide leckten an unseren Brustwarzen und saugten daran. Der andere Mann wusste ebenso gut wie Steffen, was einer Frau gefiel. Ich schloss für einige Sekunden meine Augen und genoss die ausgiebigen Liebkosungen. Als ich sie wieder öffnete, sah ich, dass die andere Frau ihre Hand in Steffens Shorts hatte – und er seine Hand in ihrem Slip. Auch ich streckte nun meine Hand aus und betastete die Beule in den fremden Shorts. Ich legte den Schwanz frei und stellte fest, dass er gut in meiner Hand lag. Er war zwar etwas kleiner als der von Steffen (das waren die meisten), aber er war steif, wohlgeformt und fühlte sich gut an. Zudem war der Mann in dieser Körperregion erfreulicherweise ebenso gut rasiert wie mein Liebster.

„Lasst uns da reingehen", sagte der Fremde in einem leisen, ruhigen Ton und deutete auf die Spielwiese. Niemand widersprach. Eine angenehme Stimme hat er auch, dachte ich nur. Kaum waren wir auf der Matte, flogen die wenigen Sachen, die wir eben noch trugen, in eine Ecke. Noch im Stehen setzten wir, nunmehr völlig nackt, das Fummeln fort.

Die andere Frau war die erste, die auf die Knie ging und den Schwanz ihres Partners in den Mund nahm. Ich ließ mich davon animieren, kniete mich neben sie und ließ Steffens steifes Teil zwischen meine Lippen gleiten. Die Männer genossen sichtlich, was wir taten, während ich immer wieder zu der Frau neben mir schielte – und sie zu mir. Schließlich entließ sie den Schwanz aus ihrem Mund und drückte mir einen Kuss auf die Wange. Ich wandte mich ihr zu und wir küssten uns auf die Lippen. Es wurde ein ziemlich ausgedehnter Kuss, unsere Zungen spielten miteinander, ich genoss die weichen, sinnlichen Lippen dieser Frau.

Als wir uns wieder voneinander lösten, drückte sie mir den Schwanz ihres Partners entgegen. Ohne nachzudenken nahm ich ihn in den Mund – während sie auf die andere Seite wechselte und sich über Steffen hermachte. In dem Augenblick überkam mich ein wenig Stolz, dass mein Mann den größeren Schwanz hatte. Und ganz offensichtlich war die fremde Frau heiß darauf.

Dennoch ließen sich die Männer nicht allzu lange von uns verwöhnen. Auch der Fremde ging auf die Knie und drückte mich sanft nach hinten. Kaum lag ich auf dem Rücken, war er auch schon mit seinem Kopf zwischen meinen Beinen. Im nächsten Augenblick spürte ich seine Zunge an meinen Schamlippen. Während er mich zu lecken begann, nahm ich seine Frau wahr, die sich neben mich legte. Ohne hinzusehen wusste ich, dass Steffen mit ihr genau das tat, was ihr Mann mit mir machte. Die Männer leckten uns und brachten uns beide sehr schnell zum Orgasmus. Erst kam die Fremde, kurz darauf auch ich. Dabei hielt meine Hand ihre Hand fest umklammert. Ich hatte beinahe das Gefühl, dass dieser Höhepunkt, den ihr Partner mir da gerade beschert hatte, gar nicht mehr abebben wollte.

Selbst nach drei Jahren intensiver Swingererfahrung war es für uns ungewöhnlich, mit einem völlig fremden Paar auf Anhieb derart harmonischen und geilen Sex zu erleben. Und so sehr wir Partnertausch liebten: Normalerweise bevorzugten wir es, uns mit einem neuen Paar etwas mehr Zeit zu lassen. Zumindest eine Unterhaltung an der Bar sollte zuvor schon stattfinden. Oder, falls man sich auf der Matte begegnete, beschäftigten Steffen und ich uns normalerweise etwas ausgiebiger miteinander, bevor wir Kontakt mit fremder Haut aufnahmen. Aber bei diesen beiden hier kamen uns unsere Vorsätze schon nach wenigen Minuten abhanden. Als ich zu Steffen blickte und sah, mit welcher Lust er die andere Frau leckte, verflüchtigten sich meine letzten Bedenken wie der Rauch einer Kerze, die man ganz einfach ausgepustet hatte.

„Fick mich", hörte ich mich plötzlich sagen, während ich mit weit geöffneten Beinen vor dem fremden Mann lag – und auf das Zucken in seinen Augen wartete, das mir die Erfüllung meines Wunsches versprechen würde. Aber das Zucken blieb aus – ebenso wie sein Griff in das Kondomschälchen, den ich nun eigentlich erwartet hatte. Stattdessen blickte er unsicher zwischen mir, seiner Frau und den Kondomen am Rand der Spielwiese hin und her. Seine Partnerin zuckte mit einem bedauernden Blick die Schultern, neigte sich zu mir, gab mir einen Kuss und flüsterte mir ein leises „Sorry" zu.

Das war eine ungewöhnliche Erfahrung für mich. Wenn ich einen Mann wollte, dann bekam ich ihn normalerweise auch – vor allem, wenn ich ihm derart offen meine Muschi präsentierte. Doch bevor bei mir schräge Gedanken aufkommen konnten, rettete Steffen die Situation, indem er mit dem Fremden den Platz tauschte. Ich klammerte meine Beine um meinen Liebsten, während er tief in mich eindrang. Neben uns passierte das Gleiche. Auch die beiden Fremden begannen zu ficken – in der gleichen Position wie wir. Es dauerte nicht lange, und ich hatte meinen zweiten Orgasmus. Kurz darauf kam Steffen in mir. Die anderen brauchten etwas länger (vor allem der Mann), aber schließlich lagen wir alle vier befriedigt und ermattet nebeneinander.

„David", sagt der fremde Mann plötzlich. „Ich heiße David."

„Ich bin Birte", fügte seine Partnerin hinzu.

Eigentlich eine recht merkwürdige Situation, schoss es mir plötzlich durch den Kopf: Erst hatte man gemeinsam Sex, dann stellte man sich vor. Doch so etwas passierte immer wieder im Swingerclub. Auch wir hatten das trotz unserer Vorliebe für ein langsames Kennenlernen dann und wann schon erlebt.

Wir nannten den beiden unsere Namen und Steffen fügte hinzu, dass es eine kurze, aber geile Nummer gewesen sei. Dem stimmten die beiden lächelnd zu.

„Ihr macht keinen richtigen Partnertausch? Also mit Poppen, meine ich", fragte Steffen nach, und ich war froh, dass nicht ich die Frage gestellt hatte – auch wenn mich die Antwort natürlich interessierte. Für mich war es schon unschön genug gewesen, abgewiesen zu werden. Da wollte ich nicht auch noch nach Gründen fragen, die mir möglicherweise nicht gefallen hätten. Das verbot mir mein Stolz dann doch. Dass Steffen nachfragte, fand ich dagegen völlig in Ordnung.

„Doch", entgegnete David. „Wir machen durchaus richtigen Partnertausch. Ausgesprochen gern sogar. Aber … "

Seine Frau beendete den Satz für ihn: „Aber ich habe eine Latexallergie. Normalerweise nehmen wir deshalb latexfreie Kondome mit, wenn wir in einen Club gehen. Aber heute haben wir die blöderweise vergessen. Und die Dinger, die hier ausliegen, gehen einfach nicht bei mir."

„Verstehe", nickte Steffen. „Ich hätte gern mit Birte gefickt. Aber was nicht geht, geht eben nicht. Aber David hätte es doch trotzdem mit Kirsten tun können."

Das fand ich eigentlich auch, sagte aber nichts dazu.

„Nein", schüttelte David den Kopf. „Wir haben da eine klare Regel: Beide oder keiner. Nur einer von uns ist blöd. Auch wenn ich gestehen muss, dass es mir grad eben ganz schön schwergefallen ist, mich an diese Regel zu halten. Als Kirsten mir da ihre blanke Muschi präsentiert hat – da musste ich mich schon sehr beherrschen."

Das war eine Aussage, die mir dann doch gefiel, und über mein Gesicht huschte ein Lächeln – das David sehr wohl registrierte und entsprechend beantwortete. Unser Lächeln traf sich auf einer Wellenlänge. Eigentlich ganz sympathisch diese Beide-oder-keiner-Regel, dachte ich. Die zwei waren offensichtlich sehr empathisch miteinander. Das war wichtig beim Swingen.

Wir gingen gemeinsam duschen und anschließend nach unten an die Bar, um etwas zu trinken. Dieser Club hier im Sauerland sei für sie so etwas wie der Lieblingsclub, erzählten sie uns. An der Stelle hatten wir eine Gemeinsamkeit. Auch wir kamen trotz der relativ großen Entfernung immer wieder gern hierher.

Wir erfuhren, dass die beiden in Bielefeld wohnten und für die Fahrt hierher eine gute Stunde brauchten. Das könne man bequem in der Nacht noch zurückfahren.

„Da haben wir es von Hannover aus ungefähr doppelt so weit", sagte Steffen. „Deshalb sind wir auch nicht allzu oft hier – obwohl wir den Club sehr mögen."

„Hannover?", ulkte David. „Da kann man doch nur umsteigen."

„Jaja", entgegnete ich mit etwas schiefem Grinsen, weil ich diesen blöden Spruch über meine schöne Heimatstadt nun wirklich nicht mehr hören konnte: „Und Bielefeld ist nur ein Gerücht."

„Tschuldigung", murmelte David, dem es ganz offensichtlich peinlich war, einen Witz gemacht zu haben, der bei mir nicht ankam. Aber als ich ihn anlächelte, löste sich die kleine Missstimmung wieder auf.

Wir erzählten den beiden, dass wir dieses Mal hier auf den Matten übernachten wollten – und fragten, ob sie nicht ebenfalls Lust hätten, dies zu tun. So handelten wir uns die zweite Abfuhr des Abends ein.

„Geht nicht", sagte Birte. „Meine Mutter hat morgen Geburtstag und um elf ist Brunch bei ihr. Deshalb hatten wir uns fest vorgenommen, nicht so wahnsinnig spät aufzubrechen. Dabei ist es jetzt doch schon wieder drei. Ein paar Stunden Schlaf bevor wir auf die versammelte Verwandtschaft treffen, wären schon ganz schön."

Daraufhin verabschiedeten sie sich von uns. Jeder nahm jeden in den Arm – auch Steffen David, was mein Liebster nicht unbedingt mit jedem Mann machte. Als David mich umarmte, hielt er mich etwas länger fest, als ich es eigentlich erwartet hätte. Zudem massierte er bei der Umarmung meine Pobacken und drückte mich an sich, sodass ich den Schwanz in seinen Shorts spüren konnte, der schon wieder ziemlich steif war – wenn auch vielleicht nicht vollends. Da hat jemand ziemlich viel Lust auf dich, flüsterte die Erotikfee in mir. Wobei David mich nicht nur an sich drückte, sondern mir seinen Schoß ein paar Mal kurz entgegenstieß. Beinahe so, als wolle er mir deutlich machen, dass da noch etwas nachzuholen sei. Was ich irgendwie ja auch fand.

Zum Abschied teilten wir uns gegenseitig unsere Profilnamen bei *joyclub.de* mit. Wir wollten zumindest die Möglichkeit haben, in Kontakt zu bleiben. Und dieses Erotikforum im Internet war natürlich eine wunderbare Gelegenheit dafür. Ob es wirklich ein Wiedersehen geben würde, konnte man bei solchen Zufallsbegegnungen im Swingerclub natürlich nie wissen. Oftmals hatten derartige Kontakte nur Bestand für eine Nacht. Aber zumindest gaben wir uns eine Chance für eine Fortsetzung.

„Soso", murmelte Steffen, als die beiden gegangen waren. „Mutters Geburtstag also."

„Glaubst du, es stimmt nicht?"

„Keine Ahnung. Klingt jedenfalls wie eine eilig herbeigesuchte Ausrede."

„Könnte doch aber sein."

„Sicher könnte es sein. Könnte aber auch sein, dass sie weiter kein Interesse an uns haben und das nur freundlich verpacken wollten."

„Glaube ich eigentlich nicht", entgegnete ich. „Dafür war Davids Abschiedsumarmung zu intensiv."

„Na okay, Birte und ich haben uns auch nicht grad wie Schwester und Bruder verabschiedet."

„Sie gefällt dir, oder?", hakte ich nach.

„Kann ich nicht abstreiten", bestätigte er grinsend.

„Was gefällt dir am meisten?"

Steffen dachte ein paar Sekunden nach, bevor er schließlich sagte: „Ich glaube, es ist der Gesamteindruck. Sie hat einfach eine tolle Ausstrahlung."

„Aber einen eher kleinen Busen", konnte ich mir nicht verkneifen zu sagen. Ich kannte die Vorliebe meines Liebsten für große Oberweiten mittlerweile nur allzu gut. In diesem Augenblick ertappte ich mich dabei, dass ich stolz darauf war, die Frau mit den größeren Brüsten zu sein. Meine Oberweite füllte gut ein B-Körbchen, Birte würde sicher mit A auskommen.

„Das stimmt", entgegnete Steffen. „Aber schön ist ihr Busen trotzdem. Fast so schön wie deiner."

Und wie zur Bestätigung beugte er sich zu mir, schob meinen BH nach oben und ließ seine Zunge über meine Nippel gleiten. Ich lehnte mich halbwegs entspannt auf dem Barhocker zurück und genoss die Liebkosungen, die Steffen reichlich ausdehnte. Zudem schob er auch noch meinen Slip ein wenig zur Seite und befingerte meine Muschi. Ein anderes Paar ging vorbei und bedachte uns mit einem wohlwollenden Lächeln. Zu später Stunde störten solche Aktionen auch an der Bar niemanden. Nach Mitternacht passierten selbst hier neben der Tanzfläche noch ganz andere Dinge.

„Sie hat ein süßes Tattoo auf dem Po", fügte ich hinzu und Steffen beendete seine Liebkosungen.

„Stimmt", pflichtete er mir bei. „Und wie ist es bei dir? Wie gefällt dir David?"

Der hatte nun wirklich eine tolle Ausstrahlung, dachte ich. Aber vor allem beherrschte er einen ganz bestimmten Blick.

„Ich glaube, mit seinem Blick kann er Frauen hypnotisieren", sagte ich. „Er hat dunkelbraune Augen. Noch dunkler als deine."

„War mir gar nicht aufgefallen."

„Ich weiß", erwiderte ich. „Du achtest normalerweise ja auch nicht auf Augen. Was mir natürlich außerdem an ihm gefällt, sind seine sportliche Figur und sein praktisch haarloser Körper – jedenfalls wenn man von seiner schwarzen Stoppelfrisur auf dem Kopf absieht. Der würde bestimmt eingeölt toll aussehen."

„Ja, das muss ich neidlos anerkennen", erwiderte Steffen, der in diesem Moment vermutlich mal wieder beschloss, demnächst häufiger ins Fitnessstudio zu gehen – obgleich auch er sich mit seiner Figur wahrlich nicht verstecken musste.

„Was denkst du, wie alt die beiden sind?"

„Schwer zu sagen. Vielleicht ein paar Jahre älter als wir, aber nicht viel. Er ist auf jeden Fall über 30, bei ihr bin ich mir nicht so sicher."

Später sollten wir erfahren, dass Steffen mit dieser Einschätzung ziemlich richtig lag. Birte war 30 und damit vier Jahre älter als ich, David war 36 und somit fünf Jahre älter als Steffen. Aber letztlich waren das nur Zahlen, die niemanden wirklich interessierten. In diesem Augenblick trieb mich eher die Frage um, ob Birtes Mutter wohl wirklich Geburtstag hatte. Falls nicht, dann war das eine Ausrede und die beiden würden uns wohl eher nicht wiedersehen wollen. Diese Aussicht gefiel mir nicht. Ich ertappte mich bei dem Wunsch, dass David sein unausgesprochenes Abschiedsversprechen einlösen möge.

„Blau, stahlblau", sagte Steffen plötzlich und ich schaute ihn fragend an.

„Birtes Augen", fügte er hinzu. „Sie sind so blau wie deine, aber noch ein bisschen heller."

Sieh einer an, dachte ich und lächelte meinen Liebsten an. Er hatte sich die andere Frau doch genauer angesehen als ich vermutet hatte – und nicht nur ihre Oberweite sowie ihren Po.

Zum Schlafen zogen wir uns auf den Orgienspeicher unter dem Dach in die hintere Ecke zurück. Steffen holte eine mitgebrachte Decke aus unserem

Schrank, und wir schliefen fast augenblicklich ein. Nur gegen Morgen wurde ich wach, weil aus einer anderen Ecke des Raumes eindeutige Geräusche zu vernehmen waren. Ich richtete mich ein wenig auf und sah ein Paar, das offenbar in der Nacht noch nicht genug Sex gehabt hatte. Der Mann nahm seine Frau von hinten. Als er mich bemerkte, schaute er zu mir herüber, und ich sah ihm in die Augen. Offenbar machte ihn das an. Jedenfalls steigerte er sein Tempo, während er mich unentwegt ansah. Es dauerte nicht lange, bis es ihm kam. Erst da wandte er den Blick von mir ab und sank neben seiner Partnerin zusammen. Ich kroch wieder unter die Decke und kuschelte mich an Steffen. Er schlief tief und fest, und hatte nichts von dem Sex in unserer Nähe mitbekommen.

Ein klein wenig kam ich in Versuchung, ihn noch einmal zu verführen. Ich spielte sanft mit seinem Schwanz, doch weder der noch Steffens ruhiger Atem zeigten irgendeine Veränderung. So ließ ich ihn schließlich in Ruhe und war auch selbst bald wieder eingeschlafen.

Wir hatten es nicht eilig mit der Rückfahrt. Nach dem Frühstück im Club brachen wir zwar umgehend auf, fuhren aber nicht direkt nach Hannover zurück, sondern unternahmen noch einen Abstecher zum Möhnesee. Die Landschaft dort war geradezu verlockend für einen langen Spaziergang. Wir machten so etwas nach Swingererlebnissen schon immer besonders gern. Man konnte sich dabei den Kopf freipusten lassen und die vergangene Nacht noch einmal in Gedanken und im Gespräch nacherleben. Zunächst war der Abend ja eher nicht sonderlich aufregend verlaufen – bis wir dann Birte und David getroffen hatten. Und um die beiden drehte sich auch unser gesamtes Gespräch während des Spaziergangs. Ob sie sich wohl melden würden? Oder sollten wir uns melden? Und wenn ja, wann? Wenn wir das zu schnell machten, dann könnte das möglicherweise ein wenig aufdringlich wirken – zumal wir ja mit unserem Vorschlag der gemeinsamen Nacht auf der Matte abgeblitzt waren. Also lieber zwei, drei Tage Zeit verstreichen lassen, beschlossen wir.

Am Abend schalteten wir vor dem Schlafengehen trotzdem noch den Computer an und loggten uns bei *joyclub.de* ein. Ganz einfach deshalb, weil wir uns zumindest das Profil der beiden anschauen wollten. Aber da wurden wir bereits von ihrer Mail überrascht:

> *Hallo Kirsten, hallo Steffen,*
>
> *wir hoffen, ihr seid gut nach Haus gekommen heute. Wir haben uns grad euer Profil angesehen, und müssen sagen, dass es uns ausgesprochen gut gefällt. Fast so gut wie die Liveversion von euch. Wenn ihr mögt: Wir würden euch gern wiedersehen – und fortsetzen, was wir in der Nacht begonnen haben.*
>
> *Kisses, Birte und David*
>
> *PS: Kirsten hat einen tollen Busen!*

Das war schnell, und das war deutlich. Offensichtlich hatte Birtes Mutter tatsächlich Geburtstag, schoss es mir durch den Kopf. Diese Mail war das Gegenteil der nächtlichen Abfuhr. Die beiden hatten Interesse an uns und bekundeten es ganz offen – was sich ausgesprochen gut anfühlte. Auch ihr Profil gefiel uns. Was sie über sich schrieben, klang nach einem sexuell sehr aktiven, aber dabei erfreulich normalen Paar. Jedenfalls kam bei uns nicht die Sorge auf, dass sie im Laufe eines gemeinsamen Abends irgendwann Peitsche und Gummimaske hervorzaubern würden oder merkwürdige Spiele auf der Toilette veranstalten wollten. Im Gegenteil: Ihre Vorlieben entsprachen wie ihre Abneigungen im Wesentlichen den unseren. Also schrieben wir zurück, bedankten uns für die liebe Mail und stellten ein neues Treffen in Aussicht – auch wenn wir nicht so recht sagen konnten, wann wir dafür eine Möglichkeit finden würden.

Obwohl wir ziemlich müde waren und nach der Clubnacht mit erheblichem Schlafdefizit ins Bett gingen, hatten wir noch Sex miteinander. Und irgendwie waren Birte und David gedanklich ebenfalls anwesend.

„Möchtest du dich gern von ihm ficken lassen?", fragte Steffen mich unvermittelt, während er zwischen meinen Beinen lag und in mir war. Das war keine Frage, über die ich groß nachdenken musste. Schließlich hatte ich David im Club ja bereits dazu aufgefordert. Aber Steffens Frage und der Gedanke machten mich an. Ich brachte dennoch nur ein kurzes, aber deutliches „Ja" heraus, und bemerkte, wie ich meinem Liebsten unwillkürlich mein Becken stärker entgegendrückte – was Steffen wiederum erregte, sodass er noch heftiger in mich stieß. Es hatte ihn schon immer erregt, wenn ich Sex mit einem anderen Mann hatte. Manchmal reichte für diese Erregung auch schon sein Kopfkino, wenn ich es entsprechend fütterte – und sei es nur mit einem schlichten Ja.

„Du warst ziemlich geil, als er dich geleckt hat, oder?", setzte er nach.

„Ja, das hat er gut gemacht. Er hat mir einen tollen Orgasmus beschert."

Steffen sah mir in die Augen, wurde etwas sanfter in mir, küsste mich, um gleich darauf sein Tempo wieder zu steigern, während er mir unentwegt in die Augen sah.

„Und Birte?", fragte ich nun ihn. „Du hättest sie doch auch gern gefickt, oder?"

„Na klar", stöhnte er und wurde unwillkürlich noch schneller in mir.

„Und ihre Brüste geknetet", fügte ich hinzu.

„Das habe ich doch", entgegnete er grinsend, während er mir nun eine Hand auf eine Brust legte und sie massierte.

„Hat sie gut geblasen?"

„Ja, hat sie."

„Sie war heiß auf deinen großen Schwanz. Das habe ich sofort bemerkt."

„Kann schon sein. Jedenfalls wusste sie, etwas damit anzufangen. Wenn sie noch etwas länger so geblasen hätte, wäre ich in ihrem Mund gekommen."

„Wenn sie dich gelassen hätte", entgegnete ich, womit ich vermutlich eine kleine Bildstörung in Steffens Kopfkino verursachte. Richtig war mein Einwand dennoch. Dass eine Frau einem wildfremden Mann im Club erlauben würde, in ihren Mund zu spritzen, war eher unwahrscheinlich. Ich selbst hätte das nicht getan. Wenn ich einem Mann so etwas schenkte, musste ich schon sehr vertraut mit ihm sein – was nach ein paar Minuten auf einer Swingerclubmatte nun wirklich nicht der Fall war.

„Und du?", wollte Steffen wissen. „Hättest du ihm erlaubt, dir in den Mund zu spritzen?"

„Gestern Nacht im Club? Ganz sicher nicht!", stellte ich fest. „Dafür war er mir noch viel zu fremd."

„Und demnächst?"

Ich dachte einen Augenblick über diese Frage nach, sah meinem Liebsten in die Augen und sagte schließlich achselzuckend: „Ich weiß nicht. Mal sehen, wie sich das entwickelt und wie vertraut er mir möglicherweise noch wird."

Ich wusste es wirklich nicht. Obgleich ich mit dieser Spielart grundsätzlich recht zurückhaltend war, kam mir die Vorstellung plötzlich nicht mehr so abwegig vor.

„Ganz ehrlich", sagte Steffen leise. „Ich hätte wahnsinnig Lust, in Birtes Mund zu kommen und mich von ihr aussaugen zu lassen. Ob sie das wohl mit sich machen lässt?"

„Wer weiß", entgegnete ich. „Vielleicht wirst du es erfahren, vielleicht auch nicht."

Schließlich zog ich Steffens Kopf zu mir herunter, küsste ihn lange und intensiv und drückte ihm meinen Schoß stärker entgegen. Er sollte jetzt aufhören zu reden und mich nur noch ficken. Genau das tat er auch – gefühlvoll und mit tiefen Stößen. Kurz drauf schrie ich meinen Orgasmus heraus, den unsere Nachbarn im Haus vermutlich hören konnten. Nicht lange danach kam auch mein Liebster in mir. Dabei hätte ich mich auch nicht gewundert, wenn er mich aufgefordert hätte, es ihm am Ende mit dem Mund zu besorgen. Immerhin kannte ich den Film, der gerade in seinem Kopfkino lief. Doch ich war froh, dass er seinen Orgasmus mir schenkte und nicht der virtuell anwesenden Birte. Zufrieden und befriedigt schlief ich in Steffens Arm ein.

Kapitel 2:
Flirt zu zweit, Sex zu viert

Hannover, April 2010

Manchmal war es wie verhext. Da lernte man ein Paar kennen, alles schien zu passen, man wurde richtig heiß auf die beiden (und die offensichtlich auch auf uns) – aber der Kalender war unbarmherzig und rückte einfach kein freies Wochenende heraus. Nach der Club-Begegnung mit Birte und David hatten wir das Bedürfnis, die beiden möglichst schnell wiederzusehen. Die erste Möglichkeit, fand sich jedoch erst drei Wochen später – obwohl Hannover und Bielefeld nun wirklich nicht so weit voneinander entfernt waren. Aber David hatte berufliche Termine und auch bei Steffen passte es nicht früher. Dann endlich rückte das Wochenende näher – und drei Tage vor dem vereinbarten Date bekam ich Grippe. Und zwar eine richtige Grippe und nicht einfach nur eine blöde Erkältung. Seither wusste ich was Grippe ist. Drei Wochen lang lag ich flach, hatte Fieber und Schüttelfrost, und ließ mich von meinem Liebsten mit Vitaminen und Hühnersuppe versorgen. Auch als ich endlich wieder zur Arbeit gehen konnte, hatte ich tagelang noch Pudding in den Beinen und fühlte mich alles andere als fit.

Trotzdem peilten wir für Ende März dann endlich das ersehnte Treffen mit Birte und David an. Die beiden wollten am Samstagnachmittag nach Hannover kommen – und am Samstagvormittag riefen sie an und sagten ab: Birte hatte in der Nacht massive Zahnschmerzen bekommen und hatte beim Notdienst eine Wurzelbehandlung über sich ergehen lassen müssen. Nach einem erotischen Treffen stand ihr nun wahrlich nicht der Sinn. Was ich gut verstehen konnte – vor allem, als ich am Abend beim Cam-Chat ihren gequälten Gesichtsausdruck sah. Nach der Absage hatten Steffen und ich erwogen, an dem Abend allein loszuziehen. Auch in der näheren Umgebung von Hannover gab es schließlich mehrere Swingerclubs, und irgendwie waren wir innerlich auf einen erotischen Abend eingestellt.

Dennoch ließen wir es. Denn vor allem stand uns der Sinn nach einem Erlebnis mit den beiden Bielefeldern – und nicht nach irgendwelchen Zufallsbegegnungen. So fanden wir uns vor dem PC wieder und plauderten mit den beiden ausgedehnt über dies und das – wobei wir uns bemühten, Birte nicht allzu sehr zum Lachen zu bringen, weil sie sonst wieder ihren Zahn spürte.

Die Woche drauf war Ostern – und somit Familienbesuche angesagt. Erst Mitte April fanden wir einen neuen Termin für ein Treffen. In den Mails, die wir vorab austauschten, unkten wir, was denn wohl dieses Mal dazwischen kommen würde.

„Vielleicht will das Universum einfach nicht, dass wir die beiden treffen", sagte ich zu Steffen. Der gab mir einen Kuss und sagte:

„Das Universum kann mich mal."

Was in diesem Zusammenhang vielleicht eine ganz gute Einstellung war. Jedenfalls wurde das Date nun doch endlich Realität. Die beiden kamen nach Hannover und wir trafen sie an diesem frühlingshaften Samstagnachmittag in einem Bistro bei uns um die Ecke. Jeder nahm jeden in dem Arm, wie man es mit alten Freunden tat. Aber das waren sie nicht, und das empfanden wir auch nicht so. Obgleich wir ja bereits mit ihnen zwei Monate zuvor im Club Sex gehabt hatten, waren sie uns im ersten Moment doch wieder fremd. Trotz vieler Mails und mehrerer Chats waren zwei Monate eben doch eine relativ lange Zeit – vor allem, wenn die eine reale Begegnung auf einer Swingerclub-Matte eher flüchtig gewesen war. Wir hatten geahnt, dass wir Anlaufzeit brauchen würden und deshalb ein langsames Herantasten der besonderen Art vereinbart.

Wir tranken nur einen gemeinsamen Kaffee, dann trennten wir uns wieder – aber mit getauschten Partnern. Steffen zog mit Birte los, während David und ich den Abend zusammen zu verbringen wollten. Unsere Verabredung lautete: Kennenlernen mit getauschten Partnern, aber kein Sex. Um Mitternacht wollten wir uns in unserer Wohnung wieder zu viert treffen – was auch immer dann dort passieren würde.

Ein bisschen komisch war es aber doch, als Steffen mit Birte das Bistro verließ, während David und ich noch ein wenig dort sitzen blieben. Die beiden winkten uns von draußen durch das große Fenster noch einmal zu, wir winkten zurück – dann waren unsere Liebsten verschwunden und ich war mit dem anderen

Mann allein. Den schweigsamen Moment, der zwischen uns entstand, versuchte ich wegzulächeln, was mir aber wohl nicht so recht gelang. Selbst Davids charmanter Blick, den ich noch vom Clubabend zwei Monate zuvor in deutlicher Erinnerung hatte, half in diesem Moment nicht weiter.

„Eigentlich eine merkwürdige Form, sich zu viert kennenzulernen", sagte er und spürte wohl selbst, dass sein Blick versagte.

„Stimmt", entgegnete ich ein wenig befangen.

Grad eben, als wir noch zu viert waren, hatte ich mich weit sicherer gefühlt. Jetzt zog ich mich unwillkürlich ein Stück weit in mein Schneckenhaus zurück. Und David spürte das offenbar. Glücklicherweise fing er die Situation auf, indem er nicht weiter versuchte, mich anzuflirten, sondern einen Spaziergang vorschlug. Dankbar nickte ich, griff meine rote Lederjacke, und wir verließen das Bistro.

„Wohin gehen wir?", fragte er draußen auf der Straße.

„Tja, mal sehen", sagte ich. „Eigentlich müssten wir ja zum Bahnhof."

„Zum Bahnhof?", fragte er erstaunt.

„Naja, da du doch meinst, dass man in Hannover nur umsteigen kann …"

Er lachte und ich wusste, dass er sich an seinen verunglückten Scherz aus dem Club erinnerte: „Vielleicht könntest du mich ja davon überzeugen, dass es hier noch andere lohnenswerte Möglichkeiten gibt, den Abend zu verbringen."

„Ich glaube, das lässt sich machen", entgegnete ich und ertappte mich bei einem erotischen Unterton in meiner Stimme. Das war nicht gesprochen, schmunzelte die Erotikfee in mir, das war gehaucht. Doch bevor David aus meiner Stimmlage voreilige Schlüsse ziehen konnte, fügte ich hinzu: „Versuchen wir es mal mit dem Maschsee."

Wir trotteten nebeneinander durch die Straßen, und waren nach knapp zehn Minuten an dem See angekommen, der fast bis ans Zentrum der Stadt heranreichte. An diesem milden Frühlingsnachmittag schien allerdings halb Hannover die gleiche Idee gehabt zu haben. Es wimmelte nur so von Spaziergängern, Skatern und Radfahrern.

„Schön hier", sagte David – und ich hatte den Eindruck, dass er es auch so meinte.

Zufrieden hängte ich mich bei ihm ein und spürte, wie ich zunehmend auftaute. Wir gingen einmal um den See, was immerhin sechs Kilometer waren. Dabei war ich froh, dass ich zwar Schuhe mit Absatz angezogen hatte, aber zumindest welche, in denen ich trotzdem ganz gut laufen konnte. Ich hatte auch erwogen, flache Schuhe anzuziehen, da ich mit einem Spaziergang durchaus gerechnet hatte. Aber die passten nicht wirklich zu dem Minirock, den ich trug. Da war etwas mit Absatz schon schöner. Glücklicherweise hatte ich dieses Paar, in dem ich auch gut zu Fuß war. Ob David wohl meine neuen Netzstrümpfe registriert hatte? Nach Steffens Aussage ergänzten sie meinen Mini sehr harmonisch.

„Er wird seine Augen nicht von deinen Beinen lassen", hatte Steffen ein paar Stunden zuvor gesagt, als ich mich für das Treffen angezogen hatte. Davon bemerkte ich nun allerdings nichts. Naja, wie sollte er auch auf meine Beine schauen, wenn ich Arm in Arm neben ihm ging?

Wir unterhielten uns bei dieser Runde um den See über die verschiedensten Themen. David war espritvoll und brachte mich nicht nur einmal zum Lachen. Obwohl wir nebeneinander gingen, schauten wir uns immer wieder an. Als wir am Nordufer angekommen waren, beschlossen wir eine Pause zu machen. Ich setzte mich auf die kleine Mauer am Wasser und David holte uns zwei Weißweinschorlen von dem Restaurant, das hier einen Straßenverkauf hatte.

Als er mit den beiden Gläsern zurückkam, blieb er einen Moment vor mir stehen und lächelte mich an. Zufrieden stellte ich fest, dass ihm wohl gefiel, was er sah. Immerhin hatte ich während seines Weißweingangs auch meine Füße auf die Mauer gestellt, so dass er mich von der Seite sah, als er zurückkam. Ein Bein hatte ich angezogen, das andere ausgestreckt, während ich mich mit den Armen nach hinten abstützte. Wenn mein Liebster schon der Meinung war, dass meine Beine in den Netzstrümpfen ein Blickfang waren, dann wollte ich David doch auch einen guten Blick darauf präsentieren – was mir augenscheinlich auch gelang.

„Schöne Strümpfe", sagte er, setzte sich zu mir, stellte die Gläser auf die Mauer und legte wie selbstverständlich eine Hand auf mein Bein – die dann langsam in Richtung meines Rocksaumes wanderte. Damit hatte ich nun allerdings nicht gerechnet und zuckte überrascht zurück.

„Kein getrennter Sex, lautet die Verabredung", sagte ich.

„Ist das denn schon Sex?", fragte er und ließ seine Hand wo sie war.

Ich setzte mein unschuldigstes Lächeln auf und zuckte wortlos mit den Schultern. Mit einem Bedauern im Blick zog er seine Finger zurück. Natürlich war eine Hand auf einem Bein noch längst kein Sex und sicherlich auch kein Verstoß gegen unsere Spielregeln. Aber ich wollte nicht zu schnell zu viel. Männer musste man anfangs ein bisschen zappeln lassen. Dann wurden sie nur umso heißer. Sie hinzuhalten lohnte sich normalerweise. Mal schauen, dachte ich, ob das auch mit David funktioniert. Das funktioniert immer, flüsterte meine Erotikfee.

Ich stellte meine Füße wieder auf den Boden, blieb ihm aber zugewandt und er mir. Wir tranken langsam unsere Weinschorlen und lächelten uns dabei unentwegt an – beinahe wie zwei frisch Verliebte. Möglicherweise hielten uns andere Menschen auch genau dafür. Es wäre wohl kaum jemand auf die Idee gekommen, dass das hier ein Swingerdate war.

Ich spürte Davids Blick nicht nur auf meinen Beinen, sondern auch auf meinem Busen – und empfand ein klein wenig Stolz, dass ich im Vergleich zu seiner Frau die größere Oberweite besaß. Während David den Wein geholt hatte, hatte ich meine Lederjacke geöffnet, und nun fiel sein Blick immer wieder auf meine figurbetonte Bluse, unter der sich meine Brüste gut abzeichneten. Du hast es inzwischen gut im Griff, was du zu solchen Dates anziehen musst, flüsterte die Erotikfee in mir. Ich lächelte in mich hinein – und streckte unwillkürlich meinen Busen noch etwas mehr heraus.

Als wir uns später beim Chinesen gegenüber saßen, hatte ich meine Lederjacke ausgezogen – und registrierte wohlwollend, dass Davids Blicke auch hier immer wieder zu meiner Oberweite wanderten. Schon komisch, dachte ich. Weshalb hatten weibliche Brüste nur so eine Anziehungskraft auf Männer? Und warum meine auf David? Sicher, Birtes Busen war kleiner, aber fest und schön geformt. Das hatte ich noch gut in Erinnerung. Weil du nicht seine Frau bist, flüsterte meine Erotikfee. Ja, das war es wohl: diese immer wiederkehrende Lust auf fremde Haut, die den Reiz des Swingens ausmachte.

Auch ich ertappte mich dabei, wie ich David nachblickte, als er zwischendurch in Richtung Toilette verschwand. In seinen engen Jeans zeichnete sich ein knackiger Po ab. Man sah ihm an, dass er viel Sport trieb. Auch Steffen war sportlich und lecker anzusehen. Aber David war eben nicht Steffen. Hier war ich mit einem Mann unterwegs, der ein neues Abenteuer versprach. Und ich genoss es, wie dieser fremde Mann mich ansah, mich umgarnte und offensichtlich begehrte.

Auch als das Essen kam, schenkte David mir seine volle Aufmerksamkeit. Er hatte Stäbchen bestellt, aber ich wusste nicht, wie ich mit diesem chinesischen Tischwerkzeug umgehen sollte – im Gegensatz zu ihm. Beiläufig erwähnte er eine Dienstreise nach Taiwan, bei der er den Umgang mit den zwei kleinen Holzstäben gelernt hatte. Geduldig erklärte er mir, wie ich die Dinger zwischen Daumen, Zeige- und Mittelfinger halten musste, um damit meine gebratenen Entenstückchen greifen zu können – was mir allerdings immer wieder misslang. Mehrfach schaffte ich es zwar, Fleisch oder Gemüse zu greifen, aber es fiel mir immer wieder ins Schälchen zurück, bevor ich damit meinen Mund erreichte. Kurz entschlossen legte ich ein Stäbchen weg und spießte mit dem anderen ein Stück Fleisch auf – womit ich David zum Lachen brachte.

„Was denn?", sagte ich ganz unschuldig. „Sonst verhungere ich hier noch."

„Das wollen wir nicht riskieren", entgegnete er, griff mit seinen Stäbchen über den Tisch hinweg in mein Schälchen, nahm etwas Gemüse damit auf und hielt es mir vor den Mund. Ich zögerte einen Moment, sah ihn an und näherte mich ganz langsam dem angebotenen Essen. Schließlich nahm ich es. Anschließend aß David selbst einen Bissen von seinem süßsauren Schweinefleisch, dann fütterte er wieder mich mit meiner Ente. Dabei ließen wir uns kaum aus den Augen. Unser Abendessen wurde zu einem ausgesprochen sinnlichen Erlebnis.

Jedenfalls bis zu dem Moment, in dem auch David ein Stück Fleisch von den Stäbchen rutschte und es in meinem Dekolletee verschwand. Er blickte erschrocken, aber er spielte es schlecht. Ich war mir fast sicher, dass das Absicht gewesen war. Ich musste meine Bluse etwas öffnen, um das Fleisch herauszufingern und spürte, wie seine Blicke meine Bewegungen geradezu sezierten. Das war eine Umdrehung zu viel, dachte ich – und bestellte beim vorbeieilenden Kellner Messer und Gabel. David sah meinem Blick wohl an, dass mir das nicht sonderlich gefallen hatte und sagte:

„Tschuldigung. Bin wohl doch nicht ganz so sicher mit den Dingern, wie ich dachte."

„Kann vorkommen", entgegnete ich und machte mich schließlich mit anderem Besteck über das Essen her. Ich war nicht sauer auf ihn, aber der Zauber seiner kleinen Fütterung war verflogen. Schade, murmelte meine Erotikfee.

Die Abendluft hatte sich deutlich abgekühlt, als wir später wieder durch die Straßen zogen. Vor einer Diskothek hatte sich eine Menschenschlange aufgebaut – es war die passende Zeit hierfür am Samstagabend.

„Was denkst du?", fragte ich David. „Lust, ein bisschen abzutanzen?"

„Tanzen? Ich? Ach, hm naja … ", druckste er.

War dieser Mann etwa ebenso ein Tanzmuffel wie Steffen?

Grinsend hängte ich mich bei ihm ein und wir gingen weiter, ohne dass ich das Thema vertiefte – wofür er offenbar ganz dankbar war. Stattdessen gingen wir in eine Cocktailbar, ergatterten zwei freie Barhocker und bestellten Caipirinha sowie Batida de Coco. David erwiderte mein Lächeln eher verhalten, und ich rätselte, woran das liegen mochte. Als ich nach einer Weile zur Toilette musste, sah ich mich im Spiegel an und fragte mich, ob ich irgendetwas falsch gemacht hatte oder ob ich vielleicht doch nicht sein Typ war. Natürlich bist du sein Typ, flüsterte meine Erotikfee. Hast du nicht bemerkt, wie er dir immer wieder auf die Beine und den Busen schielt? Natürlich hatte ich das bemerkt. Aber er hielt respektvollen Abstand. Nun ja, vielleicht hatte er es als kalte Dusche empfunden, als ich vorhin am Maschsee seine Hand nicht auf meinem Bein haben wollte. Dann hatte ich ihn beim Chinesen wohl etwas böse angeschaut, als er mir das Stück Fleisch in den Ausschnitt hatte fallen lassen. Und schließlich wollte ich auch noch tanzen, was offensichtlich nicht zu seinen Lieblingsaktivitäten zählte. Vermutlich war er etwas verunsichert oder sogar entmutigt. Das sollte ich ändern.

David lächelte mich an, als ich zu ihm zurückkehrte und mich auf den Barhocker setzte. Aber es war eher ein höfliches, unverbindliches Lächeln. Ich spürte, dass mein Lächeln dagegen etwas schelmisch war. Ich rückte meinen Barhocker ein Stück um das Tischchen herum, so dass ich nun in einem rechten Winkel zu ihm saß.

„Ich habe etwas für dich", sagte ich leise in einem verschwörerischen Tonfall und drapierte mein Mitbringsel in die äußere Brusttasche seines Sakkos.

Etwas verwundert blickte er an sich herunter und schielte auf das rote Stück Stoff, das aus seiner Tasche herauslugte.

„Früher haben Männer immer ein Einstecktuch aus ihrem Sakko hervorblitzen lassen", fügte ich unschuldig hinzu. „Wollte doch mal sehen, wie das bei dir aussieht."

Er konnte wohl nicht gleich erkennen, was ich ihm da in die Brusttasche gesteckt hatte, aber vermutlich ahnte er es. Er zog den Stoff langsam heraus, bekam dabei immer größere Augen und schließlich sahen wir uns durch meinen dünnen Slip hindurch an, den er nun zwischen uns hielt. Sein unverbindliches Lächeln verwandelte sich wieder in jenen hypnotischen Blick, den ich noch aus dem Club kannte. Na also, flüsterte meine Erotikfee.

„Ein bezauberndes Tuch", sagte er in einer Stimmlage, die sich an seinen Blick perfekt anpasste. Er drückte meinen Slip vor sein Gesicht und atmete tief ein.

„Was für ein Duft", flüsterte er.

„Ich habe ihn schon ein paar Stunden getragen", entgegnete ich in einem entschuldigenden Ton – obgleich mir natürlich klar war, dass ich ihn damit noch mehr anmachte.

„Das will ich doch hoffen", entgegnete er und sog noch einmal die Luft durch meinen Slip hindurch ein.

Er nahm wortlos weitere Atemzüge, ohne mich dabei aus den Augen zu lassen. Roch der Slip überhaupt nach mir, fragte ich mich. Schließlich war ich ja weder ins Schwitzen gekommen, noch hatte sich sonst irgendwelche Feuchtigkeit in meinem Schritt aufgebaut. Aber David schien zu gefallen, was er da in der Nase hatte. Wobei ihn vielleicht auch einfach nur das Wissen erregte, dass ich das Teil gerade eben noch getragen hatte. Dass es ihn anmachte, war unverkennbar. In seinem Blick lag pure Erotik. Die Unverbindlichkeit, die ich da noch ein paar Minuten zuvor wahrgenommen hatte, war spurlos verschwunden.

Als eine Kellnerin an unserem Tisch vorbeikam und uns mit recht deutlicher Aufmerksamkeit betrachtete, steckte David meinen Slip wieder in seine Brusttasche. Als sie jedoch verschwunden war, legte er mir eine Hand auf meinen Oberschenkel. Anders als am Maschsee ließ ich es nun zu. Seine Hand wanderte nach einer Weile allerdings wieder höher, dann noch höher und schließlich unter meinen kurzen Rock. Ich spürte mein Herz schlagen und hielt seine Hand fest. Ermuntern wollte ich ihn, ermuntert hatte ich ihn – aber offensichtlich etwas zu viel.

„Kein Sex", flüsterte ich und bemühte mich, meiner Stimme dennoch einen erotischen Tonfall zu geben.

„Und der Slip?", entgegnete er.

„Der ist für dein Kopfkino. Alles andere ist für später."

„Wo ist für dich die Grenze zwischen Flirt und Sex?"

Ich dachte zwei Sekunden nach, bevor ich entgegnete: „Der Sex würde beginnen, sobald deine Finger ertasten, dass ich keinen Slip mehr trage."

Und davon waren seine Finger in diesem Moment auch nicht mehr allzu weit entfernt.

Er grinste wie ein beim verbotenen Naschen ertapptes Kind, zögerte noch einen Augenblick und zog seine Hand schließlich wieder unter meinem Rock hervor. Er beachtete mein Stoppschild, ließ die Hand aber auf meinem Bein liegen, was ich akzeptierte. Während wir wieder begannen, über Nebensächlichkeiten zu reden, normalisierte sich mein Puls. Ganz allmählich, aber immerhin.

Als die Kellnerin etwas später eine neue Bestellung aufnahm, registrierte ich ihren irritierten Blick, der zwischen meinem Rock und Davids Sakko hin- und herwanderte. Ganz offensichtlich zählte sie eins und eins zusammen. Als sie wieder gegangen war, sahen wir uns an und mussten lachen. Kurz darauf kehrte sie zurück, ich erhielt wie bestellt meinen Rotwein, aber David bekam einen Weißwein serviert – obwohl er einen White Russian bestellt hatte. Er reklamierte es nicht.

„Nicht ganz das, was du wolltest", bemerkte ich, während wir anstießen.

Er lächelte nur, sah mich an, streichelte erneut meinen Oberschenkel und sagte mit ein paar Sekunden Verzögerung: „Oh doch, ganz genau das was ich wollte."

Es war fast Mitternacht, als wir die Cocktailbar verließen. Ich spürte den Alkohol, den ich getrunken hatte, aber ich fühlte mich wohl – was natürlich viel mit diesem gutaussehenden Mann zu tun hatte, der im Laufe des Abends seinen Charme wiedergefunden hatte. Ich ertappte mich bei der Fantasie, dass wir jetzt einfach stehenblieben, uns küssen und David mir seine Hände unter meinen Rock schieben und meinen blanken Po streicheln würde.

Betrunken flirten war ja eine riskante Sache – es konnte vorkommen, dass man lockerer wurde, als einem lieb war. Nun, wirklich betrunken war ich zwar nicht, aber locker genug für dies und das auf jeden Fall. Auch für das. Ich hatte eine unbändige Lust auf den Mann, der mit mir durch die nächtlichen Straßen ging – und sich ganz brav und sittsam verhielt. Vielleicht hatte ich ihm ein Stoppschild zu viel gezeigt. Aber vielleicht auch nicht. Schließlich wollte ich mich an die Verabredung halten, die wir zu viert getroffen hatten. Auch wenn es natürlich Auslegungssache war, was denn nun Sex war und was nicht. Glücklicherweise würden wir in ein paar Minuten bei uns zu Hause sein, dachte ich – und genoss es, dass David mir immerhin seinen Arm um die Schulter legte.

Als ich die Wohnungstür aufschloss, glaubte ich im ersten Moment, dass Birte und Steffen noch gar nicht da waren – obgleich wir uns fast eine Viertelstunde verspätet hatten. Die Wohnung schien ganz dunkel. Dann aber bemerkte ich den schwachen Schein einer Kerze aus dem Wohnzimmer. Die beiden standen am Fenster, schauten auf die Lichter der Stadt, auf die man von unserer Dachwohnung aus einen recht guten Blick hatte, und unterhielten sich leise. Als sie uns bemerkten, drehten sie sich um und lächelten uns einladend an.

Wir gingen zu ihnen, ich umarmte Steffen wortlos und gab ihm einen Kuss. Das Gleiche tat David mit Birte. Es wurden keine flüchtigen Begrüßungsküsse, sondern eine ausgiebige Knutscherei mit unseren jeweiligen Liebsten – gerade so, als wären wir alle vier nun von der No-Sex-Verabredung des getrennten Flirt-Abends erlöst und konnten endlich tun, was wir schon den ganzen Abend über tun wollten. Vermutlich war das auch tatsächlich das Gefühl, das uns in diesem Moment alle vier verband. Ich spürte Steffens festen Griff auf meinem Rücken und auf meinem Po. Als er seine Hände unter meinen Rock gleiten ließ, stutzte er und sah mich fragend an.

Au weia, murmelte die Mahnerin in mir. Jetzt hat er bemerkt, dass du keinen Slip mehr trägst und bekommt schräge Gedanken. Würde Steffen tatsächlich mutmaßen, dass David und ich die Kein-Sex-Verabredung gebrochen hatten? Glücklicherweise neigte mein Liebster aber nicht zu schrägen Gedanken. Ich lächelte ihn nur achselzuckend an – wusste aber, dass ich ihm das später erklären musste. Schließlich hatte er sich ja wohl an die Verabredung „kein Sex" gehalten. Vermutete ich jedenfalls. Und ich hatte mich auch daran gehalten – selbst wenn der fehlende Slip möglicherweise etwas anderes erahnen ließ.

Steffen sagte nichts und verdrehte nur die Augen. Doch bevor er eingehender über meinen fehlenden

Slip nachdenken konnte, taste sich Birtes Hand zwischen uns und zog seinen Kopf zu sich. Sie küsste Steffen und ich tat das Gleiche mit ihrem Mann. Dann wechselten wir wieder zurück und schließlich küsste Birte auch mich. Gleichzeitig setzte ein wechselseitiges Fummeln ein. Ich spürte nicht nur Steffens Hand auf meinem Po, sondern auch die von David. Dass sich seine Finger dabei unter meinen Rock schoben, empfand ich nun als völlig in Ordnung. Mehr als das: Es war jetzt ganz einfach dran. Und wie das dran ist, flüsterte die Erotikfee in mir. Darauf hat der Mann doch schon den ganzen Abend sehnsüchtig gewartet. Im Grunde genommen hatte ich das ja auch – trotz meiner mehrfachen Stoppzeichen.

Ich wechselte aus der Vierer-Fummel-Situation immer mehr zu David, umarmte ihn schließlich und genoss es, seine Hände auf meinem blanken Po zu spüren. Eng drückte ich mich an ihn und konnte die Beule durch den Stoff seiner Jeans spüren. Er war mindestens ebenso heiß wie ich – wie wir alle hier. Ich sah ihm in die Augen, in denen sich das schwache Kerzenlicht spiegelte und streifte ihm sein Sakko ab. Er ließ es zu Boden gleiten und ich begann, sein Hemd zu öffnen. Ganz langsam, Knopf für Knopf. Als es schließlich ganz offenstand, ließ ich eine Hand hineingleiten und streichelte seine glatte Brust, auf der nicht ein Haar zu erahnen war. Er genoss sichtlich meine Berührungen. Seine sich schließenden Augen verrieten es ebenso wie sein sich öffnender Mund. Ich streifte ihm das Hemd ab und küsste seinen muskulösen Oberkörper. Irgendwann sah er mich wieder an und begann, auch meine Bluse zu öffnen – ebenso langsam, wie ich das zuvor bei ihm getan hatte. Mit den Fingern zeichnete er die Ränder meines BHs nach, küsste meinen Hals, den Ansatz meiner Brüste. Schließlich streifte er mir meine Bluse ab.

Als ich sah, wie sie neben uns zu Boden fiel, lagen dort bereits andere Kleidungsstücke: Birtes Bluse, ihr Rock, ihr BH, Steffens Hemd. Ein flüchtiger Blick zur Seite und ich sah, dass Birte nur noch Slip und schwarze Netzstrümpfe trug – und sie war gerade dabei, Steffens Hose zu öffnen. Die beiden waren schneller als wir, aber ich hatte es zunächst nicht weiter bemerkt. Es war mir auch egal; ich genoss die Langsamkeit mit David. Ich war mit all meinen Sinnen nun ganz bei ihm, ganz bei diesem anderen Mann hier, der auch mir in diesem Moment seine ganze Aufmerksamkeit schenkte.

Als David meinen BH öffnete, schloss ich die Augen. Wenigstens für einen Moment wollte ich ausschließlich spüren, was er mit mir tat. Seine Finger waren zärtlich und wanderten ganz langsam über meine Schultern, um die schmalen BH-Träger abzustreifen. Für einen Augenblick hielt ich das Teil mit meinen Armen noch eingeklemmt, noch verdeckten die Körbchen meine Brüste, auch wenn der Stoff nur noch locker darauf lag. Erneut küsste er meinen Hals, diesmal länger, und ich bekam eine Gänsehaut. Als er mit seinen Lippen in Richtung meines Busens wanderte, ließ ich meine Arme locker und gab den BH frei. Die Träger rutschten mir ganz von den Armen, das Kleidungsstück fiel zu Boden und ich war ebenso oben ohne wie die Frau neben mir. David nahm meine Brüste in beide Hände und vergrub sein Gesicht dazwischen. Ich nahm wahr, wie er Luft holte. Offensichtlich wollte er den Duft meiner Haut tief in sich aufnehmen. Dann wanderten seine Lippen küssend über meine Brüste, ließen die Brustwarzen dabei zunächst noch aus, bis ich schließlich doch seine Zunge auch hier spürte. Er öffnete seinen Mund und begann, daran zu saugen. Ich spürte ein Kribbeln von Kopf bis Fuß – und auch überall dazwischen. Vor allem dazwischen.

David ging vor mir auf die Knie, öffnete meinen Rock und zog ihn mir quälend langsam aus, so dass ich jetzt nur noch meine bordeauxroten Netzstrümpfe trug. Abgesehen davon war ich nackt. Meinen Slip hatte ich ja schon in der Cocktailbar ausgezogen. David drückte seine Lippen auf meine glatt rasierte Muschi, küsste ganz zärtlich darum herum, doch relativ schnell spürte ich seine Zunge, die sich ihren Weg zwischen meine Schamlippen bahnte. Ich griff zu seinem Kopf, kraulte ihn sanft und hoffte, dass er nur nicht aufhören möge mit dem, was er da tat. Aber offensichtlich hatte er auch nicht die Absicht. Er leckte zärtlich und ausgiebig.

In diesem Augenblick wurde ich in den Arm genommen. Ich öffnete die Augen und hatte fast ein schlechtes Gewissen, dass ich Steffen nahezu vergessen hatte. Mein Liebster legte mir einen Arm um die Schulter und küsste mich – während Birte vor ihm kniete und seinen Schwanz im Mund hatte. Steffen war nackt, Birte trug wie ich nur noch ihre Strümpfe (keine Ahnung, wann ihr der Slip abhanden gekommen war). David jedoch steckte noch immer in seinen Jeans. Irgendwie hatte ich das Gefühl, dass ich das ändern musste, aber zugleich wollte ich auch weiterhin seine Zunge spüren. Als jedoch Birte zur Seite griff, und ihrem Mann mit einer Hand geschickt den Gürtel öffnete, musste ich stutzen. Das war doch etwas, was ich jetzt eigentlich machen musste und nicht sie! Sicher, es war ihr Mann, dem sie da die Hose öffnete. Aber sie hatte doch schon meinen Mann ausgezogen. Da musste sie es doch mir überlassen, das mit David zu tun. Musste sie? Offensichtlich dachte sie gar nicht daran. Wollte ich ihrem Mann die Hose ausziehen, wurde es Zeit, aktiv zu werden.

Ich löste mich aus Steffens Arm sowie von Davids liebkosender Zunge und kniete mich zu ihm auf den Teppich. Ich küsste ihn, drückte ihn sanft nach hinten, er ließ sich auf den Rücken fallen und ich griff zum Bund der bereits geöffneten Hose. Ich zog sie ihm über die Hüften und die Beine, ein kurzer Griff, und auch seine Socken flogen auf den allgemeinen Wäschehaufen neben uns. Jetzt trug David nur noch seinen Slip, durch den hindurch ich eine große Beule massierte. Ein flüchtiger Blick zur Seite bestätigte mir, dass Birte sich nun wieder ganz darauf konzentrierte, Steffens Schwanz zu verwöhnen – was mir durchaus recht war. David drückte mir sein Becken entgegen, als ich seinen Schwanz durch die sportlichen Boxershorts hindurch streichelte. Offensichtlich hielt er es kaum noch aus. Ich beschloss, ihn zu erlösen und zog ihm den Slip aus. Kurz entschlossen nahm ich seinen steifen Schwanz in die Hand und umgehend auch in den Mund. Ich hörte ein entrücktes Stöhnen, als ich ihn zu blasen begann.

Ich musste mir eingestehen, dass ich regelrecht gierig gewesen war, seinen schönen Schwanz zu schmecken – auch wenn es mir schwergefallen war, sein Lecken abzubrechen. Warum willst du denn nicht beides haben, flüsterte meine Erotikfee. Ohne seinen Schwanz loszulassen, drehte ich mich, hockte mich über David und senkte meinen Schoß über sein Gesicht, während ich seinen Schwanz erneut in den Mund nahm. Ich spürte seine Zunge an meinem Kitzler und seine Hände auf meinen Pobacken. Er griff fest zu, und mein Saugen an seinem besten Stück wurde verlangender.

Zu meiner Überraschung spürte ich im nächsten Augenblick jedoch einen anderen Schwanz, der sich von hinten zu meinen Schamlippen schob. Ohne dass David aufhörte, meinen Kitzler zu lecken, begann Steffen, mich zu ficken. So ganz konzentrierte sich mein Liebster also doch nicht auf Birte. Dafür kam die nun zu mir, um gemeinsam mit mir Davids Schwanz zu liebkosen. Etwas widerwillig ließ ich mich von ihr verdrängen und sah zu, wie sie ihren Mann mit den Lippen verwöhnte. Allerdings nicht allzu lange. Bald bot sie mir den steifen Schwanz wieder an und ich nahm ihn erneut in den Mund. Abwechselnd bliesen und leckten wir daran, zugleich spürte ich Davids Zunge an meinem Kitzler und Steffens Schwanz in mir. Es war unglaublich geil, aber zugleich war ich auch etwas verwirrt, weil ich mich eigentlich sehr auf

David eingestellt hatte. Stattdessen fand ich mich nun inmitten dieses Vierer-Knäuels wieder. Steffen hatte mich schon mehr als einmal damit überrascht, dass er während der wildesten Orgie unbedingt mit mir ficken wollte – ganz gleich, welche andere schöne Frau ihn vielleicht auch gelockt hätte.

Irgendwann aber zog er sich wieder aus mir zurück und krabbelte zu Birte. Er packte ihre Pobacken, knetete und küsste sie. Birte griff in unseren wilden Wäschehaufen, zog zielsicher ein Kondom aus irgendeiner Tasche und drückte es Steffen in die Hand. Der zögerte nicht, riss die Packung auf und zog sich das Gummi über den Schwanz. Im nächsten Augenblick begann er Birte zu ficken – in der gleichen Stellung wie zuvor mich. Sie streckte ihm bereitwillig ihren Po entgegen, und ich konnte erkennen, dass er hart in sie stieß.

Das wollte ich jetzt auch. Genau das und genau in dieser Stellung sollte David nun auch mich nehmen. Ich stieg von ihm herunter, griff in das Schälchen mit den Kondomen, das Steffen schon vor dem Treffen dezent neben dem Sofa platziert hatte, und drückte David eins davon in die Hand. Zu meinem Erstaunen (in meinem Blick mochte vielleicht sogar einen Moment lang Entsetzen gelegen haben) schüttelte er den Kopf. Was war das denn, dachte ich. Weist er mich etwa noch einmal zurück? Genau wie im Club vor zwei Monaten? Obwohl seine Frau und mein Mann es gerade in diesem Augenblick miteinander taten? Das konnte doch unmöglich wahr sein!

War es auch nicht. David griff wie zuvor Birte in den Wäschehaufen und zog von dort ein anderes Kondom hervor, das er umgehend aufriss und sich über den Schwanz rollte. Aha, dachte ich. Er bevorzugt seine eigenen Gummis. Nun ja, wie auch immer. Hauptsache er kam nun endlich zu mir. Ich drehte mich um und streckte ihm meinen Po entgegen. Sofort war er hinter mir und in mir. Ich spürte, dass sein Schwanz kleiner war als der von Steffen. Aber er stieß mich heftig und knetete dabei meine Pobacken. So fest, dass es fast weh tat. Doch ich genoss es – und Steffen erzählte mir später, ich habe vor Lust gewimmert. Und lustvoll war das alles. Oh ja, und wie!

Zugleicht war es ein geiler Anblick, den anderen beiden zuzusehen. Birte kniete inzwischen nicht mehr, sondern lag flach auf dem Bauch, und noch immer stieß Steffen von hinten in sie. Dann aber zog er sich aus ihr zurück, drehte sie auf den Rücken und sie öffnete ihre Beine für ihn. Rasch war er wieder in ihr, und zugleich küsste er sie. Die beiden waren so nah vor mir, dass Steffen anschließend auch mühelos mich küssen konnte. Als wir uns wieder voneinander lösten, beugte ich mich zu Birte. Ein Augenblick sahen wir uns in die Augen, dann fanden auch unsere Lippen zueinander.

Sie küsste weicher als Steffen – zärtlicher, aber ebenso verlangend. Während unsere Zungen miteinander spielten, spürte ich ihre Hand, die sich zu meinen Brüsten tastete. Mit zwei Fingern griff Birte nach einer Brustwarze und drückte sie fest, aber keineswegs zu fest. Unwillkürlich verlagerte ich meinen

Körper etwas über sie (oder war sie es, die sich unter mich schob?), so dass sie mit den Lippen an meine Brüste herankommen konnte. Zugleich wanderte ihre Hand zwischen meine Beine. Ihre Finger fanden meinen Kitzler und streichelten ihn. Offenbar erregten ihre Liebkosungen nicht nur mich, sondern auch David, der nun noch heftiger in mich stieß. Zusammen mit dem Streicheln seiner Frau brachten die beiden mich bald zum Höhepunkt.

David zog sich aus mir zurück, und offenbar hatten wir den gleichen Gedanken. Auch ich legte mich auf den Rücken und öffnete meine Beine. Umgehend war er dazwischen und sofort wieder in mir. Ich zog seinen Kopf zu mir und küsste ihn. Geht doch gar nicht, flüsterte meine Erotikfee, dass der Einzige, den du in diesem heißen Vierer nicht küsst, ausgerechnet dein Stecher ist. Wie recht sie doch hatte. Glücklicherweise war David kein Kussmuffel. (Das hatte ich beim Swingen durchaus schon anders erlebt.) Unsere Zungen spielten miteinander, während er in mich stieß. Es bahnte sich ein weiterer Höhepunkt an. Kurz nachdem der mich durchgeschüttelt hatte, spürte ich Birtes Hand, die sich in meinen Oberarm krallte und unmittelbar darauf stieß sie einen leisen, aber deutlichen Orgasmusschrei aus. Ich blickte zur Seite und sah, dass Steffen kurz innehielt und dann weitermachte. Offensichtlich war er noch längst nicht so weit.

Anders als David. Nach meinem zweiten Orgasmus bemerkte ich, dass auch er schwerer zu atmen begann. Er erhöhte noch einmal das Tempo und kurz darauf kam er in mir. Ich spürte noch ein paar langsam werdende, zuckende Stöße, dann sank er auf mir zusammen. Ich nahm seinen Kopf in beide Hände und küsste ihn abermals auf den Mund.

Bevor sein Schwanz ganz erschlaffte, zog er sich aus mir zurück und ich betrachtete das gut gefüllte Gummi, das er abzog. Lächelnd gab er mir einen Kuss, ich schmiegte mich an ihn, und gemeinsam sahen wir zu, wie mein Liebster sich mit seiner Frau dem Höhepunkt entgegenfickte. Steffen hatte schon immer eine unglaubliche Ausdauer. So war es auch diesmal. Bevor er seinen Höhepunkt erreichte, wurde Birte erneut von einem Orgasmus geschüttelt. Schließlich aber kam er ebenso in ihr wie zuvor David in mir. Auch sein Kondom war reichlich gefüllt, als er sich aus ihr zurückzog.

Ermattet kuschelten wir uns schließlich alle vier aneinander – irgendwer an irgendwen. Niemand redete, nur die eine oder andere Hand wanderte über einen der verschwitzten Körper. Steffen gab mir einen Kuss, ebenso David. Dann lagen wir da und genossen den Zauber des zur Ruhe kommenden Vierers, der einfach nur geil gewesen war.

„Ich glaube, du warst etwas verwirrt, als ich dein Kondom nicht wollte", sagte David irgendwann zu mir.

Damit hatte er durchaus recht: „Kann man so sagen", entgegnete ich. „Kein Vertrauen in unsere Sorte?"

„Das ist nicht der Punkt", erwiderte er. „Birte hat doch diese Latexallergie. Und deshalb nehmen wir grundsätzlich nur latexfreie Gummis."

„Ach ja richtig. Hattet ihr ja schon neulich im Club erzählt. Aber habt ihr beide diese Allergie?"

„Nein, David nicht", sagte Birte. „Trotzdem nimmt auch er nur unsere Kondome. Denn falls er später noch mal mit mir schläft und hatte vorher ein falsches Gummi auf dem Schwanz, kann das schon reichen."

„So schlimm ist das?", fragte Steffen stirnrunzelnd.

„Sicher ist sicher", erwiderte Birte. „Vielleicht ist es da ja auch nur der Gedanke, der bei mir im Kopf quersitzt."

„Was ja auch ein guter Grund wäre", sagte ich.

Birte lächelte mich an und fühlte sich offenbar verstanden.

„Habt ihr einen Unterschied gespürt?", fragte David. „Ich meine zwischen euren und unseren Kondomen?"

Ich überlegte einen Moment. Ich hatte schon mehrfach gehört, dass latexfreie Kondome nicht so gefühlsecht seien. Doch das hätte ich nicht bestätigen können. Auch Steffen schüttelte den Kopf und sagte:

„Eigentlich nicht. Es fühlte sich an wie mit jedem anderen Gummi."

„Ja, nicht wahr?", bestätigte David. „Hat eine ganze Weile gedauert, bis wir diese Sorte entdeckt haben. Es gibt da ziemliche Unterschiede. Als wir unsere ersten latexfreien Kondome benutzt haben, hat sich das längst nicht so gut angefühlt. Die hatten eher Fahrradschlauchqualität."

„Er übertreibt", sagte Birte. „Aber so richtig toll war die erste Sorte, die wir damals ausprobiert haben, tatsächlich nicht. Diese hier sind auf jeden Fall okay."

„Kann ich bestätigen", erwiderte Steffen schmunzelnd. „Hoffentlich habt ihr noch mehr davon."

David griff erneut in den Wäschehaufen, zog einen offensichtlich gut gefüllten, kleinen Lederbeutel mit Kondomen heraus und hielt ihn in die Luft.

„Denkst du, das wird reichen für den Rest der Nacht?", fragte er schmunzelnd.

Alle mussten lachen. „Ich glaube, diese Gummis alle zu verbrauchen würde selbst euch beide überfordern", sagte ich an David und Steffen gewandt.

„Mal schauen", erwiderte mein Liebster grinsend.

„Ich würde gern kurz duschen", wechselte Birte das Thema und fragte an mich gewandt: „Kommst du mit?"

Wir standen auf, doch bevor wir in Richtung Bad entschwinden konnten, fragte mich Steffen: „Wo hattest du vorhin eigentlich deinen Slip gelassen?"

„Da", entgegnete David bevor ich etwas sagen konnte und zog meinen roten Slip aus der Brusttasche seines Sakkos. Er hielt ihn kurz in die Luft, dann ließ er ihn auf den Wäscheberg fallen – sozusagen als Krönung.

„Aha", sagte Steffen – war aber noch immer sichtlich verwirrt.

„Ich erkläre es dir", sagte David, während Birte und ich ins Bad gingen – wobei ich spüren konnte, dass die beiden Männer uns nachschauten. Zumindest bei Steffen war ich mir da ganz sicher. Bei seiner Vorliebe für weibliche Hinterteile hätte es mich doch sehr gewundert, wenn er sich den Anblick von zwei nackten Frauen hätte entgehen lassen. Und Birte hatte einen ausgesprochen süßen Po – nicht nur wegen des schimmernden Schmetterlings darauf.

„Dein Mann hat einen geilen Schwanz", sagte sie, als wir gemeinsam unter der Dusche standen.

„Ah", antwortete ich und musste grinsen: „Eine Frau, der es auf die Länge ankommt."

„Nicht unbedingt", erwiderte sie. „Aber der von Steffen ist schon recht eindrucksvoll. Seit unserer Begegnung vor zwei Monaten im Club hab ich mir vorgestellt, wie der sich wohl in mir anfühlen würde. Ich wollte ihn unbedingt spüren."

„Also ich finds wichtiger, dass die Männer mit ihren besten Stücken auch etwas anzufangen wissen. Und dass sie nicht zu schnell kommen."

„In der Hinsicht kannst du dich über Steffen ja auch nicht beschweren."

„Oh nein, ganz bestimmt nicht. Aber du dich ja auch nicht. David ist auch ein toller Liebhaber. Außerdem fühlt er sich insgesamt gut an. Er hat einen geilen Body."

„Auf den ist er auch ein bisschen stolz, manchmal vielleicht zu stolz. Immerhin tut er viel dafür. In seinem Arbeitszimmer stehen mehrere Fitnessgeräte, die er reichlich nutzt."

„Das merkt man", entgegnete ich, während wir uns abtrockneten.

Auch David und Steffen gingen duschen – allerdings nacheinander und nicht gemeinsam wie wir. Zufrieden stellte ich fest, dass es für unsere Gäste (ebenso wie für uns) eine Selbstverständlichkeit war, nach einem Partnertausch die Körperflüssigkeiten wegzuduschen – vor allem, wenn die Möglichkeit einer weiteren gemeinsamen Runde im Raum stand. Und dass unsere erotische Nacht keineswegs zu Ende war, ahnten wir wohl alle. Nach dem Duschen holten wir Getränke ins Wohnzimmer, saßen entspannt auf unserem großen Berberteppich und unterhielten uns. Doch es dauerte nicht lange, bis erneut Hände auf Wanderschaft gingen.

Diesmal war ich es, die ihre Finger nicht von David lassen konnte. Meine Hand strich über seine glatte Brust und die muskulösen Oberarme. Er saß da, genoss meine Berührungen und erwiderte schließlich mein Streicheln, bevor wir uns zu einem langen, innigen Kuss zusammenfanden. Ich legte meine Arme um seinen Nacken – während er eine Hand in meinen Schoß gleiten ließ. Bereitwillig präsentierte ich ihm mein Schatzkästchen. Er streichelte meine Muschi, beugte sich in meinen Schoß und begann mich zu lecken. Neben uns sah ich Steffens Schwanz zwischen Birtes Lippen verschwinden. Sie ist wirklich heiß auf sein Teil, dachte ich nur noch, bevor ich meine Augen schloss, Davids Lippen und Zunge genoss und aufhörte zu denken.

Erst tief in der Nacht waren wir alle so einigermaßen satt. Wir klappten für unsere Gäste das Sofa im Wohnzimmer aus und zogen uns ins Schlafzimmer zurück. Vermutlich war ich schon nach wenigen Sekunden im Reich der Träume.

Ich hatte keine Ahnung, wie lange ich geschlafen hatte, als ich wach wurde. Aber ich war erstaunt, dass ich von einem nackten Mann mit zärtlichen Küssen geweckt wurde, der nach Bodylotion duftete.

„Hast du etwa schon geduscht?", nuschelte ich und hatte Mühe, meine Augen offenzuhalten.

„Ich habe sogar schon Brötchen geholt", entgegnete er.

„Und unsere Gäste?"

„Schlafen offenbar noch tief und fest. Jedenfalls ist aus dem Wohnzimmer kein Mucks zu hören."

„Dann hüpfe ich auch kurz unter die Dusche. Du kannst ja schon mal Frühstück machen."

Steffen nickte. Erfreulicherweise musste ich kein schlechtes Gewissen haben, ihn mit den Frühstücksvorbereitungen allein zu lassen. Mein Mann machte so etwas ganz gern; zweifelsohne hatte er ein ausgeprägtes Versorger-Gen in sich. Er ging in die Küche, ohne sich vorher etwas anzuziehen. Der Gedanke, dass möglicherweise ein FKK-Frühstück zu viert bevorstand, entlockte mir ein Lächeln. Auf dem Weg zum Bad hörte ich Geräusche aus dem Wohnzimmer.

Offenbar waren Birte und David nun doch wach geworden. Ich beschloss, mich zu beeilen.

Als ich mich wieder abgetrocknet hatte, ging ich in die Küche – bekleidet nur mit einem Handtuch, das ich aber nicht um meinen Körper, sondern um meine nassen Haare gewickelt hatte. Es duftete wundervoll nach Kaffee, aber es war niemand zu sehen. Vermutlich brachte mein fürsorglicher Mann unseren Gästen gerade Kaffee ans Bett, mutmaßte ich mit Blick auf die bereits teilweise geleerte Kanne und ging ebenfalls zum Wohnzimmer. Als ich die nur angelehnte Tür öffnete, sah ich, dass ich recht gehabt hatte. Auf dem Tischchen neben dem Sofa standen zwei volle Kaffeebecher – aus denen aber offensichtlich noch niemand getrunken hatte. Stattdessen passierte hier in diesem Augenblick etwas ganz anderes. Auf der Liegefläche des Schlafsofas knieten Birte und David, er hinter ihr und nahm sie in dieser Stellung. Offenbar hatten die beiden die gleiche Vorliebe für einen Guten-Morgen-Fick, wie Steffen und ich an freien Tagen. Aber sie waren nicht allein dabei: Vor dem Bett stand mein Mann, dessen steifer Schwanz in Birtes Mund steckte. Als die drei mich bemerkten, lächelten unsere Gäste mich an – während Steffen beinahe entschuldigend die Schultern hob und sagte:

„Ich wollte ihnen nur Kaffee bringen."

„Ich weiß", entgegnete ich, ging zu ihm, gab ihm einen Kuss und schmiegte mich an ihn.

Kaum stand auch ich neben dem Sofa, spürte ich Hände an meinen Beinen – sowohl eine männliche als auch eine weibliche. Ohne ihre Nummer zu unterbrechen, begannen unsere Gäste, auch mich zu streicheln, während Steffen meinen Kopf von dem Handtuch befreite, sodass mir die nassen Haare auf die Schultern fielen. Als sich Davids Hand zwischen meinen Oberschenkeln nach oben schob, öffnete ich reflexartig meine Beine. Umgehend war er an meiner Muschi. Ich löste mich von Steffen, kniete mich neben David, schmiegte mich an seinen nackten Körper und küsste ihn. Es wurde eine ausgedehnte Knutscherei, und ich bemerkte, dass seine Stöße in Birte sanfter wurden. Schließlich erstarben sie ganz, er zog sich aus ihr zurück und wandte sich mir zu. Wir umarmten uns, ich klammerte mich förmlich an ihn, unsere Zungen spielten wild miteinander, und ich konnte seinen steifen Schwanz an meinem Bauch spüren.

Birte ließ sich auf den Rücken fallen, und Steffen war umgehend zwischen ihren Beinen. Kein Zweifel: Er war genauso heiß darauf, es mit ihr zu tun, wie auch ich David spüren wollte. Der Schwanz meines Liebsten war nur wenige Zentimeter von Birtes feucht glänzender Muschi entfernt, und auch Davids Männlichkeit drängte immer mehr in Richtung meines Schoßes. So ließ auch ich mich einfach nach hinten auf den Rücken fallen und öffnete meine Beine. Alle vier hatten wir jetzt nur einen gemeinsamen Wunsch: ficken!

Und alle vier schauten wir uns in diesem Augenblick suchend um – weil wir erst jetzt realisierten, dass keine Kondome in Reichweite waren. Für zwei, drei Sekunden erstarrten wir alle und schauten geradezu gebannt auf den kleinen Lederbeutel neben dem

Wäschehaufen auf dem Teppich. Es hatte beinahe den Anschein, als wollten wir die Gummis darin mit unseren Blicken veranlassen, von selbst zu uns zu kommen – wozu die aber offensichtlich keine Neigung verspürten. Jedenfalls bewegten sie sich keinen Millimeter.

Anders als Steffen. Der löste sich schließlich wieder von Birte, und ich sah ihm an, wie schwer ihm das fiel. Im nächsten Augenblick kehrte er jedoch mit dem ersehnten Beutel zurück und schüttete den Inhalt ganz einfach auf den Tisch neben dem Sofa. Er drückte David ein Gummi in die Hand und riss selbst eine weitere Verpackung auf. Im nächsten Augenblick waren beide Schwänze verpackt, und ich spürte David nur eine Sekunde später in mir. Nahezu gleichzeitig begannen die Männer, uns in der Missionarsstellung zu nehmen.

Birte und ich lagen eng nebeneinander, so dass ich nicht nur Davids Stöße in mir spürte, sondern auch den Rhythmus wahrnahm, in dem Steffen dessen Frau fickte. Dabei sah ich meinen Liebsten an – so lange, bis er es endlich bemerkte und mir ein Lächeln schenkte. Schließlich verstand er, was ich wollte. Er beugte sich zu mir und küsste mich – auch wenn das für ihn in diesem Augenblick mit leichten Verrenkungen verbunden war. Aber er bekam das hin, ohne dass seine Stöße in Birte sonderlich nachließen. Allerdings küsste er mich nur kurz; dann konzentrierte er sich wieder auf Birte. Dafür zog ich Davids Kopf zu mir und teilte mit ihm einen weit ausgedehnteren Kuss – um anschließend auch seine Frau zu küssen, wozu ich nur meinen Kopf ein wenig zur Seite drehen musste. Ich liebte es schon immer, beim Sex ausgiebig zu küssen. Und diese wechselseitige Knutscherei zu viert genoss ich bei unserem Durcheinander besonders.

Dann aber sah ich David in die Augen, während er sein Tempo in mir steigerte. Das Gleiche tat jetzt offensichtlich auch Steffen mit Birte, deren Hand nun meine Hand fest umklammert hielt. Die beiden Männer, so war mein Eindruck, hatten sich auf den gleichen Rhythmus eingeschwungen. Und es war ein wundervoller Rhythmus. Ich spürte, dass David mich auf die Weise sehr bald zum Höhepunkt bringen würde. Er sollte jetzt nur nichts verändern, sondern ganz genau so weitermachen. Erfreulicherweise tat er das auch. Doch bevor es mir kam, hörte ich Birtes Orgasmusschrei neben mir.

Ich weiß nicht, ob mir das einen Zusatzkick bescherte oder ob ich ohnehin gerade soweit war. Auf jeden Fall kam ich so kurz nach ihr, dass sich mein Schrei mit ihrem vermischte. Es dauerte nun nicht mehr lange, bis ich Davids Zucken in mir wahrnahm. Die letzten Stöße, die in seinen Orgasmus mündeten, waren kurz, aber heftig, bevor sie schließlich erstarben. Erst dann bemerkte ich, dass es auch Steffen offenbar bereits gekommen war – irgendwann innerhalb dieser kurzen Zeit.

Ich küsste David, umarmte ihn und umklammerte seine Hüften mit meinen Beinen. Irgendwie wollte ich ihn noch nicht aus mir herauslassen – auch wenn ich natürlich wusste, dass ich das tun musste, bevor sein

Schwanz ganz zusammenfiel und sich das Kondom möglicherweise unkontrolliert verabschiedete, während er noch in mir war. Doch als David sich dann aus mir zurückzog, war er noch immer recht steif, und das Gummi saß, wie es sitzen musste. Auch Steffens Schwanz kam schließlich zum Vorschein. Beide Männer zogen ihre Gummis ab und ließen sie auf den Boden neben dem Schlafsofa fallen – was die Hausfrau in mir allerdings nicht so richtig toll fand.

„Was war das denn?", fragte David noch immer keuchend.

„Gemeinsamer Orgasmus zu viert", entgegnete Birte und strahlte beglückt in die Runde.

„Naja fast", warf Steffen ein.

„Du musst das jetzt nicht stoppuhrmäßig sezieren", sagte ich mit einem liebevollen Lächeln zu ihm. „Lass es einfach mal so stehen."

Natürlich hatte mein Liebster recht. Wir waren keineswegs alle vier gleichzeitig gekommen. Aber es war zumindest nicht weit davon entfernt gewesen. Für mein Empfinden in diesem Augenblick war das tatsächlich so etwas wie ein gemeinsamer Orgasmus gewesen, den wir alle vier soeben erlebt hatten. Und Birte hatte das ganz offensichtlich ebenso wahrgenommen. Der Gedanke versetzte mich in Hochstimmung. Schließlich war es schon recht selten, dass ein Paar einen gemeinsamen Orgasmus hatte. Und nun so ein Erlebnis zu viert! Wie wahrscheinlich war das denn? Nahezu ausgeschlossen, murmelte die Realistin in mir. Und doch ist es passiert, strahlte meine Erotikfee. Fast jedenfalls.

Es breitete sich eine ruhige, kuschelige Stimmung aus. Ich lehnte mich an Steffen, Birte an David und alle vier konnten wir die Finger nicht voneinander lassen. Das war nun aber kein Vorspiel für weitere sexuelle Aktivitäten, sondern einfach nur ein Ausdruck von Zärtlichkeit, Verspieltheit, Nähe. Vor allem wohl Letzteres. Jedenfalls fühlte ich mich in diesem Moment nicht nur meinem Liebsten, sondern auch unseren Freunden unglaublich nah. Weit mehr, als ich das bei früheren Gruppensex-Erlebnissen mit anderen Paaren bisher wahrgenommen hatte. Irgendetwas war anders mit den beiden hier. Und es war wundervoll.

Als Birte das dann auch noch aussprach, konnte ich kaum fassen, wie ähnlich wir offensichtlich tickten:

„Ich kann es nicht beschreiben", sagte sie mit einer Stimme, die von weit her zu kommen schien. „Aber so etwas haben wir noch nie erlebt. Wir haben ja schon des Öfteren Partnertausch gemacht. Aber mit euch fühlt sich das anders an. Ganz leicht, ganz nah."

Statt etwas zu erwidern strahlte ich sie an – und sie wusste, dass wir einer Meinung waren. Auch die beiden Männer nickten zustimmend. Es herrschte eine unglaubliche Vertrautheit in unserer kleinen Gruppe.

„Mir war es eben zu Anfang nur wahnsinnig schwer gefallen, mich wieder von Birte zu lösen", sagte Steffen schließlich.

„Du meinst, als wir alle plötzlich festgestellt hatten, dass keine Kondome in Griffweite waren?", entgegnete David grinsend.

„Ja, genau", bestätigte Steffen.

„Stimmt, das war echt schade", sagte Birte und lächelte meinen Liebsten innig an. „Da mochte ich dich auch gar nicht loslassen."

So wie ich David kaum loslassen wollte, nachdem es ihm in mir gekommen war, fügte ich in Gedanken hinzu, sprach es aber nicht aus.

„War ja nur für ein paar Sekunden", entgegnete ich stattdessen.

„Das stimmt", entgegnete Birte nachdenklich. „Trotzdem haben die sich merkwürdig lang angefühlt."

„Habe ich auch so wahrgenommen", sagte David und fügte an mich gewandt hinzu: „Für einen Augenblick hätte ich am liebsten auf das Gummi verzichtet und es einfach so mit dir getan."

Ich sah ihn lange und erstaunt an, holte tief Luft und erwiderte dann: „Gut, dass du dich beherrschen konntest."

„Es war nur für eine Sekunde so ein Blitzlicht", beeilte sich David nun zu sagen. „Natürlich hätte ich das niemals gemacht."

„Das hätte ich auch niemals mit mir machen lassen", entgegnete ich und legte in meinen Blick möglichst viel Selbstbewusstsein.

„Natürlich geht das nicht", stimmte mir Birte in einem nun ganz sachlichen Ton zu.

„Nein, auf keinen Fall", sagte auch ihr Mann, während Steffen einfach nur nickte.

Schön, dass wir alle vier auch an dieser Stelle in ähnlicher Weise tickten. Birte klang jedenfalls sehr überzeugend. Bei David war ich mir hingegen nicht hundertprozentig sicher. Hatte er mich vielleicht doch blank ficken wollen? Manche Swinger taten so etwas, wie ich wusste. Den Gedanken vertrieb ich aber sofort wieder. Selbstverständlich kam Partnertausch ohne Kondom niemals infrage. Darüber musste man gar nicht erst nachdenken. Bei aller Geilheit war Safer Sex für uns eine Grundvoraussetzung.

Unser Frühstück fand auf dem Schlafsofa statt, und wir blieben alle vier nackt dabei. Allerdings musste Steffen auch für unsere Gäste neuen Kaffee holen. Das, was da auf dem Tischchen stand, war mittlerweile ziemlich kalt geworden. Im Gegensatz zu unserer Stimmung: Nach dem ausgedehnten Frühstück hatten wir noch einmal Sex zu viert. Der dauerte länger als die Nummer vor dem Frühstück – wesentlich länger. Ich schlief mit beiden Männern – ebenso wie Birte dann irgendwann auch ihren eigenen Mann spüren wollte und nicht allein meinen Liebsten.

Unsere Gäste blieben bis zum späten Nachmittag. Auch als sie sich dann verabschiedeten, sahen Steffen und ich keinen Anlass, uns etwas anzuziehen. Jeder nahm jeden in den Arm, David und ich tauschten einen ebenso innigen Abschiedskuss wie Birte und

Steffen – und wie Birte und ich. Ich mochte diese Frau und spürte gern ihre Nähe.

Als schließlich die Wohnungstür hinter ihnen ins Schloss gefallen war, kuschelten Steffen und ich uns noch einmal auf das noch immer ausgeklappte Schlafsofa im Wohnzimmer, das nach aufregendem Sex roch. Wir schliefen erneut miteinander, wenngleich Steffen nun etwas Probleme hatte, seinen Schwanz wieder richtig steif zu bekommen. Das war eher ungewöhnlich für ihn. Normalerweise hatte mein Mann eine erstaunliche Standfestigkeit – was mir bei unseren diversen Swinger-Abenteuern bereits mehrere Frauen bestätigt hatten. Aber ich konnte gut verstehen, dass selbst er nun allmählich am Ende seiner Kräfte war. Immerhin hatten wir sehr viel Sex gehabt in den vergangenen Stunden. Aber – und das machte die Sache umso aufregender – es war nicht einfach nur Sex gewesen. Es brizzelte unter uns vieren. Es brizzelte sogar sehr.

Wohin mochte uns dieses Brizzeln wohl führen? Ich wagte da keine Prognose. Aber es fühlte sich wundervoll an.

Zwei Tage später war ich nach Feierabend mit einer guten Freundin zum Squash verabredet. Svenja hatte dabei eine unglaubliche Energie und schenkte mir keinen Ball, als wir auf dem Court hin- und herrannten. Falls meine Freundin das Bedürfnis hatte, bei unserem Spiel ihren Jobstress auszuschwitzen, gelang ihr das ziemlich gut. Falls sie zudem die Absicht hatte, meine letzten Kraftreserven aufzubrauchen, so war sie ebenfalls erfolgreich. Jedenfalls brachte sie uns beide mit ihrem hohen Tempo reichlich ins Schwitzen.

„Meine Güte, bin ich platt", sagte ich, als wir nach dem Duschen beim Alster zusammensaßen und den Abend ausklingen ließen.

„Ja, war ein gutes Match", sagte sie nur – hatte dabei aber einen ausgesprochen ernsten Blick, den ich nicht so recht deuten konnte.

„Alles okay bei dir?", fragte ich nach.

„Sicher. Ich habe ein bisschen Stress mit meinem neuen Chef. Ist aber nicht weiter schlimm. Ich bekomme das schon hin."

Irgendwie hatte ich jedoch das Gefühl, dass ihr noch etwas anderes auf der Seele lag, sie aber nicht so recht mit der Sprache herausrücken wollte. Svenja war manchmal recht verschlossen, zuweilen musste man sich bei ihr aber auch auf Überraschungen gefasst machen. Und genau das erlebte ich an diesem Abend.

„Und bei dir?", fragte sie schließlich mit einem lauernden Unterton in der Stimme. „Hattest du ein schönes Wochenende?"

„Ja", entgegnete ich und lächelte vermutlich etwas versonnen. „Wir hatten ein wunderbares Wochenende."

„Schön", sagte Svenja und nickte. „Ich habe dich übrigens am Samstag am Maschsee gesehen."

„Ja, das kann sein", erwiderte ich ganz harmlos, ohne Böses zu ahnen.

„Das war aber nicht Steffen an deiner Seite", setzte sie nach.

„Nein, das war ein Freund von uns", sagte ich, und in mir kam eine Ahnung auf, was meiner Freundin auf der Seele lag.

„Ein Freund von euch oder von dir?"

„Ein Freund von uns", sagte ich bestimmt.

„Ach so", entgegnete sie knapp.

„He, Svenja! Was ist los?"

„Muss ja ein ziemlich guter Freund sein, mit dem du da am Nordufer so verliebte Blicke ausgetauscht hast – und der versucht hat, seine Hand unter deinen Rock zu schieben!"

Ich brach in Gelächter aus: „Was? Verliebt? David und ich?"

„He Kirsten", sagte Svenja dennoch ganz ernst. „Geht's dir wirklich gut? Ich meine auch mit Steffen? Ihr seid noch nicht mal ein Jahr verheiratet und du turtelst in aller Öffentlichkeit mit einem anderen Mann rum."

„Hat das wirklich so ausgesehen?", fragte ich zurück und beherrschte mühsam mein Lachen.

„Das hat sogar sehr so ausgesehen. Sei froh, dass Steffen da nicht in der Nähe war. So etwas mögen Männer gar nicht gern!"

Hast du eine Ahnung, was dieser Mann so alles mag, dachte ich innerlich grinsend und schaute meine Freundin an. Für einen Augenblick erwog ich, Svenja von der sehr besonderen Leidenschaft zu erzählen, die Steffen und ich immer mal wieder auslebten – und die uns jetzt dieses hoch erotische Wochenende zu viert beschert hatte. Aber ich verwarf den Gedanken sofort wieder. Svenja und Swingen? Das passte nicht zusammen.

„Ich meine nur, du solltest ein bisschen auf dich aufpassen", sagte Svenja nachdenklich. „Steffen ist ein toller Mann. Willst du wirklich deine Ehe für einen Seitensprung gefährden?"

„Seitensprung?", entgegnete ich entgeistert. „Ich hatte keinen Seitensprung! Und ich werde auch keinen haben!"

„Ich habe doch gesehen, was ich gesehen habe. Außerdem kenne ich dich ziemlich lange und ziemlich gut. Du warst noch nie eine Kostverächterin. Du hast doch bis zum Abitur schon mehr Sex gehabt als ich bis heute."

„Das kann schon sein", räumte ich immerhin ein. „Aber ist das eher eine Aussage über mich oder über dich?"

Den Nachsatz hätte ich mir verkneifen sollen. Ich sah Svenja an, dass ihr meine herausgerutschte Bemerkung einen kleinen Stich versetzte und bekam ein schlechtes Gewissen. Aber schließlich hatte sie dieses Thema angeschnitten. Ein Jammer, dass meine Freundin so verklemmt war. Ob sich das jemals ändern würde?

Natürlich war Svenjas Feststellung auch eine Aussage über mich gewesen. Ich hatte schon in der Schule und auch in der ersten Zeit an der Uni tatsächlich so einiges mitgenommen. Aber das hatte sich schlagartig geändert, als ich Steffen kennengelernt hatte. Seit ich mit ihm zusammen war, war ich monogam – auch wenn wir mit unserer gemeinsamen Leidenschaft für das Swingen eine sehr besondere Form der Monogamie lebten. Es war alles eine Frage, wie man die Dinge betrachtete. Ein Seitensprung kam in unserem Denken jedenfalls nicht vor. Was wir gemeinsam taten, war etwas ganz anderes.

Es war schade, dass ich meiner alten Schulfreundin darüber nichts erzählen konnte. Aber Swingen und Partnertausch waren Dinge, die in ihrem Weltbild nicht vorkamen. Svenja hatte leider immer mal wieder einen fatalen Hang zum Moralisieren. Es hätte keinen Zweck gehabt, ihr zu erzählen, wie mein Liebster und ich unsere Sexualität lebten. Jedenfalls jetzt nicht. Vielleicht später einmal. Sehr vielleicht.

„Liebste Svenja", sagte ich nach einer kleinen Pause mit bewusst ernstem Blick in ihre Augen: „Es gibt nichts, absolut nichts, was ich Steffen verheimlichen müsste!"

Meine Freundin sah mir vermutlich an, dass ich meinte, was ich sagte – und war einigermaßen verwirrt.

„Dann ist es ja gut", entgegnete sie und trank ihr Alster aus.

Auf dem Heimweg ging mir unser Gespräch noch einmal durch den Kopf. Wie wundervoll wir doch aneinander vorbeigeredet hatten – nur mit dem Unterschied, dass ich genau wusste, was sie meinte, während sie keine Ahnung hatte, was ich tatsächlich gesagt hatte. Oh Svenja, es war wirklich süß, wie sie das Miteinander von David und mir interpretiert hatte. Verliebte Blicke? Ich musste abermals lachen und mit dem Kopf schütteln. Nein, ich war doch nicht verliebt in diesen Mann, dachte ich, und vor meinem geistigen Auge spielten sich noch einmal dieser ausgedehnte Flirt zu zweit und der wundervolle Sex zu viert ab, den wir erlebt hatten. Das war alles einfach umwerfend gewesen. Auch Davids Küsse waren voller Hingabe und Leidenschaft. Ebenso seine Blicke in meine Augen. Aber verliebt? Nein, damit lag Svenja nicht richtig.

Allerdings begannen meine Gedanken um dieses Thema zu kreisen – und ich wurde erst wieder vom Hupen des Autos hinter mir aufgeschreckt, weil ich das Umschalten der Ampel auf Grün nicht bemerkt hatte. Ich legte den ersten Gang ein, fuhr weiter und dachte nur: Nein, ich bin nicht verliebt in David. Ganz sicher nicht.

Jedenfalls nicht allzu sehr.

Oh oh, hörte ich ganz tief in mir das Grummeln meiner Mahnerin.

Kapitel 3:
Französische Schlittenfahrt

Bielefeld, April 2010:

Als ich vom Squash nach Haus kam, saß Steffen vor dem PC. Er hatte die Webcam eingeschaltet, und auf dem Bildschirm lächelte mich ein vertrautes Gesicht an.

„Hallo David", sagte ich, während ich mich meinem Liebsten über die Schulter beugte, so dass auch ich von der Cam erfasst wurde.

„Hallo Kirsten, schön dich zu sehen", entgegnete er.

„Ist Birte auch da?"

„Ja, aber sie schläft schon. Sie muss morgen wesentlich früher raus als ich."

„Ah", sagte ich. „Und du konntest dich nicht vom Chat mit Steffen losreißen?"

„So ist es. Wir hatten ein spannendes Gespräch von Mann zu Mann."

„Das kann ich mir vorstellen. Da hätte ich ja gern Mäuschen gespielt. Oder habt ihr etwa über etwas anderes gesprochen als über eure Frauen?"

Das breite Grinsen von diesseits und jenseits des Bildschirms zeigte mir, dass ich wohl ganz richtig lag mit meiner Vermutung. Die beiden hatten sicher ausgiebig über unser erotisches Wochenende geredet.

„Sag mal", fragte ich David. „Wo wir hier grad so nett plaudern: Du weißt nicht zufällig, wo mein Slip abgeblieben ist, den ich am Samstag anhatte? Ich hab ihn beim Aufräumen im Wohnzimmer nicht wiederfinden können."

Er beugte sich kurz aus dem Erfassungsbereich der Webcam, um anschließend einen dünnen, roten Slip zu präsentieren.

„Du meinst das neue Einstecktuch für mein Sakko?", entgegnete er grinsend.

„Ach", sagte ich. „Du hast ihn mitgenommen?"

„Ich dachte, du hattest ihn mir geschenkt", entgegnete er schmunzelnd, hielt ihn vor sein Gesicht, atmete durch den Stoff ein und fügte hinzu: „Er duftet noch immer nach dir."

Damit entlockte er mir ein Lächeln und bescherte mir eine süße Erinnerung. Und vermutlich hatte er recht: Wenn ich an die Cocktailbar dachte, dann musste er meinen Slip wohl tatsächlich als Geschenk betrachtet haben.

„Du kannst ihn aber gern wiederhaben, wenn du möchtest", sagte David.

„Oh", entgegnete ich. „Ich möchte aber auch nicht, dass du auf dein modisches Accessoire verzichten musst. Gehst du damit ins Büro? Oder kommt mein Slip nur in deine Trophäensammlung?"

„Nun ja", erwiderte er und ging auf mein Necken ein: „Dein String hätte zwar einen Ehrenplatz unter all den anderen weiblichen Slips erhalten, aber schweren

Herzens würde ich ihn auch wieder herausrücken, wenn ... "

„Wenn?"

„Wenn du ihn dir persönlich abholst."

„Oh, ist das eine Einladung?", fragte ich.

„Na wir hoffen doch, dass ihr zu einem Gegenbesuch kommt."

„Liebend gern", sagte ich und blickte nun Steffen an. „Aber wann?"

„Diesen Samstag", entgegnete mein Liebster. „Hatten wir grad schon vereinbart, bevor du kamst."

„Diesen Samstag?", wiederholte ich und dachte einen Augenblick nach. „Eigentlich ist da der Geburtstag von Marlene. Wir sind eingeladen. Hast du das vergessen?"

„Hm", entgegnete Steffen, der meine Freundin Marlene nur begrenzt mochte, und verzog unwillig das Gesicht. „Eher verdrängt, würde ich sagen."

Ich nickte und dachte zwei bis drei Sekunden nach, bevor ich sagte: „Manchmal muss man wohl Prioritäten setzen. Ich werde Marlene absagen. Mir wird schon etwas einfallen, das plausibel klingt."

Damit zauberte ich ein freudiges Lächeln auf die Gesichter von zwei Männern – und auch auf mein eigenes. Ich freute mich, Birte und David so schnell wiederzusehen. Und wie!

Die anderthalb Stunden, die wir am Samstag bis Bielefeld brauchten, kamen mir ziemlich lang vor.

Und das, obgleich ich Autofahrten mit Steffen schon immer als ausgesprochen angenehm empfunden hatte. Da hatten wir eine gute Gelegenheit, über Gott und die Welt zu reden. Das war zwar auch dieses Mal nicht anders, aber vermutlich war mein Beitrag zu unserer Konversation bei dieser Fahrt etwas sparsamer als normalerweise. Mein Bedürfnis, Birte und David wiederzusehen war groß – vor allem David, wie ich mir eingestehen musste. Ich hatte sehr viel Lust auf diesen charmanten und attraktiven Mann. Ich dachte an seine hypnotisierenden Blicke, seine Hände auf meiner Haut, seinen Schwanz in mir. Die ganze Woche schon waren meine Gedanken bei ihm gewesen. Das hatte mir mehr als einmal Herzklopfen beschert – besonders jetzt, als wir über die Autobahn Richtung Bielefeld fuhren.

„Hast du dich in David verliebt?", fragte Steffen mich unvermittelt, als ich schweigsam aus dem Beifahrerfenster schaute und wohl so wirkte, als würde ich die Begrenzungspfosten zählen.

Au weia, dachte ich. Hatte Steffen das bemerkt? Manchmal war mein Mann doch erstaunlich einfühlsam.

„Ach naja, was heißt schon verliebt?", entgegnete ich nach einer weiteren halben Minute des Schweigens und richtete meinen Blick wieder auf das Innere unseres Autos. „Er ist schon ein ziemlich leckerer Typ. Und der Sex mit ihm war geil. Richtig geil sogar."

„Und der Abend, an dem du mit ihm durch die Stadt gezogen bist?"

„Das war spannend. Fand ich eine tolle Idee, ein Paar mal auf die Weise kennenzulernen."

„Hat es da gebrizzelt zwischen ihm und dir?"

„Hm ja, ich glaube schon. Irgendwie hatte das was."

Steffen nickte und fasste das wohl als ein Ja auf seine Frage auf. Ganz unrecht hatte er damit ja auch nicht. Doch glücklicherweise empfand er so etwas nicht als Bedrohung – zumal es nicht das erste Mal war, dass ich mich beim Swingen in einen anderen Mann verliebt hatte. Zwei Jahre zuvor war uns bei einem erotischen Pfingsttreffen ein anderes Paar sehr nah gekommen. Auch da hatte ich mich wohl in den anderen Mann verliebt. Ein bisschen jedenfalls. Mit diesem Paar hatten wir noch immer Kontakt, obgleich die beiden in Baden-Württemberg wohnten und es somit nur sehr selten ein Treffen geben konnte. Meine Verliebtheit jenem Mann gegenüber hatte sich schließlich wieder verflüchtigt. Ich hatte keine Ahnung, wann das war. Vielleicht neigte ich ja zu kurzlebigen emotionalen Strohfeuern. Aber was mit den beiden aus dem Südwesten blieb, war eine innige Freundschaft zu viert – eine Freundschaft mit Sex. Und das war wundervoll.

Würde sich die Sache mit Birte und David genauso entwickeln? Irgendwie hatte ich das Gefühl, dass sich hier etwas anderes anbahnte. Etwas, das mehr war als eine Freundschaft mit Sex. Was aber war mehr? Vielleicht eine Liebesbeziehung zu viert? Gab es so etwas überhaupt? War das möglich? Und wenn ja: Wohin würde uns das führen?

„Wie ist es mit dir?", fragte ich Steffen und sah ihn nun von der Seite an, während er seinen Blick weiter auf die Straße gerichtet hielt. „Wie war dein Flirt mit Birte?"

„Der war auch spannend. Sie hat mir ihr halbes Leben erzählt. Ihre Latexallergie muss wirklich die Pest sein. Wenn sie mit den falschen Dingen in Berührung kommt, kann sie rote Quaddeln auf der Haut bekommen, ihr wird übel und sie kann manchmal kaum noch atmen. Insofern kann ich schon verstehen, dass nicht einmal David beim Partnertausch normale Kondome nimmt, sondern alles von ihr fernhält, was mit Latex zu tun hat. Gut, dass es latexfreie Gummis gibt."

Ich nickte und erwiderte: „Ja, das ist gut. Aber das meinte ich nicht."

„Sondern?"

„Ich möchte wissen, ob du dich in Birte verliebt hast."

Steffen schaute mich noch immer nicht an, aber das war natürlich auch der Verkehrslage auf der Autobahn geschuldet. Ich sah meinem Liebsten an, dass er in sich hineinhorchte. Als er schließlich antwortete, hatte ich den Eindruck, dass seine Hände das Lenkrad etwas fester umschlossen.

„Ich glaube, ich verliebe mich nicht so leicht wie du", sagte er endlich.

„Das kann schon sein. Aber meine Frage war, ob du dich dieses Mal verliebt hast."

Wieder dachte er einen Augenblick nach, bevor er sagte: „Frag mich auf der Rückfahrt noch mal."

Feigling, dachte ich, und schmunzelte in mich hinein.

Birte und David begrüßten uns mehr als herzlich. Nachdem wir unser Auto vor der Garage ihres Einfamilienhauses abgestellt hatten, kamen sie zu uns und umarmten uns – weit länger und intensiver, als man das bei einer Begrüßung unter Freunden normalerweise tun würde. Na, na, na, schoss es mir durch den Kopf, als David dabei seine Hände auf meinen Po legte und mich an sich drückte. Was sollten davon denn die Nachbarn halten? Ich sprach es zwar nicht aus, aber in meinem Blick lag wohl hinreichend Ironie, sodass er verlegen lächelte, als wir uns wieder voneinander lösten und in die Augen sahen.

Bevor sich noch irgendetwas Unüberlegtes im Vorgarten und somit im Blick der Nachbarschaft ereignen konnte, führten die beiden uns ins Haus. Und das gefiel mir sofort. Sicher, es war von außen wie eins der vielen Häuser in dieser relativ neuen Stadtrandsiedlung. Aber Birte und David hatten es innen ganz ähnlich eingerichtet, wie auch ich das vermutlich tun würde – falls Steffen und ich eines Tages einmal genügend Geld für ein eigenes Haus haben sollten. Schon im Flur fiel mir auf, dass es unglaublich viel Holz gab. Der Fußboden bestand nicht aus dem üblichen Parkett oder Laminat, sondern aus massiven Kieferndielen, die sich auch ins Wohnzimmer und sogar in die Küche fortsetzten. Die Möbel im Wohnzimmer waren aus weißem Holz, nur der Kaminofen in der Ecke war schwarz. In der Mitte des Raumes lag (genau wie bei uns zu Haus) ein großer, dicker, flauschiger Teppich – geradezu wie gemacht, um sich nackt darauf zu räkeln, schoss es mir durch den Kopf. Ob ich diesen Teppich wohl in dieser Nacht an meiner Haut spüren würde? Ich könnte darauf wetten, flüsterte meine Erotikfee.

Unsere Freunde führten uns durch ihr großes Haus, das einen insgesamt skandinavischen Eindruck machte. Sie ließen uns jedes Zimmer besichtigen, auch das Schlafzimmer mit den raumhohen Fenstern und dem riesigen Doppelbett sowie das Bad mit der großen, ovalen Badewanne, in der vielleicht auch vier Menschen Platz finden konnten – wenn man denn etwas zusammenrückte. Als Steffen diesen Gedanken aussprach, entgegnete David nur grinsend:

„Ausprobiert haben wir das noch nicht. Aber nun seid ihr ja hier."

Aha, hörte ich die Erotikfee in mir flüstern, während sich eine Hand sanft auf meinen Po legte. Ohne näher zu ergründen, wem sie gehörte, wandte ich mich jedoch zum Weitergehen. Nicht jetzt und nicht hier, dachte ich innerlich grinsend. Jedenfalls nicht gleich. Allerdings vermutete ich auch nicht, dass einer der anderen in diesem Augenblick bereits das erotische Spiel ernsthaft beginnen wollte. Aber wer wusste das schon.

Mir fiel auf, dass ich während der gesamten Besichtigungsrunde nirgendwo ein Schälchen mit Kondomen entdecken konnte. Wenn Steffen und ich Gäste erwarteten, mit denen wir einen erotischen Abend verbringen wollten, dann verteilten wir überall in der Wohnung ganz dezent Schälchen mit Gummis. Schließlich wusste man nie, wie sich so ein Abend entwickelte und wo es am Ende zur Sache gehen würde. Da hatten wir auch als Gastgeber schon Überraschungen erlebt. Also besser vorbereitet sein. Sahen Birte und David das anders? Oder hatten sie ihre Kondome nur besser getarnt als wir das normalerweise taten? Immerhin hatte ich auf beiden Seiten des Doppelbettes kleine Schatullen gesehen, die ja vielleicht einen entsprechenden Inhalt hatten.

„Ihr habt eine Menge Platz", sagte ich, als wir schließlich wieder unten waren und auf der Terrasse mit Sekt anstießen.

„Ja, eigentlich brauchen wir gar nicht so ein großes Haus. Aber es war ein Schnäppchen, als wir es kaufen konnten – und da haben wir es natürlich auch mit den vielen Quadratmetern genommen", entgegnete David.

„Da ist doch noch Platz für mindestens ein, zwei Kinderzimmer", sagte ich.

„Na, mal sehen", entgegnete David nur, während Birte ihn mit einem Gesichtsausdruck ansah, den ich nicht recht deuten konnte. Waren Kinder ein Thema für die beiden? Oder gerade nicht? Oder möglicherweise ein konfliktäres Thema? Plötzlich hatte ich den Gedanken, dass wir hier gerade über den Klassiker einer Beziehung sprachen: Frau will ein Kind, Mann nicht. Aber das war natürlich eine Mutmaßung, und ich fragte besser nicht weiter nach.

Nach einer Weile (und ungefähr dem dritten Glas Sekt) schlugen die beiden vor, etwas zu essen. Sie hatten spanische Tapas mit Weißbrot vorbereitet; dazu gab es einen ziemlich leckeren Rotwein. Wir setzten uns an den Esstisch, und es ergab sich wie selbstverständlich eine Sitzordnung, bei der ich Steffen gegenüber saß, während David sich auf den Stuhl neben mir setzte. Dabei entwickelte sich zunächst ein entspanntes Abendessen, wie es auch mit ganz normalen Freunden oder in der Familie hätte stattfinden können – vielleicht abgesehen davon, dass David mir immer wieder auf die Beine schielte, die in halterlosen Netzstrümpfen steckten. War mein Minirock vielleicht zu kurz, zu provozierend? Was für ein absurder Gedanke, entgegnete meine Erotikfee: Birtes Rock ist noch kürzer. Außerdem wissen alle, warum ihr hier seid.

In der Tat, das wussten wir. Sonst hätte ich sicherlich auch nicht auf den BH unter meiner engen Bluse verzichtet. Ich war mir sicher, dass David das längst aufgefallen war. Seine Blicke beschränkten sich jedenfalls nicht auf meine Beine.

Zum Nachtisch kündigte Birte eine Creme brulee an, für die sie aber erst noch die heiße Karamellkruste zubereiten müsse. Als sie aufstand, erhob sich auch Steffen, um ihr seine Hilfe anzubieten. Während die beiden mit den leeren Tellern in den Händen Richtung Küche gingen, stellte ich fest, dass meine Erotikfee recht gehabt hatte: Birtes Rock war in der Tat noch kürzer als meiner. Nicht viel, aber ein bisschen eben doch. Als ich ganz selbstverständlich ebenfalls zum Aufstehen ansetzte, um beim Abräumen zu helfen, spürte ich Davids Hand auf meinem Bein.

„Lass mal", sagte er und setzte sein charmantes Lächeln auf, mit dem er mich schon mehrfach verzaubert hatte. „Die beiden schaffen das schon."

Ja, warum eigentlich nicht, dachte ich, lehnte mich in dem bequemen Stuhl wieder zurück und erwiderte sein Lächeln. Dabei ließ er seine Hand auf meinem Bein liegen. Wir sahen uns eine gefühlte Ewigkeit an, in der niemand etwas sagte, niemand etwas tat – vielleicht abgesehen von meinem Herzschlag, der sich eindeutig beschleunigte. Wenn er jetzt seine Hand unter deinen Rock wandern lässt, dann stoßen seine Finger auf deine Muschi, flüsterte die Erotikfee in mir. Naja fast, dachte ich. Immerhin trug ich ja noch einen Slip unter dem Rock, auch wenn dieser winzige String nicht wirklich viel bedeckte.

Seine Hand bewegte sich jedoch nicht – obgleich ich ganz undamenhaft meine Beine ein klein wenig öffnete und wohl insgeheim Davids wandernde Hand erwartete. Stattdessen aber beugte er sich zu mir und küsste mich. Es wurde ein langer, intensiver Kuss, bei dem unsere Zungen miteinander tanzten. Ich schlang meine Arme um seinen Nacken, fuhr mit meinen Händen in sein Haar und zerzauste es liebevoll, während unser Kuss kein Ende finden wollte. Als sich unsere Lippen schließlich doch voneinander lösten, strahlten wir uns an – um uns im nächsten Augenblick erneut zu küssen.

Irgendwann aber musste ich nach Luft schnappen. Ich schaute in Richtung Flur, aber von Birte und Steffen war weder etwas zu sehen noch zu hören.

„Wo bleiben die beiden eigentlich?", fragte ich.

„Creme brulee dauert ein paar Minuten", entgegnete David, während sich seine Hand auf meinem Bein nun doch ganz langsam nach oben schob.

„Oder sie knutschen genauso wie wir", entgegnete ich.

„Oder sie knutschen genauso wie wir", echote er, wobei sich sein Lächeln in ein Grinsen verwandelte. „Möchtest du, dass wir in die Küche gehen und nachschauen?"

„Ja", sagte ich kurz entschlossen und stand auf. „Möchte ich."

Das überraschte ihn sichtlich. Denn offenbar hatte er seine Frage nicht ganz ernst gemeint. Aber natürlich stand auch er auf und folgte mir in den Flur. Die Küchentür war nur angelehnt, von drinnen war nichts zu hören. Vorsichtig tippte ich mit dem Finger gegen die Tür, um sie etwas weiter zu öffnen. In der Küche entdeckten wir seine Frau und meinen Mann in inniger Umarmung bei einer mindestens ebenso leidenschaftlichen Knutscherei, wie ich sie gerade eben mit David erlebt hatte.

Birte saß auf der Anrichte und hatte ihre Beine um Steffens Hüfte geschlungen. Anders als ich trug sie keine Strümpfe, ihr ohnehin sehr kurzer Rock war in dieser Haltung noch weiter nach oben gerutscht, so dass viel Bein zu sehen war – sehr viel Bein sogar. Als die beiden uns bemerkten, lösten sie sich ein wenig voneinander – allerdings nicht völlig, und ich hatte den Eindruck, sie taten es eher widerwillig.

„Wir sind ja schon brav", sagte Steffen mit einem leicht verlegenen Grinsen, während Birte von der Anrichte herunterrutschte und ihren Rock wieder glattstrich. Trotzdem hatte ich bemerkt, dass sie keinen Slip darunter trug. Hatte Steffen ihr den schon ausgezogen? Oder war sie von Anfang an unten ohne gewesen?

Kaum ließ man uns mit dem jeweils anderen allein, konnte keiner die Finger von dem anderen lassen, schoss es mir durch den Kopf. Na wenn das kein Omen für ein heißes Wochenende war …

David und ich gingen die zwei Schritte von der Küchentür zu den beiden, und wir setzten die Knutscherei zu viert fort – nun allerdings jeder mit seinem eigenen Partner. Fürs erste jedenfalls. Es dauerte jedoch nicht lange, bis wir wieder wechselten. Der Reiz des Fremden war wohl doch für jeden von uns zu verlockend.

Während wir noch immer heiße Zungenküsse austauschten schob sich Steffens Hand unter meinen Rock, streichelte meinen Po – und bekam kurz darauf Gesellschaft von Davids Hand, die meine andere Pobacke liebkoste. Ich war mir fast sicher, dass Birte die Hände der beiden ebenfalls auf ihrem süßen Hinterteil spürte.

Auch ich konnte meine Finger nicht von den Männern lassen. Wobei die allerdings noch immer komplett angezogen waren. Birte und ich waren das zwar auch, aber was hieß schon komplett angezogen für eine Frau im Minirock, unter den sich männliche Hände schoben? Wobei diese Hände nicht nur unter dem Rock zu spüren waren. Eigentlich waren sie überall – sowohl bei Birte als auch bei mir.

Und plötzlich stellte ich fest, dass an meiner Bluse ein weiterer Knopf offen war, dann noch einer und noch einer – bis der Stoff nur noch ganz locker über meinen Brüsten lag. Die Erregung in mir wuchs, als sich Davids Hand zu meinem Busen schob – während Steffen Birtes mittlerweile ebenfalls geöffnete Bluse über ihre Schultern schob, wo sie sich verselbstständigte und zu Boden fiel. Da Birte ebenso wenig wie ich einen BH trug, war sie nun oben ohne. Sie trug jetzt nur noch ihren kurzen Rock und ihre Pumps.

„Lasst uns ins Wohnzimmer gehen", sagte David schließlich mit einer rauen Stimme, als mein Mund seine Lippen während der wechselnden Knutscherei für einen Moment freigab.

Er sprach mir aus der Seele. So erotisch das Küssen, Fummeln und allmähliche Ausziehen in der Küche auch war: Ich wollte jetzt mehr – allerdings nicht unbedingt in der Küche. Sicherlich empfanden das auch die anderen so.

Ein paar Sekunden später fanden wir uns auf dem flauschigen Wohnzimmerteppich wieder – zwar nicht alle sofort völlig nackt, aber doch fast. Die meisten noch vorhandenen Kleidungsstücke landeten ziemlich ungeordnet irgendwo im Raum. Lediglich Steffen und ich behielten unsere Slips noch an. Ach komm schon, flüsterte meine Erotikfee. Zieh dich ganz aus, eure Gastgeber sind doch auch schon nackt. Aber ich hörte nicht auf sie. Nein, dachte ich. Dieses Kleidungsstück sollte mir jemand anders vom Körper streifen. Natürlich war ich mir sicher, dass David das irgendwann tun würde. Ich war nur gespannt wann und wie. Allzu viel Zeit würde er sich vermutlich nicht damit lassen, mutmaßte ich.

Vorerst aber machte er keine Anstalten dazu. Ich fand mich auf dem Rücken liegend wieder, spürte den weichen Teppich an meiner Haut und Davids Kopf zwischen meinen Beinen. Seine Lippen wanderten an den Innenseiten meiner Oberschenkel nach oben und küssten schließlich den dünnen Stoff meines Slips. Gleich, dachte ich, gleich wird er ihn mir auszziehen und mich mit seiner Zunge verwöhnen.

Mit der zweiten Erwartung hatte ich recht, mit der ersten nicht. David schob den Slip lediglich zur Seite und tauchte im nächsten Moment mit einem Finger zwischen meine Schamlippen ein – dem nur wenige Sekunden später seine Zunge folgte. Sein Lecken war wundervoll. Ja, genau so hatte er es auch eine Woche zuvor in Hannover gemacht. Ich genoss es und schloss die Augen. Als ich sie wieder öffnete, blicke ich zur Seite und sah, dass mein Liebster die andere Frau auf die gleiche Weise verwöhnte wie ihr Mann das mit mir tat. Nur mit dem Unterschied, dass Steffen keinen Slip zur Seite schieben musste, sondern Birtes blanke Muschi ganz ohne jedes Hindernis verwöhnen konnte – was er mit sehr viel Hingabe auch tat. Wollte David mir nicht endlich auch meinen Slip ausziehen?

Wollte er offenbar nicht. Als er seine Liebkosungen in meinem Schoß beendete, ließ er den Stoff wieder zurückrutschen, so dass meine Muschi wieder bedeckt war. So halbwegs jedenfalls. Stattdessen wanderte er mit seinen Lippen nun aufwärts, küsste ausgiebig meinen Bauchnabel, wanderte weiter bis zu meinem Busen, bei dem er sich sehr lange aufhielt. Meine Nippel wurden steif unter den kreisenden Bewegungen seiner Zunge, er vergrub sein Gesicht zwischen meinen Brüsten und atmete tief ein. Offenbar mochte er den Duft, den er dort wahrnahm.

Als er wieder auftauchte, strahlte ich ihn an und warf ihm einen Luftkuss zu – den er umgehend in einen richtigen Kuss verwandelte, während er sich auf mich legte. Wir küssten uns lange und leidenschaftlich, während ich seinen steifen Schwanz in meinem Schoß spürte. Er bewegte sich dabei ganz vorsichtig auf mir, gerade so, als würde er beginnen, in mich einzudringen. Das Wissen, dass zwischen seinem blanken Schwanz und meiner Muschi nichts mehr war als mein dünner String, verstärkte das Herzklopfen in mir.

Natürlich hatte ich das Vertrauen, dass er diese Position nicht ausnutzen würde, um mich im nächsten Moment plötzlich ohne Kondom zu nehmen – zumal er dazu meinen Slip erneut zur Seite hätte schieben müssen. Aber er spielte mit der Situation. Ich ließ mich auf dieses Spiel mit dem Feuer ein und spürte, wie es immer heißer wurde. Verbrenn dich nicht, hörte ich die Mahnerin in mir. Aber ich achtete nicht weiter auf sie. Im Gegenteil: Ich öffnete meine Beine sogar noch etwas mehr – gerade so, als würde ich in der nächsten Sekunde seinen Schwanz in mir erwarten. Damit ermunterte ich ihn offenbar, sich stärker zu bewegen. Nicht sehr, aber sein Schwanz glitt über den Stoff meines Slips, der immer feuchter wurde.

Dieses Spiel versetzte mich in einen Rausch. Wir fickten nicht, aber wir taten so. David bewegte sich auf mir, wir küssten uns immer wieder, seine Hände fixierten meine Handgelenke auf dem Teppich, so dass ich ihm in diesem Moment ausgeliefert war. Ich stellte mir vor, er würde mich jetzt ganz einfach nehmen – was er natürlich nicht tat. Seine Hände ließen mich wieder frei, sie wanderten nun an meinem Körper abwärts, dann wieder nach oben, wieder nach unten, meine Beine schlangen sich um sein Becken und drückten den Mann eng an mich.

Allerdings hatte ich plötzlich den Eindruck, dass sich mein Slip bei all dem verschoben hatte. Sicherlich nicht viel, aber offenbar doch genug, dass sein Schwanz nun nicht mehr auf dem Stoff, sondern direkt auf meinen Schamlippen lag. David bewegte sich jetzt nur noch sehr langsam. Ihm war wohl auch bewusst, dass wir gerade eine französische Schlittenfahrt begonnen hatten: Er drang nicht in mich ein, aber sein Schwanz rieb direkt auf meinen feuchten Schamlippen – Haut an Haut. Als die Spitze seines steifen Teils dem Eingang zu meinem Allerheiligsten gefährlich nahe kam, erstarben seine Bewegungen. Aber er zog sich auch nicht von dort zurück.

War das jetzt überhaupt noch ein Spiel? Wir blickten uns in die Augen, und plötzlich hatte ich das Gefühl, dass er es tatsächlich tun wollte. Hatte er etwa allen Ernstes vor, mich blank zu ficken? Oder bildete ich mir das nur ein? Wollte ich das denn? Natürlich nicht! Auch wenn ich das Pochen meines Herzens im Hals spürte und ich mich im Grunde genau danach sehnte. Es fehlte in diesem Augenblick lediglich eine Winzigkeit. Nur einer von uns beiden hätte sich bewegen müssen, und sein blanker Schwanz wäre in mich hineingeglitten. Ganz mühelos, wie selbstverständlich. Dieser sehr ernste Blick in die Augen dauerte eine gefühlte Ewigkeit.

Schließlich war ich es, die sich bewegte. Allerdings bewegte ich nicht mein Becken, sondern den Kopf. Wobei es eher die Andeutung eines Kopfschüttelns war, nur ganz leicht. Aber es war genug, dass er es verstand – und glücklicherweise respektierte. Im nächsten Augenblick war er nicht mehr so gefährlich nah an mir. Ich war erleichtert und zugleich auch traurig. Für einen Moment hätte ich ihn gern in mir gespürt – ohne Kondom zwischen uns. Aber natürlich durfte das nicht sein. Niemals! Da war ich ganz bei meiner Mahnerin, die im letzten Augenblick meinen Verstand doch wieder eingeschaltet hatte. Gerade so eben noch rechtzeitig, wie mir schien.

Wie eine Woche zuvor waren die Kondome auch diesmal nicht Griffweite. Jedenfalls nicht ganz. David musste sich zumindest weit zur Seite lehnen, um sie unter dem TV-Tischchen hervorzuziehen – wobei meine Beine ihn nur widerwillig freigaben. Den spontanen Sex zwischen Tapas und Creme brulee hatten unsere Gastgeber wohl nicht eingeplant, schoss es mir mit Blick auf die ungünstige Platzierung der Gummis durch den Kopf.

David hatte es nun eilig, sehr eilig. Ich hatte selten gesehen, dass sich jemand so schnell ein Kondom über den Schwanz streifen konnte. Und Zeit, mir den Slip auszuziehen, nahm er sich ebenso wenig wie ich. Sofort war er wieder zwischen meinen Beinen, er schob den winzigen Stofffetzen erneut zur Seite und war im nächsten Moment in mir. Während er mich mit schnellen und heftigen Stößen nahm, klebten unsere Blicke erneut aneinander – mit ebenso viel Ernsthaftigkeit wie kurz zuvor.

David fickte mich wie besessen, und ich mutmaßte, dass er das nicht lange durchhalten würde. Doch ich genoss mit jeder Faser meines Körpers, was er tat. Sollte er tatsächlich so schnell kommen, wie ich nun vermutete, dann sollte es so sein. Ich würde ihn nicht erneut bremsen.

Plötzlich jedoch wurde ich von einem spitzen Orgasmusschrei neben uns abgelenkt. Ach ja, da waren ja auch noch Birte und Steffen. Die beiden hatte ich inzwischen wohl ausgeblendet. Doch Birte schrie mich aus meiner Trance, während sie den Ritt auf Steffen fortsetzte. Unwillkürlich schaute ich auf ihre schönen Pobacken, zwischen denen Steffens Schwanz immer wieder zum Vorschein kam, um sofort wieder zu verschwinden. Beruhigt stellte ich fest, dass auch er ein Kondom drübergestreift hatte. Normalerweise hätte ich das gar nicht infrage gestellt. Doch nach dem, was gerade zwischen David und mir geschehen war, hatte ich plötzlich den Gedankenblitz, dass es mein Mann mit der anderen Frau möglicherweise ohne Kondom tun könnte. Ich schämte mich für diese Mutmaßung, klammerte mich an Davids breite Schultern und konzentrierte mich wieder ganz auf ihn und unseren Sex.

Zu meinem Erstaunen, hielt er sein hohes Ficktempo ziemlich lange durch – jedenfalls lange genug, um mir einen Orgasmus zu bescheren. Er hielt einen Augenblick inne, machte dann weiter und brachte mich kurz darauf zu einem zweiten Höhepunkt – ohne dass ich bei ihm bereits irgendwelche Anzeichen dieser Art ausgemacht hätte. Dabei hatte ich zuvor noch vermutet, er würde möglicherweise sehr schnell abspritzen. Wie sehr man sich doch irren konnte!

Ich beschloss, ihm ein Dankeschön der besonderen Art zu schenken. Sanft drückte ich ihn von mir herunter, und er ließ sich bereitwillig auf den Rücken fallen. Wahrscheinlich vermutete er, ich wolle mich nun auf ihn setzen und ihn reiten. Doch stattdessen tauchte ich mit meinem Kopf in seinen Schoß, zog ihm das Gummi vom Schwanz und nahm ihn tief in den Mund. Ich legte meine Lippen fest um den Schaft, sorgte dafür, dass viel Speichel im Spiel war und unterstützte mein Blasen mit der Hand. Bald darauf begann er zu zucken.

„Vorsicht", murmelte er, wenn auch nicht sonderlich laut. Aber da spürte ich auch schon, wie sich sein warmes Sperma in meinen Mund ergoss. Ich öffnete die Lippen nicht, sondern schluckte, was aus ihm herausprudelte. Erst als sein Orgasmus bereits abgeklungen war, entließ ich seinen Schwanz aus meinem Mund – wobei ich darauf achtete, dass ein wenig Sperma an meinen Lippen hängenblieb. So etwas erregte jeden Mann, wie ich nur zu gut wusste. Es prickte mich, ihm diesen kleinen Zusatzkick auch noch zu geben.

Ich schaute David lächelnd an und blickte in zwei weit aufgerissene Augen über einem halb geöffneten Mund, durch den er keuchend atmete. Ich nahm es als Zeichen, dass ihm mein kleines Geschenk gefallen hatte.

Erst jetzt bemerkte ich, dass Birte und Steffen mittlerweile ganz entspannt mit dem Rücken gegen das Sofa gelehnt saßen und uns nur noch zusahen. Offenbar waren die beiden vor uns fertig gewesen. Birtes Orgasmusschrei hatte ich ja zwischendurch irgendwann gehört; Steffens Höhepunkt hingegen musste ich verpasst haben. Aber neben den beiden lag ein mit Sperma gefülltes Kondom. Offenbar war er in ihr gekommen.

Mein Mann schaute mich mit einem eigentümlichen Lächeln an, und mir fiel unser Bettgespräch wieder ein, das wir zwei Monate zuvor nach der Clubbegegnung geführt hatten. Ich erwiderte sein Lächeln und nickte ihm wortlos zu. Steffen hatte soeben die Antwort auf seine Frage bekommen: Ja, ich ließ mir von David in den Mund spritzen. Würde Birte meinem Mann irgendwann wohl das gleiche Geschenk machen?

„Eigentlich wollten wir ja das Dessert machen", sagte Birte schließlich in die entspannte Stille.

„Ich hatte grad Dessert", entgegnete ich und wischte mir Davids Spermareste vom Mund – womit ich die anderen zu einem verhaltenen Lachen brachte.

„Ja, das sieht man", sagte Birte lächelnd. „Ich hätte aber trotzdem noch Lust auf eine andere Süßigkeit. Ihr auch?"

Alle nickten zustimmend, Birte erhob sich vom Teppich, und Steffen wollte ihr folgen.

„Ne, lass mal", sagte ich zu ihm und stand selbst auf. „Wer weiß, wann ihr zurückkommt, wenn ihr wieder gemeinsam in der Küche verschwindet. Lass mich das mit Birte machen."

„Moment", sagte David zu mir, als ich neben ihm stand, griff zu meinem Slip und zog ihn mir aus. „Den brauchst du heute nicht mehr."

„Das war zwar nicht das erste Mal, dass mir ein Mann den Slip auszieht", sagte ich. „Aber ich glaube, das war das erste Mal, dass das jemand erst nach dem Sex getan hat."

„Nach dem Sex ist vor dem Sex", entgegnete er vielsagend. Ich war mir sicher, dass er damit recht behalten würde.

Natürlich ging es mir nicht um die Süßspeise oder Steffens langes Fernbleiben, sondern um ein kleines Gespräch von Frau zu Frau, das ich jetzt gern haben wollte. Allerdings wurde ich zunächst noch Zeuge einer Unterhaltung von Mann zu Mann. Während ich mich mit Birte auf den Weg in die Küche machte, hörte ich gerade noch, wie Steffen zu David sagte:

„Da hat Kirsten dir grad sehr viel Zuneigung bewiesen."

Unwillkürlich blieb ich stehen, machte vorsichtig zwei sanfte Schritte rückwärts, um hören zu können, was die beiden nun miteinander redeten. Meine Neugierde war einfach zu groß. Ich wollte wissen, was Steffen damit meinte – obgleich ich es bereits ahnte. Auch Birte spitzte die Ohren und lauschte. Tatsächlich bemerkten uns die Männer wohl nicht, als Steffen fortfuhr:

„Normalerweise lässt sich Kirsten nicht so ohne weiteres von anderen Männern in den Mund spritzen. Das ist zwar dann und wann auch schon passiert, aber dass sie einem Mann das Gummi abzieht, um ihn auszusaugen, ist schon eine Seltenheit."

„So etwas habe ich auch noch nicht erlebt. Du hast eine tolle Frau!", erwiderte David und zauberte mir damit ein Lächeln ins Gesicht.

„Ja, habe ich. Du aber auch", entgegnete Steffen, womit Birte und ich uns zufrieden zunickten und den Weg in die Küche fortsetzten.

Dort versuchte ich, meine Freundin dezent auf die französische Schlittenfahrt anzusprechen, die ich mit ihrem Mann soeben erlebt hatte. Diesen Begriff hatte ich vor Kurzem in einem Sexforum gelesen: Wenn ein Mann seinen ungeschützten Schwanz an den Schamlippen einer Frau rieb, ohne jedoch wirklich in sie einzudringen, dann bezeichnete man das als „französische Schlittenfahrt" – oder auch als „chinesische Schlittenfahrt". Wie auch immer man es nennen wollte: Es war ein Spiel mit dem Feuer. Und an diesem Feuer konnte man sich leicht verbrennen. Da hatte meine Mahnerin vorhin durchaus recht gehabt.

Wie sah Birte das? Ihr Mann und ich waren verdammt nah dran gewesen, blank zu ficken. Mich interessierte, ob sie das bemerkt hatte oder ob die beiden so etwas vielleicht sogar schon einmal beim Partnertausch gemacht hatten. Doch es gelang mir nicht, die Kurve zu dem Thema zu bekommen, ohne zu direkt zu sein. Entweder verstand Birte meine Anspielungen nicht oder sie wollte sie nicht verstehen. Aber vielleicht wollte sie in erster Linie tatsächlich ihre Creme brulee fertigstellen und auf den Tisch bringen – beziehungsweise auf den Teppich. Also ließ ich meine Anspielungen und half ihr schließlich nur beim Nachtisch.

Der erwies sich als Köstlichkeit. Es war wirklich großartig, was sie da gezaubert hatte, und ich konnte verstehen, dass sie uns das nicht vorenthalten wollte. Steffen und ich lobten ihre Creme in den höchsten Tönen – und das war durchaus ehrlich gemeint.

Während wir nackt auf dem Teppich saßen und uns in gepflegtem Smalltalk übten, konnte ich mich irgendwann dann doch nicht mehr zurückhalten. Ich wollte einfach wissen, was das gewesen war zwischen David und mir. Deshalb sagte ich schließlich ganz unverblümt an ihn gewandt:

„Für einen Moment dachte ich vorhin, du wolltest mich blank ficken."

Damit produzierte ich eine sich hebende Augenbraue in Steffens Gesicht, während David nach einem Augenblick Pause entgegnete:

„Das dachte ich auch."

Daraufhin ging auch Steffens zweite Augenbraue nach oben. Mein Liebster war ernsthaft erstaunt. Offensichtlich hatte er nicht mitbekommen, wie David und ich Schlitten gefahren waren. Nun ja, er war ja auch anderweitig beschäftigt gewesen. Auch an mir war ja fast völlig vorbeigegangen, was er mit der anderen Frau getan hatte.

„Wie bitte?", fragte er in die Runde.

„Wir hatten eine französische Schlittenfahrt", sagte ich in einem möglichst unverfänglichen Ton – etwa in der gleichen Stimmlage, als hätte ich Birte gefragt, ob sie noch etwas von ihrem wundervollen Dessert habe. Trotzdem sah ich Steffen an, dass ihm nicht gefiel, was er hörte – was die Mahnerin in mir sehr zufrieden zur Kenntnis nahm. Trotzdem setzte ich nach und fragte an unsere Freunde gewandt:

„Habt ihr es schon mal mit einem anderen Paar ohne Kondom gemacht?"

„Nein", entgegnete Birte. „Wir sind kein AO-Paar und wir können uns auch nicht vorstellen, eins zu werden."

AO, dachte ich. In den Swingerforen im Internet gab es ganze Gruppen, die sich mit diesem Thema beschäftigten. Die Abkürzung stand für „alles ohne" und beschrieb den Partnertausch ohne Kondom. AO-Paare waren nach unserer Einschätzung zwar eine kleine Minderheit innerhalb der Swingerszene, aber es gab sie, und wir hielten uns von ihnen fern.

„Wäre auch ein ziemlicher Wahnsinn", warf Steffen ein, womit er ein allgemeines Kopfnicken auslöste. „Safer Sex ist etwas anderes!"

„Trotzdem war das grad unglaublich aufregend, was Kirsten und ich da getan haben", sagte David halb in die Runde und halb zu sich selbst.

Und bevor Birte oder Steffen antworten konnten, sagte ich:

„Da hast du wohl recht. Aber unsere Gesundheit ist uns dann doch wichtiger."

„Natürlich!", beeilte sich David, mir zuzustimmen. „Ich hätte dir meinen Schwanz niemals ohne Kondom reingesteckt."

Wirklich nicht? Da war ich mir inzwischen nicht mehr ganz so sicher, sprach es aber nicht aus. Immerhin hatte David schon eine Woche zuvor in Hannover eine ähnliche Anspielung gemacht. Waren das nur Worte gewesen? Oder hätte er es vielleicht tatsächlich lieber ohne Gummi macht?

„Wir haben allerdings schon mal darüber nachgedacht, wie es wohl wäre, mit einem einzigen Paar so etwas zu vereinbaren", sagte Birte nun – und ich erkannte, dass meine Gedanken gar nicht so abwegig gewesen waren.

„Sozusagen gummifrei ganz exklusiv unter vier Menschen", fügte David hinzu.

„Zu welchem Ergebnis seid ihr bei eurem Nachdenken gekommen?", fragte ich.

„Dass es geil wäre", erwiderte Birte. „Und dass es die Sache vereinfachen würde – nicht zuletzt wegen meiner Latex-Allergie."

„Jaja", sagte Steffen zu meinem Erstaunen. „Geil wäre es zweifellos."

„Das würde natürlich ein ziemliches Vertrauen unter allen vier Beteiligten voraussetzen", warf David ein.

„Ein immenses Vertrauen!", bekräftigte ich.

Und plötzlich schauten wir uns alle vier wechselseitig an, ohne dass jemand noch etwas hinzufügte. Nur ganz tief in mir hörte ich die Stimme meiner Mahnerin: Seid ihr wahnsinnig? Aber geil wäre es doch, hörte ich eine andere Stimme in mir. Hatte da grad meine Erotikfee geflüstert? Oder war es eher die Teufelin?

Damit blieb das Thema im Raum stehen. Mehr oder weniger hatten wir alle vier zu erkennen gegeben, dass wir uns Partnertausch ohne Kondom in einer vertrauensvollen Viererkonstellation vorstellen könnten. Vereinbart, dies auch tatsächlich zu tun, hatten wir allerdings nicht. Jedenfalls nicht ausdrücklich. Deshalb war ich nach dem Gespräch eher noch verwirrter als zuvor. Obgleich ich den Eindruck hatte, dass Birte und David das ernsthaft mit uns in Erwägung zogen, brachten sie das Gespräch nicht mehr auf den entscheidenden Punkt. Oder gingen sie stillschweigend davon aus, dass wir uns nun auf gummifreies Poppen verständigt hatten? Nein, sagte meine Mahnerin ganz deutlich. Das habt ihr nicht. Wirklich nicht? Meine Erotikfee war sich da nicht so sicher.

„Aber eigentlich wollten wir das Thema gar nicht mit euch besprechen", sagte David schließlich, wobei er das *Das* betonte.

„Sondern?", fragte Steffen.

„Seit unserem getrennten Flirt letzte Woche in Hannover spukt uns ein ganz anderer Gedanke im Kopf herum."

„Nämlich?", wollte ich wissen.

„Macht ihr Partnertausch in getrennten Räumen?", fragte Birte.

„An sich mögen wir es lieber gemeinsam. Aber wir hatten auch schon getrennte Räume", entgegnete Steffen. „Und ihr?"

„Wir hatten das noch nicht", sagte David. „Aber wir würden das gern mal ausprobieren – sofern wir das passende Paar dafür finden."

„Wie müsste das passende Paar denn sein?", fragte ich.

„Ungefähr so wie ihr", erwiderte David schmunzelnd.

„Ungefähr?", fragte ich zurück.

„Nein", warf Birte ein. „Nicht ungefähr. Ganz genau so wie ihr!"

Nun entstand erneut eine kurze Pause in unserem Gespräch, in der lediglich Blicke hin- und herwanderten. Allerdings waren es weniger ernste Blicke als ein paar Minuten zuvor, sondern eher verschmitzte, lüsterne Blicke, die erkennen ließen, dass wir uns soeben auf Partnertausch in getrennten Räumen geeinigt hatten. Ich war lediglich neugierig, wer den entscheidenden Anstoß dazu geben würde, wartete ab und lächelte David ebenso vielsagend an wie die anderen beiden.

Schließlich war es Birte, die aufstand, Steffen die Hand reichte und sagte:

„Komm, ich zeig dir mal unser Gästezimmer."

Mein Liebster nahm die Hand und folgte ihr bereitwillig aus dem Wohnzimmer – mehr als bereitwillig, hatte ich den Eindruck. Aber ich fands schön, dass er zuvor noch ein verschwörerisches Augenzwinkern mit mir tauschte. Dann sah ich ihn und unsere Gastgeberin aus dem Raum gehen, wobei mein Blick auf den beiden nackten Hinterteilen lag, bis die zwei den Raum verlassen hatten.

„Steffen hat euer Gästezimmer doch vorhin bei der Besichtigungsrunde längst gesehen", sagte ich mit gespielter Naivität zu David, als wir allein waren.

„Das stimmt. Aber hätte sie sagen sollen: ‚Du, ich will jetzt allein mit dir ficken'?"

Ich musste grinsen: „Wäre zumindest eine erfrischende Offenheit gewesen."

„Hätte mich allerdings auch nicht gewundert, wenn Birte das gesagt hätte. Manchmal ist sie sehr offen und direkt. Vor allem, wenn sie einen Mann wirklich will. Und das ist bei Steffen definitiv der Fall."

„Und du? Was willst du?"

„Ich will dir jetzt mal unseren begehbaren Kleiderschrank zeigen", entgegnete er grinsend, weil er wohl ganz richtig vermutete, dass ich nun eine direktere Antwort erwartet hatte. Stattdessen kündigte auch er ganz harmlos eine Besichtigung an – etwa in dem Ton, in dem unsere Großväter vermutlich die Präsentation ihrer Briefmarkensammlungen vorgeschlagen hatten.

David stand auf, reichte mir die Hand, und ich ließ mich von ihm hochziehen. Wir umarmten und küssten uns, sahen uns tief in die Augen, und schließlich fügte er hinzu:

„Außerdem will ich jetzt allein mit dir ficken!"

Er führte mich über die Treppe in den ersten Stock des Hauses. Insgeheim lauschte ich, ob ich hinter einer der Türen irgendwelche verräterischen Geräusche vernehmen konnte. Aber es war alles still. Ich wusste auch nicht mehr so recht, hinter welcher der Türen in diesem großen Haus sich das Gästezimmer befand, in dem es nun vermutlich mein Liebster mit der anderen Frau trieb – oder zumindest dabei war, ein Liebesspiel zu beginnen.

Wir betraten das Schlafzimmer, und mir fiel erneut auf, wie unglaublich aufgeräumt es hier war. So aufgeräumt war unser Schlafzimmer in Hannover noch nie gewesen. Und mir fiel auf, dass das Doppelbett der beiden noch größer war als unseres – und das war schon nicht ganz klein.

„Ist eine Sonderanfertigung", sagte David, der meine Gedanken in diesem Moment zu erraten schien. „So breite Betten bekommt man nicht im Möbelhaus am Stadtrand."

„Es ist toll", sagte ich. „Eine richtige große Spielwiese."

„Oh ja! Man kann hier auch zu dritt problemlos schlafen, ohne dass es im Laufe der Nacht zu eng wird. Mit einer lieben Freundin haben wir das schon gemacht."

Das wollte ich gar nicht wissen. Warum mussten manche Männer bloß in derart falschen Momenten ihre erotischen Erlebnisse zum Besten geben? Jetzt war schließlich ich hier – und nicht jene liebe Freundin. Also sollte sich David bitte sehr auf mich konzentrieren.

Ich ignorierte die Bemerkung, setzte mich auf den Rand des Bettes und nahm die Schatulle in die Hand, die auf dem Nachttisch stand.

„Darf ich?", fragte ich und sah ihn an.

Er nickte, und ich öffnete den Deckel des Kästchens. Wie erwartet befanden sich darin die latexfreien Kondome, die auch für Birte geeignet waren.

„Allzeit bereit", sagte ich.

„Nein, nicht allzeit", entgegnete er und setzte sich zu mir. „Nur, wenn lieber Besuch kommt."

Als er seinen Arm um mich legte und zärtlich meine Schulter zu küssen begann, fiel mein Blick auf einen Türknauf, der vor der Tapete an der gegenüberliegenden Wand kaum auffiel. Jedenfalls hatte ich ihn vorhin bei der Besichtigung nicht weiter bemerkt.

„Was ist da denn?", fragte ich ihn.

„Unser begehbarer Kleiderschrank."

„Ach, ihr habt tatsächlich so ein Teil?", entgegnete ich mit ernsthaftem Erstaunen.

„Sagte ich doch."

„Jaja", erwiderte ich, stand auf und ging zu der verborgenen Tür – womit ich fürs Erste die sich gerade neu aufbauende erotische Spannung zwischen uns vertrieb. „Und du hattest gesagt, dass du ihn mir zeigen wolltest."

Achselzuckend folgte er mir und öffnete die Tür für mich, womit sich automatisch das Licht im Innern des Raumes einschaltete. Was ich sah, war allerdings doch mehr ein sehr großer Schrank als ein kleines Zimmer, das ich eigentlich erwartet hatte. Man konnte zwar hineingehen, aber allzu viel Bewegungsfreiheit gab es nicht in dem kleinen Raum. Um an die Fächer an der Rückseite zu kommen, musste man sich unter der Kleiderstange durchducken, die quer durch den Raum ging und gut belegt war. Trotzdem wurde ich ein klein wenig neidisch. Hier gab es wahnsinnig viel Stauraum. Ich stellte fest, dass unsere Gastgeber den offensichtlich genutzt hatten, um den Alltagszustand ihres Schlafzimmers vor uns zu verbergen. Am Boden lagen mehrere Wäschehaufen, Kisten, Schuhe und dergleichen mehr.

„Das also ist das Geheimnis eures unglaublich aufgeräumten Schlafzimmers", sagte ich, während ich noch immer in der Tür stand und mich neugierig in dem großen Kleiderschrank umsah.

„Ist zumindest eine gute Möglichkeit, die Sachen schnell mal wegzuräumen", entgegnete David, der dicht hinter mir stand.

So dicht, dass ich seinen Atem im Nacken spüren konnte. Und im nächsten Augenblick nicht nur den. Seine Hände legten sich an meine Hüften, und er drückte seinen Schwanz gegen meinen Po. Allerdings war Davids Männlichkeit noch ziemlich im Ruhemodus und somit harmlos.

„So einen Schrank will ich auch", sagte ich und tat so, als würde ich seinen Hautkontakt gar nicht wahrnehmen. „Was sind das da links für Fächer?"

„Schubladen für Kleinkram. Socken, Unterhosen und so weiter."

„Und die Fächer da ganz oben?"

„Wintersachen – oder im Winter Sommersachen. Da kommt alles rein, was wir grad nicht brauchen."

„Ah ja", sagte ich, konnte mich aber immer weniger auf das Innenleben des Schranks und Davids Erläuterungen konzentrieren, weil seine Hände nun an meinem Körper zunächst nach oben und dann auch nach vorn wanderten. Er nahm meine Brüste in beide Hände, massierte sie sanft und küsste mir den Nacken. Ich bekam eine Gänsehaut und spürte eine zunehmende Erregung in mir.

„Schon mal im Kleiderschrank gefickt?", hauchte er mir ins Ohr.

„Nein noch nie", erwiderte ich leise und verlor immer mehr das Interesse an Schubladen und Fächern in der Wand.

Stattdessen registrierte ich, wie zunehmend Leben in Davids Schwanz kam. Er stand noch immer hinter mir und ich konnte seine Erektion an meinem Po deutlich spüren. Beinahe automatisch drückte ich mich ihm entgegen. Das begriff er wohl als Einladung. Und genau genommen war es ja auch so gemeint. Nun beschränkte er sich nicht mehr darauf, sich an mich zu drücken, sondern rieb seinen Schwanz zwischen meinen Pobacken. Beinahe so wie vorhin bei der französischen Schlittenfahrt, schoss es mir durch den Kopf. Nur mit dem Unterschied, dass er an meinem Po und auch an meinem Poloch rieb und nicht an meinen Schamlippen. Gab es für diese Art der Schlittenfahrt eigentlich auch einen Begriff? Ich wusste es nicht, und es war mir in diesem Augenblick auch völlig gleichgültig.

Dann allerdings rutschte sein Schwanz zwischen meine Oberschenkel – und war damit fast ebenso nah an meiner Muschi wie vorhin im Wohnzimmer. Ich wollte ihn in mir spüren und öffnete meine Beine ganz automatisch etwas weiter – während mir gleichzeitig bewusst wurde, dass die Kondome auf dem Nachttisch mal wieder ziemlich weit weg waren.

Aber hatten wir nicht vorhin besprochen, dass man in einer vertrauensvollen Viererbeziehung auch darauf verzichten konnte? Jaja, besprochen hatten wir das. Doch war unsere Beziehung mit den beiden denn derart vertrauensvoll? Du willst ficken, hörte ich meine Erotikfee. Du bist wahnsinnig, entgegnete meine Mahnerin. Zugleich drängt sich Davids nun vollends steifer Schwanz immer mehr zu meiner Muschi, bis ich spürte, wie er die Schamlippen mit der blanken Eichel berührte. Ficken und Wahnsinn, hörte ich gleichzeitig in mir. Die Wörter vermischten sich, lösten sich auf, ihre Buchstaben flogen frei umher, ich konnte sie nicht mehr auseinander halten, sie schwirrten um meinen Verstand herum, von dem ich in diesem Augenblick nicht mehr allzu viel erwarten konnte, während der steife Schwanz auf meiner feuchten Muschi hin- und herglitt.

Ich hätte später nicht sagen können, in welchem Moment David zugestoßen hatte. Auf jeden Fall war er plötzlich in mir und nahm mich mit sanften Stößen und ohne Kondom. Er fickte mir den letzten Rest an Vernunft weg, und ich lieferte mich dem Wahnsinn aus. Da waren in diesem Augenblick nur noch wir: zwei nackte, fickende Körper. Ansonsten schien es nichts mehr zu geben auf dieser Welt. Bis auf die Kleiderstange, an der ich mich festhielt. Jedenfalls bis zum jenem Moment, in dem sie unter meinem Gewicht und Davids Stößen nachgab und krachend zusammenbrach.

Wir stürzten auf die Wäschehaufen, und Hemden, Blusen, T-Shirts, Pullover fielen auf uns. Im ersten Augenblick wusste ich nicht, wie mir geschah. Ich realisierte lediglich, dass Davids Schwanz nicht mehr in mir war, und der Mann hier irgendwo im Kleiderhaufen neben mir stecken musste. Sein Kopf wühlte sich zwischen einer weißen Bluse und einem blauen

Sweatshirt hindurch. Als unsere Blicke sich trafen, brachen wir beide in helles Gelächter aus.

„Das nenn ich mal einen Coitus interruptus", sagte er, und wir kamen aus dem lauten Lachen nicht mehr heraus.

Wir (oder auch der Zusammenbruch der Kleiderstange) waren wohl so laut, dass Birte und Steffen davon aufgeschreckt wurden. Jedenfalls standen beide plötzlich am Eingang zum Kleiderschrank und schauten vorsichtig mit besorgten Minen zu uns herein.

„Alles in Ordnung?", fragte Steffen, obgleich er natürlich sah, welches Chaos wir angerichtet hatten.

„Kommt her!", sagte ich zu beiden, gab ihnen je eine Hand und zog sie zu uns in den Schrank. Bereitwillig ließen sie sich in das Wäschechaos fallen und wir setzten unser Liebesspiel zu viert fort – auch wenn es für vier Personen hier drin nun wirklich sehr eng war. Aber das störte niemanden. Ich küsste Steffen und mir schoss der Gedanke durch den Kopf, ob er es wohl auch schon mit Birte getan hatte, seit er mit ihr aus dem Wohnzimmer verschwunden war. Genügend Zeit hatten die beiden ja gehabt. Es war mehr als wahrscheinlich, dass auch sie bereits gevögelt hatten. Aber wie? Mit oder ohne?

Als sich Davids Kopf zwischen meine Beine schob und ich seine Zunge an meinen Schamlippen spürte, beugte ich mich in Steffens Schoß, nahm seinen Schwanz in die Hand, streichelte ihn, küsste ihn und nahm ihn schließlich in den Mund. Er schmeckte nach

Muschi – und kein bisschen nach Kondom. Aha, stellten meine Erotikfee und meine Mahnerin gemeinsam fest.

Irgendwie erleichterte mich die Erkenntnis, dass nicht nur ich die rote Linie überschritten hatte, die wir uns beim Swingen eigentlich gesetzt hatten. Zwar war es Wahnsinn, was sich hier gerade abspielte, aber wenigstens war ich mit diesem Wahnsinn nicht allein. Ein Gefühl tiefer Zuneigung zu meinem Liebsten durchströmte mich – vermutlich, weil ich uns im Gleichklang wusste. Und dieses Gefühl schlug sich in meinem Blasen nieder.

Dann allerdings wurde ich von Steffens Schwanz abgelenkt, weil David sich weiter zwischen meine Oberschenkel schob und offensichtlich fortsetzen wollte, was durch den Zusammenbruch der Kleiderstange unterbrochen worden war. Nun gab es für mich keine schweren Gedanken mehr. Bereitwillig öffnete ich meine Beine für ihn, er kniete sich dazwischen und schob seinen Schwanz an meine Muschi. Für einen Augenblick spielte er daran, streichelte meine feuchten Schamlippen mit der Eichel, neckte mich geradezu auf die Weise, tat so, als meine er es nicht ernst – um im nächsten Augenblick aber doch in mich einzudringen. Er begann, mich mit langsamen, aber kräftigen Stößen zu nehmen.

Ich sah zur Seite. Steffen kniete ebenso zwischen Birtes Beinen wie David zwischen meinen. Nur mit dem Unterschied, dass sein Schwanz noch nicht in ihrer Muschi war. Allerdings war er auch nicht mehr weit davon entfernt. Steffen sah mich an, und ich zuckte leicht mit den Schultern – während Birte zu seinem Schwanz griff und ihn zu ihren Schamlippen dirigierte. Im nächsten Augenblick war er in ihr. Nun fickten wir alle blank mit getauschten Partnern – und alle wussten wir es.

Vor meinem geistigen Auge blitzte für eine Sekunde jener Moment auf, als Steffen und ich es miteinander zum ersten Mal ohne Kondom getan hatten – damals vor etwa fünf Jahren, als wir noch ganz frisch verliebt waren. Seither waren wir zwar aktive Swinger geworden und hatten oftmals schon Partnertausch erlebt, aber gummifreien Sex hatten wir immer exklusiv für uns bewahrt. Bis zu diesem Abend in Bielefeld.

Mein kurzer Gedankenfilm verflüchtigte sich aber schnell wieder und ich konzentrierte mich auf den Mann zwischen meinen Beinen – und die beiden fickenden Menschen neben uns. Birtes Hand tastete sich zu meiner Hand, unsere Finger griffen fest ineinander, was mir als Zeichen der Verbundenheit auch unter uns Frauen sehr gefiel. Während ihr Mann mich einem Höhepunkt entgegenfickte, kam es Birte bereits. Es war wohl ein sanfter Orgasmus, der sie durchzuckte. Jedenfalls schrie sie ihn nicht heraus, sondern ließ eher ein leises Wimmern hören, bevor sie sich sichtlich entspannte.

Steffen zog sich aus ihr zurück, ohne gekommen zu sein. Birte griff zu seinem Schwanz und brachte es für ihn mit der Hand zu Ende. Sie brauchte nicht lange, bis sein Sperma zwischen ihren Fingern hervorquoll und ihr auf den Bauch tropfte. Ob er wohl erwartet hatte, dass sie es am Ende mit dem Mund machen würde? Doch ich konnte im Gesicht meines Mannes keine Enttäuschung erkennen. Steffen gab ihr einen kurzen Kuss, wandte sich dann aber mir zu und küsste mich – zärtlich, gefühlvoll, lange. David stieß währenddessen weiter in mich. Ich empfand es als zusätzlichen Kick, dass beide Männer mir nun ihre Aufmerksamkeit schenkten. Wir küssten uns noch immer, als es mir schließlich kam – wobei ich weit lauter war als die Freundin neben mir.

David machte weiter, und ich spürte, dass auch er kurz vor seinem Höhepunkt war. Würde auch er sich im letzten Moment aus mir zurückziehen, so wie Steffen das bei Birte getan hatte? Ich fand es ganz schön, dass mein Liebster dieses kleine Zeichen gesetzt und nicht einfach auch noch in sie hineingespritzt hatte. Offenbar wollte er einen kleinen Rest jener bereits überschrittenen Grenze doch noch aufrecht erhalten.

In diesem Augenblick kam es David. Ich spürte seine Verkrampfung und wusste, dass sein Sperma in mich hineinfloss. Offensichtlich hatte er nicht die Absicht, diese letzte Grenze stehen zu lassen. Aber es war in Ordnung für mich. Das wäre allenfalls noch ein kleines Symbol gewesen. Und ganz offensichtlich sah nur ich das so. Denn während David sich keuchend aus mir zurückzog, bemerkte ich, dass Birte sich selbst befingerte – mit eben jener Hand, die von Steffens Sperma verschmiert war. Mein Liebster erzählte mir allerdings später, dass er sich genau aus jenem Impuls aus Birte zurückgezogen hatte, den ich vermutet hatte. Ganz allein war ich also doch nicht mit dem Gedanken.

Alle vier waren wir verschwitzt und blieben ermattet im Wäschechaos liegen. Ich hatte beinahe den Eindruck, wir würden uns vor Erschöpfung nun für Stunden nicht mehr vom Fleck bewegen. Was natürlich ein Irrtum war. Irgendwie war es doch reichlich unbequem in dem Kleiderschrank, so dass wir uns nicht groß verständigen mussten, den Ort zu wechseln. So fanden wir uns kurz darauf alle vier im Bett unserer Freunde wieder. Allerdings verließ Birte den Kleiderschrank mit einem etwas unglücklichen Blick auf ihre reichlich zerknitterten Kleider und Blusen. Ich fühlte mit ihr.

David holte Wasser und Wein aus der Küche und wir genossen zu viert die ruhige Nach-Sex-Stimmung. So viel zum Thema Partnertausch in getrennten Räumen.

Nach ein paar Minuten waren wir bei dem Thema, das nun unvermeidlich geworden war: blank ficken.

„Mal Hand aufs Herz", sagte Steffen. „Hattet ihr das geplant?"

„Nein, auf keinen Fall", entgegnete David. „Wir hatten doch überall Kondome platziert, wo es zu Sex hätte kommen können: Im Wohnzimmer, im Schlafzimmer, im Gästezimmer. Geplant hatten wir das auf keinen Fall."

„Allenfalls in Erwägung gezogen", ergänzte Birte leise.

„In Erwägung gezogen?", fragte ich nach.

„Wir kreisen ja schon länger um die Frage, ob es nicht möglich wäre, mit einem einzigen Paar so etwas zu vereinbaren", setzte nun wieder David an. „Das Thema hatten wir schon vor unserer ersten Begegnung mit euch. Aber es fand sich bisher kein Paar, mit dem wir uns das vorstellen konnten. Jetzt allerdings stellte sich die Frage zum ersten Mal ernsthaft."

„Und die Frage habt ihr nun für euch positiv beantwortet?", fragte ich.

„Ich würde eher sagen: Es hat sich so ergeben", erwiderte David.

Ergeben? Nun ja, so konnte man es vielleicht sehen. Wenn man es so sehen wollte. Man konnte aber auch das Gefühl haben, in einen Plan einbezogen zu werden, murmelte die Mahnerin in mir. Andererseits hatten die beiden uns aber auch gerade ein riesiges Kompliment gemacht: Wir waren das einzige Paar, mit dem sie sich so etwas vorstellen konnten. Und wir waren auch das erste Paar, mit dem sie Partnertausch in getrennten Räumen wollten. Ich beschloss, dass mir diese Sicht der Dinge am besten gefiel.

Wir verbrachten den weiteren Abend auf dieser großen Spielwiese namens Ehebett. Birte holte etwas später noch ein paar Reste vom Abendessen ins Schlafzimmer, von denen wir immer wieder naschten, während wir bei reichlich Rotwein stundenlang über Gott und die Welt sprachen. Wir alle waren nackt, wir hatten aufregenden Sex gehabt, und doch war es ein Abend mit ernsthaften und auch lustigen Gesprächen, wie wir ihn auch schon mehrfach mit ganz normalen Freunden verbracht hatten. Nur mit dem Unterschied, dass solche Gesprächsabende mit normalen Freunden weder nackt noch im Bett stattfanden.

Irgendwann begannen wieder Hände zu wandern. Zunächst ganz sanft, eher beiläufig streichelte eine Hand über mein Bein oder meine Hand über einen Arm. Das zog sich eine ganze Weile hin, ohne dass mehr daraus entstand. Aber ich hatte das Gefühl, dass es wieder zu knistern begann. Und als Birte und Steffen sich schließlich küssten, war es erneut so weit. Es war ganz selbstverständlich, dass auch David und ich uns zu küssen begannen. Es entstand ein ganz zärtlicher, liebevoller Vierer, bei dem sowohl Birte als auch ich mit beiden Männern schlief – ohne dass nun noch jemand einen Gedanken an ein Kondom verschwendete.

David nahm mich in der Missionarsstellung und wir beide schauten fasziniert zu, wie Birte direkt neben unseren Köpfen Steffens Schwanz mit dem Mund verwöhnte. Als David dann das Bedürfnis hatte, mit seiner eigenen Frau zu schlafen, kam Steffen zu mir und nahm mich in derselben Position wie zuvor David. Das Wechselspiel dauerte sehr lange. Auch Birte und ich streichelten und küssten uns während dieses ruhigen und innigen Vierers, der damit endete, dass Steffen in mir kam und David in seiner Frau.

Ich hatte keine Ahnung, wie spät es wohl sein mochte, als wir zur Ruhe kamen. Aber irgendwann schliefen wir alle ermattet ein. Ich lag auf der Seite, spürte hinter mir Davids Körper und seinen zusammengefallenen Schwanz an meinem Po, vor mir Birte, die bereits ganz ruhig atmete, während hinter ihr

Steffen lag und seine Hand auf ihre Brust gelegt hatte. Ich küsste diese Hand und verabschiedete mich ebenfalls ins Reich der Träume.

Als ich wach wurde, herrschte draußen bereits ein morgendliches Zwielicht. Aber das war es nicht, was mich weckte, sondern eine Unruhe im Bett. Sie war nur ganz leicht, aber ohne die Augen ernsthaft zu öffnen, wusste ich, dass einer der anderen wach war und offenbar nicht wieder zur Ruhe kommen konnte. Zunächst versuchte ich es zu ignorieren, weil ich einfach nur weiterschlafen wollte. Da mir das nicht gelang, öffnete ich schließlich doch die Augen und begegnete Birtes Blick, der erstaunlich wach aussah. Wir lagen einander zugewandt beide auf der Seite und sahen uns eine Weile an. Schließlich kam Birtes Kopf die wenigen Zentimeter zu mir, und sie küsste mich. Zunächst sanft und zärtlich, dann immer verlangender. Es wurde ein sehr erotischer Kuss, und ich bemerkte erst nach einer Weile, dass er dennoch etwas unharmonisch war und sich ruckartig anfühlte.

Vermutlich war das der Moment, in dem ich realisierte, dass Birte von hinten genommen wurde. Sie und Steffen waren eng aneinander geschmiegt eingeschlafen. Irgendwann, so vermutete ich, war er wach geworden und hatte ihr ganz einfach seinen Schwanz von hinten in die Muschi geschoben. So etwas machte er auch gern mit mir. Ich hatte es durchaus schon erlebt, dass ich erst während des Ficks wach wurde. Vermutlich hatte er das nun auch mit Birte getan.

Oder hatte sie ihn mit ihrem schönen Po dazu animiert? Ich wusste es nicht, und es war mir auch egal.

Fasziniert blickte ich in die Augen der Frau, die gerade von meinem Mann gefickt wurde – und die das augenscheinlich genoss. Erneut küssten wir uns; dieses Mal aber ging der Kuss von mir aus. Ich streichelte ihre Wange, ließ meine Hand zärtlich durch ihr Haar gleiten, nahm dann Steffens Hand, welche noch immer (oder vielleicht auch wieder) auf ihrem kleinen Busen lag und küsste seine Finger. In diesem Augenblick hätte ich wahnsinnig gern ebenfalls mit Steffen geschlafen. Aber ich wollte auch nicht diese sinnliche Szene vor meinen Augen stören. So beschränkte ich mich darauf, meine Hand in Birtes Schoß zu schieben und ihren Kitzler zu streicheln. Kurz darauf kam sie und hielt sich eine Hand vor den Mund. Sie wollte wohl einen Orgasmusschrei unterdrücken, um nicht auch noch David zu wecken. Doch das misslang.

Ich weiß nicht, ob ihr Mann wirklich von ihrem Orgasmus wach geworden war oder schon vorher. Auf jeden Fall spürte ich ihn nun sehr deutlich hinter mir. Seine Hand tastete sich zu meinem Busen und sein Schwanz drückte sich gegen meinen Po, wobei ich eine immer stärker werdende Erektion wahrnahm. Ich öffnete meine Beine und sein steifes Teil schob sich zu meiner Muschi. In diesem Moment konnte ich es kaum erwarten, dass er in mich eindrang. Als er es endlich tat, stöhnte ich auf und ließ ich mich bereitwillig von ihm ficken. Sehr bereitwillig!

Davids Stöße waren längst nicht so schnell und heftig, wie es am Vorabend mehrfach der Fall gewesen war. Er nahm mich eher ruhig und tief – ganz ähnlich, wie Steffen das mit seiner Frau tat. Ich hatte den Eindruck, die beiden Männer stellten sich auf den gleichen Rhythmus ein. Jedenfalls empfand ich es als sehr harmonisch, was die beiden mit uns taten. Und ich empfand es als wundervoll, Birte währenddessen immer wieder zu küssen. Bis sie sich schließlich für mein Streicheln in ihrem Schoß revanchierte und für mich das Gleiche tat – mit der gleichen Wirkung. Mein Orgasmus wurde etwas lauter als ihrer – wenngleich nicht so laut, dass man Sorge um die Nachtruhe der Nachbarn haben musste.

Kurz darauf kam es auch Steffen. Ich spürte, wie sich seine Stöße veränderten und wusste, dass er so weit war. Ich konnte nicht widerstehen, meine Hand erneut in Birtes Schoß zu schieben, um seinen zuckenden Schwanz zumindest zu berühren. Während seiner letzten Orgasmusstöße ertasteten ihn meine Finger. Ich wusste, dass er in diesem Moment sein Sperma in Birte hineinspritzte. Der Gedanke verursachte mir Herzklopfen.

Kurz darauf hatte auch David seinen Höhepunkt. Genau wie Steffen es gerade mit seiner Frau getan hatte, kam auch David in mir und ich schaute in Birtes immer größer werdende Augen. Offenbar hatte sie beim Orgasmus ihres Mannes in mir ganz ähnliche Gefühle, wie ich grad eben, als es Steffen gekommen war.

Aber Birte beließ es nicht damit, ihre Hand zwischen meine Beine zu schieben. Stattdessen löste sie sich von Steffen und tauchte mit dem Kopf in meinen

Schoß. Während Davids allmählich schlaffer werdender Schwanz noch immer in mir steckte, leckte sie meinen Kitzler. Als Davids Teil dann aus mir herausrutschte, griff sie danach und nahm es in den Mund. Fasziniert sah ich, wie sie seinen nur noch halbsteifen Schwanz blies, dann erneut zu meiner Muschi wechselte und diese regelrecht ausleckte. Ich hatte den Eindruck, sie wollte all das Sperma ihres Mannes bekommen, das der soeben in mich hineingespritzt hatte. Vielleicht war dieser Gedanke auch gar nicht so abwegig. Als sie schließlich wieder aus meinem Schoß auftauchte, hatte sie einen verschmierten Mund. Gierig küsste ich sie. Der Geschmack war aufregend.

So ganz sicher war ich mir beim erneuten Aufwachen ein paar Stunden später nicht, ob ich das alles nicht nur geträumt hatte. Doch die kleinen eingetrockneten Spermareste an Birtes Mund verrieten mir, dass das alles sehr real gewesen war. Auch die Bemerkungen der anderen drei zeigten mir, dass dieser Traum Wirklichkeit gewesen war. Wir hatten eine unglaubliche Nacht erlebt, und niemand von uns verspürte eine Neigung, das Bett zu verlassen.

So ließen uns unsere Freunde nur für ein paar Minuten allein, um dann mit Kaffee, Käse, Honig und aufgebackenen Baguettes zurückzukehren. Wir frühstückten im Bett, aber wir dehnten das nicht allzu sehr aus. Wie schon eine Woche zuvor bei uns, konnten wir auch jetzt nicht die Finger voneinander lassen. Das Frühstück ging in ein allgemeines Fummeln über, das allgemeine Fummeln in ein allgemeines Ficken.

Als wir anschließend wieder zur Ruhe kamen, fiel mein Blick auf die Schatulle auf einem der beiden Nachttischchen. Sie stand noch immer offen, und ich sah die unbenutzten Kondome darin. Sie lagen da ganz friedlich und vollkommen unversehrt, und ich hatte fast das Gefühl, ich müsse mich bei ihnen entschuldigen, weil ich sie ignoriert hatte. Ich horchte in mich hinein, aber meine Mahnerin schwieg. Sie hatte wohl resigniert.

Als ich am späten Nachmittag die Autotür hinter mir schloss, war ihr Klappen beinahe wie das Klingeln eines Weckers. Ich hatte es getan. Ich hatte es wirklich getan! Ich hatte mich von David blank ficken lassen! Und Steffen hatte mit der anderen Frau das Gleiche getan! Es war unglaublich gewesen. Unglaublich wahnsinnig und unglaublich geil. Dennoch staunte ich mit zunehmendem Abstand von Bielefeld immer mehr darüber, dass wir uns darauf eingelassen hatten.

„Dabei haben wir nicht einmal darüber gesprochen, wie wir es alle mit der Verhütung halten", hörte ich mich plötzlich sagen, während Steffen einige Lkw überholte.

Das ging mir jetzt erst durch den Kopf. Sicher, ich nahm die Pille, und ich war keine Frau, die so etwas vergaß. Insofern fühlte ich mich in der Hinsicht recht sicher. Aber das konnten die beiden doch gar nicht wissen. Und wie war das mit Birte? Verhütete sie überhaupt?

„Das Thema muss unbedingt besprochen werden, bevor es eine Wiederholung ohne Kondome geben kann", fügte ich hinzu und blickte Steffen von der Seite an – wobei ich ihm ansah, dass auch er sich nicht ganz wohlfühlte.

„Naja", sagte er schließlich, ohne den Blick von der Straße zu nehmen. „Genau genommen haben wir das schon besprochen."

„Was? Wann war das denn? Das ist an mir vorbeigegangen."

„Am Dienstag. Kurz bevor du vom Squash nach Haus gekommen bist."

„Wie bitte? Du hast das mit David alles schon vorab besprochen?"

„Nein!", entgegnete er erschrocken und sah mich an – und das etwas länger als es für den Fahrer eines Autos auf der Überholspur einer vollen Autobahn gut war.

„Doch nicht dieses ganze Thema. David hat mich im Chat einfach nur gefragt, ob du die Pille nimmst. Aber eher beiläufig. Das hat sich so aus dem Gespräch ergeben."

„Ergeben, aha. Und du meinst nicht, dass er da vielleicht schon das geplant hatte, was wir jetzt getan haben?"

„Wer weiß das schon? Ich hatte zumindest nicht das Gefühl, dass er das zielgerichtet in Erfahrung bringen wollte – auch wenn du natürlich recht hast, dass sich der Gedanke jetzt im Nachhinein aufdrängt."

„Hm. Und wie ist es mit Birte? Nimmt sie auch die Pille?"

„Ja, tut sie."

Das beruhigte mich immerhin. Wenigstens musste ich mir keinen Kopf darüber machen, ob mein Mann beim ungeschützten Fremdfick möglicherweise eine andere Frau geschwängert hatte.

„Menschenskind", sagte ich kopfschüttelnd mehr zu mir selbst als zu Steffen. „Wir haben mit den beiden blank gefickt, und ich habe in der Zeit bei denen nicht einen Augenblick darüber nachgedacht, ob Birte überhaupt verhütet. Irgendwie waren wir da in einer anderen Welt."

Kapitel 4:
Alles ist möglich

Hannover, April / Mai 2010

Plötzlich war alles möglich, alles erlaubt. Das Gefühl versetzte mich in Euphorie, die sich allerdings auch immer wieder mit schweren Gedanken abwechselte. Wenn einer der vielen aufregenden Filme in meinem Kopfkino zu Ende ging, fragte ich mich, ob das alles wirklich eine gute Idee war. Das Wochenende bei Birte und David war geil gewesen. Keine Frage. Auch die Verabredung, exklusiv zu viert auf Kondome zu verzichten, hatte durchaus ihren Reiz. Aber ein wenig störte es mich, dass wir diese Idee nicht zu viert entwickelt, sondern von unseren Freunden als fertiges Konzept präsentiert bekommen hatten. Außerdem hatte David mich mit der französischen Schlittenfahrt auch schon vor dem zumindest halbwegs klärenden Gespräch dazu verführen wollen, vermutete ich. Oder war das tatsächlich nur Zufall gewesen? So recht glauben konnte ich das eigentlich nicht. Aber natürlich war es möglich.

„Wollen wir es lieber lassen?", fragte mich Steffen, als ich ihm mein Gedankenchaos präsentierte.

„Lassen? Wie lassen?"

„Die Verabredung, es gummifrei zu machen. Wir können mit den beiden sicher auch mit Kondom viel Spaß haben. Wir sagen ihnen einfach, wir haben es uns anders überlegt."

„Auf keinen Fall!", entgegnete ich konsterniert und verursachte damit erst ein Fragezeichen und dann ein immer breiter werdendes Grinsen im Gesicht meines Liebsten.

„Dahinter will ich jetzt nicht zurück", setzte ich nach.

„Schon klar", sagte er und küsste mich. „Ich ja auch nicht."

Damit war das geklärt. Birte und David waren nun so etwas wie unser festes Partnerpaar. Sie wollten es, und wir wollten es auch. Ich war gespannt, was sich daraus nun weiter entwickeln würde.

Vielleicht war es ganz gut, dass wir uns am Mittwoch noch einmal alle vier gemeinsam zum Cam-Chat einfanden. Denn dabei hatten wir eine gute Gelegenheit, ein paar Dinge zu besprechen, ohne in Versuchung zu kommen, sofort wieder aneinander herumzufummeln.

Birte und David teilten uns mit, dass unsere exklusive Verabredung für sie nun aber keineswegs ein Streichelmonopol bedeute.

„Dafür swingen wir einfach zu gern. Wir werden sicher auch in Zukunft immer mal wieder Lust auf fremde und unbekannte Haut haben. Unser Monopol beschränkt sich ausschließlich auf das gummifrei Vögeln mit euch."

Das war uns durchaus recht. Auch wir waren schließlich Swinger und liebten den Wechsel. Und auch wir hatten keineswegs die Absicht, uns bei weiteren Swinger-Abenteuern ausschließlich auf Birte und David zu konzentrieren.

Dennoch lief es genau darauf hinaus. Obgleich wir alle ausdrücklich ein Streichelmonopol ablehnten, verhielten wir uns so, als hätten wir eben dies vereinbart. De facto lebten wir nun eine Vierer-Monogamie. Vorerst zumindest.

Bereits am folgenden Wochenende sahen wir uns wieder. Wir zeigten den beiden einen Swingerclub zwischen Hannover und Bielefeld, der für uns nur eine halbe Autostunde entfernt war. Obgleich der Club an diesem Abend ziemlich gut besucht war, beschäftigten wir vier uns ausschließlich miteinander.

Was allerdings gar nicht so einfach war. Die Spielwiesen waren zeitweise überfüllt, und man hatte einige Mühe, einen Platz zum ungestörten Poppen zu finden. Mehrfach musste ich eine fremde Hand fortschieben, auf die ich keine Lust hatte. Ich nahm wahr, dass Birte das Gleiche tat. Und ich registrierte mit Wohlwollen, dass auch Steffen und David keinerlei Versuche unternahmen, anderweitig irgendwo mitzufummeln – obgleich dafür auf den vollen Spielwiesen mehrfach durchaus reizvolle Gelegenheiten vorhanden gewesen wären. Selbst das einladende Lächeln einer vollbusigen Schönheit ignorierte mein Liebster in dieser Situation und konzentrierte sich ganz auf Birte und mich.

Allerdings stellte ich bei mir selbst fest, dass ich mich noch nicht so ganz auf unsere neue Verabredung eingestellt hatte. Als sich David während unseres Vierers auf der Swingerclubmatte hinter mich kniete, griff ich automatisch mit der Hand zu ihm. Das hatte ich mir beim Swingen angewöhnt, um zu kontrollieren, ob ein fremder Schwanz auch in ein Kondom verpackt war. Als ich nur Haut und kein Gummi ertastete, zuckte mein Po reflexartig zurück. Allerdings nur für eine Sekunde. Dann musste ich über mich selbst grinsen und streckte David mein Hinterteil noch mehr entgegen – womit ich durchaus die erwartete Reaktion beim ihm auslöste.

Gegen Ende dieses Vierers kniete Steffen sich über Birtes Oberkörper und präsentierte ihr seinen steifen Schwanz. Sie nahm ihn in den Mund, halb blies sie ihn, halb fickte er sie in den Mund. Ich hatte ganz stark den Eindruck, dass mein Liebster mit der anderen Frau nun das tun wollte, was David ja bereits mit mir getan hatte: ihr in den Mund spritzen. Aber anders als bei unserem Partnertausch auf dem Bielefelder Wohnzimmerteppich machte Steffen das nun sehr offensiv – vielleicht ein bisschen zu offensiv, wie ich befürchtete. Während ich David seinen Orgasmus in meinem Mund von mir aus geschenkt hatte, drängte Steffen ihn unserer Freundin geradezu auf. Würde sie das akzeptieren? Nicht jede Frau mochte Sperma im Mund. Zumindest das von fremden Männern, so hatte ich schon mehrfach beobachtet, wollten viele Swingerinnen doch lieber vermeiden.

Doch ich sah fasziniert, wie Birte Steffens großen Schwanz erstaunlich tief in ihren Mund eindringen ließ. Ich konnte nicht die geringsten Anzeichen erkennen, dass ihr irgendetwas nicht gefiel. Und als es Steffen schließlich kam, blieben ihre Lippen und ihre Hand fest um sein zuckendes Teil geschlossen, bis sich sein Saft völlig in ihren Mund ergossen und sie vermutlich alles geschluckt hatte. Anschließend drückte sie seinen verschmierten Schwanz auch noch zu ihren Brüsten, wo sie die letzte Feuchtigkeit auf ihrer Haut verrieb. Nein, stellte ich fest, diese Frau hat kein Problem mit fremdem Sperma im Mund oder auf der Haut. Im Gegenteil: Ich hatte den Eindruck, dass sie das sogar besonders mochte. Der Eindruck sollte sich noch bestätigen.

Um unseren Clubabend überhaupt zu ermöglichen, hatte ich jedoch ein wenig tricksen müssen. Zum einen hatten wir unseren Besuch bei einer für diesen Abend anstehenden Familienfeier (auf die wir beide ohnehin nur begrenzt Lust hatten) wegen plötzlicher Erkrankung absagen müssen. Zum anderen stand aber auch meine monatliche Auszeit an. Das Problem löste ich, indem ich die Pille nicht wie gewohnt nach 21 Tagen für sieben Tage aussetzte, sondern ganz einfach durchnahm – was ich auch im Urlaub schon getan hatte, um uns eine ungestörte Erotik zu ermöglichen. Als ich Birte am Ende des Clubabends bei einem letzten Glas Wein davon erzählte, begann sie nachzudenken.

„Bei mir steht das nächste Woche an", sagte sie und überlegte. „Mittwoch nehme ich die letzte Pille dieser Packung."

„Mittwoch", echote ich und dachte ebenfalls nach. „Dann würde ich sagen, dass ich die Einnahme dieser Packung auch am Mittwoch beende. Damit wären wir dann synchron."

Statt etwas zu erwidern, griff sie zu ihrem Weinglas, stieß mit mir an und lächelte komplizenhaft. Damit hatten wir auch das geklärt.

Am folgenden Wochenende trafen wir uns nicht. Ausnahmsweise mal nicht, wie die Mahnerin in mir grummelnd feststellte. Ganz unrecht hatte sie mit ihrem kritischen Blick ja nicht. Wir hatten mit unseren neuen Freunden an drei aufeinander folgenden Wochenenden ausgiebig Sex gehabt. War das noch gesund? Oder begannen wir, Hardcore-Swinger zu werden, wie man in der Szene Paare nannte, die jedes Wochenende loszogen. Ach was, beruhigte ich mich. Wir hatten einfach die Gelegenheit genutzt, liebe Menschen zu treffen. Und an diesem Wochenende trafen wir sie ja schließlich nicht.

Was natürlich auch meiner sowie Birtes monatlicher Auszeit geschuldet war. Ebenso musste ich mir eingestehen, dass die Gelegenheiten der vergangenen Wochenenden eigentlich gar nicht so günstig gewesen waren: Zwei dieser drei Treffen hatten wir nur durch Absage anderer Termine ermöglicht. Und das, so ging es mir durch den Kopf, war vermutlich keine gute Tendenz.

Trotz dieser Erkenntnis ertappte ich mich auch an diesem Wochenende dabei, wie ich mich nach Sex mit

Birte und David sehnte – vor allem mit David. Das Gefühl, dass mit den beiden im Durcheinander eines Kuschelhaufens alles erlaubt war, war einfach überwältigend. Bei anderen Swinger-Begegnungen musste man bei so etwas ja auch immer noch darauf achten, ob möglicherweise fremdes Sperma an irgendwelchen Fingern klebte, die sich in den eigenen Schoß tasteten. Mit Birte und David entfiel das. Hier konnte ich mich völlig fallenlassen und empfand das als geradezu schwindelerregend. Ich wollte mehr davon. Viel mehr! Dennoch war es gut, dass Steffen und ich auch wieder ein wenig Zeit für Zweisamkeit hatten und das Wochenende mit Kino und Essen gehen verbringen konnten.

Am Sonntagmorgen war ich ungewöhnlich früh wach und ließ eine wilde Sammlung kruder Gedanken durch den Kopf ziehen. Ich blickte auf meinen ruhig atmenden Liebsten, dessen Kopf offensichtlich besser aufgeräumt war als meiner. Jedenfalls schlief er tief und fest.

Ich stand auf, ging ins Arbeitszimmer und setzte mich an meinen Computer. Ich hatte das Bedürfnis, jemandem von dem besonderen Abenteuer zu erzählen, das Steffen und ich mit Birte und David begonnen hatten. So schrieb ich eine ausführliche Mail an Ines, die seit knapp zwei Jahren fast so etwas wie eine große Schwester für mich war – wenngleich sich unser Kontakt mittlerweile auf die Mailebene beschränkte. Wir hatten Ines und ihren Mann Daniel zwei Jahre zuvor bei einem erotischen Pfingsttreffen mehrerer

Paare kennengelernt, bei dem die beiden die Gastgeber in ihrem Ferienhaus bei Freiburg gewesen waren. Dass Ines 17 Jahre älter war als ich, tat unserer Freundschaft keinen Abbruch. Eher im Gegenteil. Ich konnte bei unserem Austausch immer wieder auf ihre Lebens- und Swingererfahrung zurückgreifen – und sie erzählte mir gern und freimütig von ihren Erlebnissen sowie ihrer Sicht der Dinge. Wenn sich meine Gedanken verhakten, war Ines schon mehr als einmal zur Stelle gewesen, um mir beim Entwirren zu helfen.

Als ich die Mail abgeschickt hatte, fühlte sich mein Kopf wieder einigermaßen frei an, und ich schlüpfte zurück unter die Bettdecke. Steffen hatte meine Abwesenheit offenbar nicht bemerkt, wurde aber bei meiner Rückkehr etwas unruhig. Ich kuschelte mich an ihn, kraulte ihm sanft den Nacken und schaute zu, wie er wieder ruhiger wurde. Kurz darauf war auch ich eingeschlafen.

Am Nachmittag setzte ich mich erneut an den PC und fand eine Mail von Ines vor – die allerdings etwas sparsamer ausfiel als meine und auch einen etwas anderen Ton hatte:

> *Liebe Kirsten,*
>
> *das sind ja gewaltige Neuigkeiten, von denen du da erzählst. Von großen Neuigkeiten will ich mal lieber nicht schreiben. Das hätte einen zu positiven Klang. Ich finde es zwar sehr schön für euch, dass ihr ein Paar gefunden habt, bei dem offenbar so ziemlich alles*

passt. Aber andererseits finde ich es bedenklich, dass ihr mit den beiden nun blank fickt. Da habt ihr zwei in euren jungen Jahren eine Grenze überschritten, an der Daniel und ich in all den Jahren des Swingens nie auch nur gekratzt haben. Und das werden wir auch nicht. Dafür ist uns unsere Gesundheit zu wichtig. Bist du sicher, dass ihr beide wirklich die Einzigen seid, mit denen die zwei anderen es ohne Kondom machen? Wie du weißt, neigen Swinger nicht gerade zur Monogamie. Und AO-Paare werden nach meiner Einschätzung mit der Zeit sehr geschmeidig in ihren Vorstellungen von Safer Sex. So etwas kann durchaus eine Eigendynamik entwickeln. Bitte passt auf euch auf.

Grüß Steffen von mir und fühl dich umarmt, Ines

Ich war einigermaßen ernüchtert, als ich die Mail gelesen hatte. Ich hörte ein ziemlich deutliches „Siehst du", das meine Mahnerin mir zurief. Na toll, dachte ich, während ich noch immer auf den Bildschirm starrte. Nun hatte ich also zwei Mahnerinnen: eine in mir und die andere ein paar Hundert Kilometer entfernt. Sollten sie etwa beide recht haben? AO-Paare werden mit der Zeit sehr geschmeidig in ihren Vorstellungen von Safer Sex, las ich noch einmal. Wir sind doch kein AO Paar, dachte ich. Und Birte und David auch nicht.

AO – alles ohne, rief ich mir erneut ins Gedächtnis. AO-Paare machten Partnertausch ohne Kondome. Ja, stellte meine Mahnerin fest: genau wie du und Steffen mit Birte und David. Quatsch, dachte ich. AO-Paare vögelten mit allen möglichen Leuten ungeschützt wild durch die Gegend. Wenn vier Menschen beschlossen, so etwas exklusiv miteinander zu tun, dann war das ja wohl etwas völlig anderes. Oder etwa nicht?

Ines' Mail brachte mich zum Nachdenken, aber das ging vorüber. Schon am Montag begann ich erneut, die Tage bis zum Wiedersehen mit Birte und David zu zählen. Als die beiden am Samstagnachmittag bei uns ankamen, fielen wir bereits im Flur übereinander her. Genau wie Birte hatte ich einen Minirock angezogen und den Slip darunter weggelassen – was beide Männer völlig richtig als Einladung auffassten. Wir schafften es gerade mal bis zur Flurkommode, an der ich mich festhielt, während David mich von hinten nahm. Birte saß mit weit geöffneten Beinen auf der Kommode und Steffen fickte sie von vorn. Der Vierer-Quickie dauerte nur ein paar Minuten, aber ich hatte den Eindruck, als hätte ich seit Tagen nur auf diesen Augenblick gewartet. Ich drückte David meinen Po entgegen, und er nahm mich mit kräftigen Stößen, bis er schließlich in mir kam. Nur kurz darauf kam es auch Steffen. Und auch er spritzte in die andere Frau hinein.

Erst anschließend gelang es uns, die Begrüßung einigermaßen normal zu Ende zu bringen. Aber was hieß schon normal? Vor allem unter uns vieren? Immerhin fanden wir uns kurz darauf bei Kaffee und Kuchen an unserem runden Esstisch in der Küche wieder und unterhielten uns wie gute Freunde, die sich eine Weile nicht gesehen hatten. Aber ganz genau so war es ja auch. Wir waren gute Freunde. Allerdings auch ein bisschen mehr.

Dieses bisschen mehr brachte uns dazu, den Rest des Wochenendes nackt zu verbringen. Wir kochten gemeinsam nackt, wir aßen nackt zu Abend, und wir saßen lange bei viel Rotwein nackt in der Küche und redeten miteinander.

Dass wir alle immer wieder aneinander herumfummelten, erschien mir völlig normal. Ernsthaften Sex hatten wir aber (abgesehen von der stürmischen Begrüßung am Nachmittag) erst zu später Stunde. Steffen und ich holten unsere große Matratze aus dem Doppelbett ins Wohnzimmer und legten zwei Schaumstoffmatratzen dazu, die wir uns als Gästebetten zugelegt hatten. Auf die Weise entstand eine Spielwiese, die noch größer war als das Ehebett unserer Freunde. Groß genug, um hier eine erneute Nacht zu viert zu verbringen. An Partnertausch in getrennten Räumen, wie wir es in Bielefeld ganz kurz erlebt hatten, dachte niemand. Wir genossen unsere sinnliche Viersamkeit. Und ich hatte den Eindruck, dass ich danach süchtig werden könnte.

Dennoch begann diese Nacht zu viert mit einem Zweiererlebnis – und zwar mit einem, das Birte und ich hatten. Ich weiß gar nicht mehr so ganz genau, wie es eigentlich dazu kam. Aber als wir das Nachtlager fertig vorbereitet hatten, begann vor allem Birte, an mir herumzuknabbern, und ich erwiderte ihre Liebkosungen. Bei unseren beiden einfühlsamen Männern entstand wohl der Eindruck, dass sie sich erst einmal zurückhalten sollten, und sie taten es. Während Birtes Lippen über meine Haut wanderten und schließlich in meinen Schoß eintauchten, nahm ich noch wahr, dass David und Steffen neben dem Matratzenlager auf dem Teppich saßen und uns zusahen. Dann aber spürte ich nichts weiter als Birtes Hände, Lippen, Zunge – und die glatte Haut ihres schönen Körpers, der irgendwann verkehrtherum auf mir lag. Ich streichelte ihren Po mit den Händen, und meine Zunge fand dabei den Weg zu ihrem Kitzler – während sie ebenfalls meine Muschi leckte, die dabei immer feuchter wurde. Und das sicherlich nicht allein von ihrem Speichel.

Als sie mir damit einen Höhepunkt geschenkt hatte, hielt ich kurz inne. Aber nur ganz kurz. Dann leckte ich sie weiter und brachte auch sie zu einem Orgasmus, der ganz still und ganz friedlich war und gleichwohl ihren ganzen Körper durchzuckte. Als sie sich wieder entspannte, setzte sie das Zungenspiel in meinem Schoß fort und ich kam sehr schnell ein zweites Mal.

In dem Augenblick, in dem auch ich bei ihr wieder aktiver werden wollte, bekamen wir jedoch Gesellschaft. Im ersten Moment nahm ich nur den steifen Schwanz wahr, der sich zu Birtes feucht-glänzenden Schamlippen schob, um unmittelbar darauf tief in ihrer Muschi zu verschwinden. Zunächst hatte ich geglaubt, dass Steffen es sei, der sich hinter Birte gekniet hatte. Erst als der Mann ernsthaft begann, sie zu stoßen, realisierte ich, dass es David war. Aus meiner Perspektive war mir sein Schwanz wohl größer erschienen, als er in Wirklichkeit war.

Nur Sekunden später spürte auch ich mehr als nur Birtes Zunge in meinem Schoß. Auch mein Mann kam zu mir und nahm mich, ohne dass Birte und ich unsere 69 auflösten. Ich ahnte, dass diese Position für Steffen etwas anstrengender sein musste als für David. Aber das ließ er sich nicht anmerken. Er stieß mich sanft, aber tief – ebenso wie David das mit seiner Frau tat. Und als es Steffen schließlich kam, spürte ich sein Sperma in mich hineinfließen.

David hingegen zog sich kurz vor seinem Höhepunkt aus Birte zurück und machte es sich am Ende selbst mit der Hand. Er spritzte ihr auf den Po und zugleich mir ins Gesicht. Ich hatte bei einem früheren Clubbesuch einmal erlebt, wie ein fremder Mann mir unvermittelt ins Gesicht gespritzt hatte – und hatte damals mit einer reflexartigen Ohrfeige reagiert, die zu einem jähen Abbruch jenes Vierers geführt hatte. Dass David mich nun anspritzte, störte mich dagegen nicht im Geringsten. Im Gegenteil: Es erregte mich sogar, dass beide Männer mir ihr Sperma gaben, und ich schnappte mit den Lippen nach Davids Schwanz. Ich nahm ihn in den Mund, saugte daran und schluckte den Rest, der noch herausquoll. Anschließend leckte ich seinen Saft auch noch von Birtes verschmiertem Po. Als ich schließlich nach oben blickte, sah David mich mit großen Augen an.

Unser Knäuel entwirrte sich, Steffen nahm mich in den Arm, und ich kuschelte mich an ihn. Als ich ihn jedoch küssen wollte, wich er mir zu meinem Erstaunen aus. Ich sah ihn fragend an, wusste in der nächsten Sekunde aber selbst, woran es lag. Steffen hatte normalerweise kein Problem damit, mich zu küssen, nachdem ich einen anderen Schwanz geblasen hatte. Aber in diesem Augenblick hatte ich noch fremdes Sperma am Mund – und das zu schmecken, hatte mein Liebster augenscheinlich keine Lust.

Ich nahm ein Taschentuch, wischte es mir ab, griff zudem zu einem Glas und spülte mit einem kräftigen Schluck Rotwein Davids restliches Sperma herunter. Als ich Steffen anschließend anlächelte, grinste er etwas verlegen. Doch ich konnte ihn ja verstehen. Anders als ich war mein Mann nun einmal stockhetero.

Für eine Sekunde blitzte in mir die Fantasie auf, dass nicht nur Birte und ich, sondern auch unsere Männer bisexuelle Neigungen haben könnten. Dann wäre es bei unserem Sex zu viert möglich, dass es wirklich jeder mit jedem tat. Der Gedanke schickte mir ein lüsternes Funkeln in die Augen, das Steffen sicherlich nicht ganz richtig zu deuten wusste. Doch ich verwarf diese Fantasie sofort wieder. Steffen und bi? Das passte nicht zu ihm. Genau genommen war ich doch recht froh darüber, dass mein Mann so war wie er war und es nicht mit anderen Männern trieb. Er nahm mich in den Arm und küsste mich – lange und sehr innig. Die Erotikfee in mir schnurrte ebenso zufrieden wie mein Liebesengel.

Es war ein sehr ruhiger Vierer gewesen. Niemand war sonderlich laut geworden, alle hatten wir Höhepunkte erlebt, niemand jedoch war wirklich satt. So dauerte es nicht lange bis wir es erneut taten. Diesmal nicht ganz so ineinander verknäult wie wir es zuvor erlebt hatten – dafür aber mit getauschten Partnern. David nahm mich in der Missionarsstellung, Birte setzte sich auf Steffen, und ich konnte seinen großen Schwanz zwischen ihren Pobacken verschwinden sehen. Dann aber konzentrierte ich mich ganz auf den Mann, der auf mir lag und mich mit immer schneller werdenden Stößen nahm. Nichts deutete darauf hin, dass Davids letzter Orgasmus noch nicht allzu lange zurücklag. Bevor es ihm kam, bescherte er mir mit seinen Stößen einen weiteren Höhepunkt. Kurz darauf war auch er soweit und spritzte in mich hinein. Vor meinem geistigen Auge vermischte sich tief in mir sein Sperma mit dem meines eigenen Mannes. Und so war es ja wohl auch.

Alle vier waren wir erschöpft vom Sex. Dennoch dachte zunächst niemand an Schlaf. Obgleich es bereits recht spät war, saßen wir noch lange zusammen, tranken Wein und setzten unser entspanntes Küchentischgespräch fort. Ich empfand es als wundervoll, dass wir zwei Menschen gefunden hatten, mit denen wir nicht nur fantastischen Sex haben konnten, sondern mit denen es auch auf einer geistigen Ebene brizzelte. Ich fühlte mich einfach nur wohl in dieser Runde. Und ich sah den anderen an, dass es ihnen ebenso ging.

Irgendwann jedoch hatte ich zunehmend Mühe, meine Augen offen zu halten. Die Uhrzeit, der viele Wein und der ausgiebige Sex forderten ihren Tribut. Als Birte sich auf der Matratze ausstreckte und ganz ungeniert zu gähnen begann, sah auch ich keinen Grund mehr, die perfekte Gastgeberin spielen zu müssen. Die war ich ohnehin nicht, und gegenüber diesen beiden sehr besonderen Freunden musste ich sicherlich auch keine Rolle spielen. Deshalb ließ auch ich mich einfach auf die Matratze sinken, kuschelte mich an Birte, spürte noch ihre Hand in meinem Haar und war beinahe schon eingeschlafen. Ich nahm nur noch wahr, wie jemand eine der dünnen Decken über mich legte. Damit verabschiedete ich mich ins Reich der Träume.

Dass die ziemlich erotisch wurden, lag in der Natur der Sache. Durch meine Traumwelt zogen Bilder von nackten Menschen, die es ineinander verknäult und mit wechselnden Partnern taten. Ich sah spritzende Schwänze, die mir ihr Sperma gaben – in meine Muschi ebenso wie in meinen Mund oder auf die unterschiedlichsten Stellen meiner Haut. Immer stärker wurde in meinem Traum dabei die stoßende Bewegung eines Mannes, der hinter mir lag und mich auf diese Weise nahm. Die Stellung hatte ich in der Form an diesem Abend gar nicht erlebt. Dennoch wurde genau dieses Bild in meinem Traum immer deutlicher. Es fühlte sich merkwürdig real an – bis ich irgendwann feststellte, dass das gar nicht in meinem Traum passierte, sondern im Hier und Jetzt.

Obgleich mir immer deutlicher bewusst wurde, dass mich da jemand tatsächlich von hinten fickte, weigerte sich alles in mir, wirklich wach zu werden. Deshalb blieb ich einfach liegen, öffnete nicht einmal die Augen, sondern genoss, was ich da spürte – ohne zu wissen, wer da eigentlich hinter mir lag. Genau genommen war es mir in diesem Augenblick auch ziemlich egal, ob ich Steffens oder Davids Schwanz in mir hatte. Es fühlte sich geil an, hier irgendwo zwischen Traum und Realität genommen zu werden; es war vielleicht auch gerade durch mein Nichtwissen besonders aufregend. Es passte zu meinem Traum, und als es meinem Stecher gekommen war, schlief ich umgehend wieder richtig ein.

Als ich irgendwann ernsthaft wach wurde, war es bereits später Vormittag. Ich blinzelte in das Licht des Morgens und stellte fest, dass die anderen drei noch schliefen. Dabei betrachtete ich die beiden nackten Männer, zwischen denen ich aufgewacht war und fragte mich nun doch, wer von beiden es in der Nacht noch einmal mit mir getan hatte. Aber meine Überlegungen führten zu keinem Ergebnis und ich beschloss, niemanden danach zu fragen.

Möglichst leise stand ich auf und verschwand ins Bad. Dort traf mich die volle Wucht des Tageslichtes. Auf der Toilette sitzend meldete sich ein unangenehmes Gefühl in meinem Kopf, das wohl aus der Mischung von zu viel Alkohol und zu wenig Schlaf entstanden war. Ich unternahm gar nicht erst den Versuch, meiner Mahnerin zu widersprechen. Sie hatte ja recht: Diese Mischung fühlte sich nicht gut an. Dennoch zauberte mir meine Erotikfee ein Lächeln ins Gesicht, als sie anmerkte, dass es manchmal doch wichtigere Dinge gab als ausreichend Schlaf zu bekommen. Manchmal jedenfalls.

Während ich kurz darauf in der Küche Kaffee aufsetzte, hörte ich die Toilettenspülung im Bad. Irgendjemand war ebenfalls wach geworden. Kurz darauf kam Birte in die Küche, die ebenso verschlafen aussah, wie ich mich fühlte. Wir umarmten uns, und ich spürte die angenehme Nachtwärme ihres nackten Körpers an meiner Haut. Ich konnte nicht widerstehen, meine Hände über ihren Rücken und ihren Po gleiten zu lassen und ihren Schoß fest an meinen Schoß zu drücken. Sie küsste mich und sah mich an.

„Du hast eingetrocknetes Sperma im Haar", sagte sie in einem Ton, in dem sie mich am Frühstückstisch auch um das Salz hätte bitten können.

Ich reagierte mit einem Achselzucken und erwiderte: „Du hast eingetrocknetes Sperma am Po."

Wir sahen uns an und mussten lachen. Immerhin wurden wir davon etwas wacher. Und der Kaffee, den wir anschließend im Stehen tranken, während wir den Aufbackbrötchen im Backofen zusahen, brachte unsere Lebensgeister immer mehr zurück.

„Was für eine heiße Nacht", sagte ich schließlich und blickte meine Freundin über den Rand meines halbvollen Bechers an.

„Das kann man wohl sagen", entgegnete sie. „Es ist alles so leicht mit euch, so einfach, so selbstverständlich."

„Und so liebevoll", ergänzte ich.

„Ja", stimmte sie mir zu und sah mir tief in die Augen. „Ich habe mich in deinen Mann verliebt."

„Und ich mich in deinen", entgegnete ich ohne zu zögern.

Sie schenkte mir ein besonders warmes Lächeln, küsste mich erneut und flüsterte: „In dich habe ich mich übrigens auch verliebt."

Das fühlte sich eigentümlich an, gefiel mir aber. Hätte ich gesagt, dass ich Birte mochte, wäre das sicherlich eine Untertreibung gewesen. Aber hatte ich mich auch in diese Frau verliebt? Ein bisschen ganz bestimmt, aber wohl doch etwas anders als in ihren Mann.

„Wie ist das mit unseren Männern?", fragte ich stattdessen.

„Oh ja!", entgegnete Birte sehr bestimmt. „David fährt total auf dich ab. Du bist hundertfünfzigprozentig sein Typ. Der schwärmt ständig von dir. Ich bin sicher, dass der sich in dich verliebt hat. Und wie! Allerdings sagt er so etwas nicht."

„Da haben unserer beiden Liebsten wohl auch an der Stelle eine Gemeinsamkeit", entgegnete ich grinsend. „Das klang grad so, als hättest du Steffens Blick auf dich beschrieben."

„Die beiden haben so manche Gemeinsamkeit", sagte Birte mit verklärtem Gesichtsausdruck, und ich sah ihr an, dass an ihrem geistigen Auge soeben eins der Erlebnisse aus der vergangenen Nacht vorbeizog. Auch ich spürte beim Gedanken an unsere beiden Liebhaber, die nebenan noch schliefen, schon wieder dieses Kribbeln in mir.

„In wie viele Menschen kann man eigentlich gleichzeitig verliebt sein?", fragte ich schließlich nachdenklich, während ich mir den zweiten Kaffee eingoss.

Birte zuckte mit den Schultern: „Auf jeden Fall in mehr als nur einen. Spätestens seit wir euch getroffen haben, bin ich mir da ganz sicher."

„Aber kann das funktionieren?", entgegnete ich dennoch.

Birte zuckte nur mit den Schultern: „Wer weiß das schon. Probieren wir es aus. Im Augenblick fühlt sich das jedenfalls wundervoll an."

Wie recht sie doch hatte.

Es war einigermaßen mühsam, die Männer wach zu bekommen. Immerhin war der Duft von Kaffee und frisch aufgebackenen Brötchen ganz hilfreich dabei, sie aus ihrer Traumwelt zu holen. Anders als bei unserem Besuch in Bielefeld blieb das Frühstück aber ein Frühstück und ging nicht in die nächste Orgie über. Aber auch das ergab sich wie von selbst. Offenbar waren wir alle einigermaßen unausgeschlafen. Eine erotische Spannung lag dennoch über unserem FKK-Frühstück auf den Matratzen des Nachtlagers. Doch mehr als das liebevolle Wandern von

Händen über Haut ergab sich nicht mehr. Birte und David machten sich nach dem Frühstück wieder auf den Heimweg und ließen Steffen und mich in einer Wohnung zurück, die nach meinem Eindruck geradezu geschwängert war von einer Atmosphäre aus Sex, Leidenschaft und Zärtlichkeit.

Steffen und ich räumten deshalb die Matratzen noch nicht wieder aus dem Wohnzimmer, sondern verbrachten auch die folgende Nacht hier – obgleich dies das Aufstehen am Montagmorgen nicht gerade leichter machte. Der Wecker klingelte nicht; er brüllte.

Als ich an diesem Morgen ins Bad ging, fiel mein Blick auf die Packung mit meinen Antibabypillen. Erschrocken griff ich danach, weil ich plötzlich das Gefühl hatte, die Einnahme am Vorabend vergessen zu haben. Erleichtert stellte ich aber im nächsten Moment fest, dass das Fach für den Sonntag doch leer war. Nachdenklich schaute ich auf die Pille für den Montag.

So ein kleines Ding, dachte ich. Ein kleines Ding mit großer Wirkung. Aber wehe wenn nicht, flüsterte meine Mahnerin und ich spürte, wie mir kalt würde. Meine Gedanken gingen zurück in die vorletzte Nacht. Beide Männer hatten in mich hineingespritzt. Wenn ich nun heute Abend die Pille nicht nahm – von wem würde ich dann möglicherweise schwanger werden? Der Gedanke, dass eine vergessene Pille zu einer Schwangerschaft führen könnte und ich dann nicht wissen würde, wer von den beiden mich geschwängert hatte, fühlte sich ziemlich merkwürdig an. Es pendelte irgendwo zwischen Faszination und Entsetzen.

So ungefähr mussten das vielleicht auch die Frauen in den Höhlen der Urzeit empfunden haben. Forscher wollten entdeckt haben, dass dort ein recht fröhliches sexuelles Durcheinander geherrscht haben soll, wie ich einmal in einem schlauen Buch gelesen hatte. Vielleicht war Swingen ja überhaupt eine Rückkehr zu unseren urmenschlichen Wurzeln und Trieben. Genau genommen also völlig normal. Definiere normal, hörte ich eine kichernde Erotikfee in mir.

Noch immer blickte ich auf die Montagspille. Nein, vergessen sollte ich die nicht. Auf keinen Fall jetzt, wo ich nicht allein mit Steffen blank fickte. Naja, sonst natürlich auch nicht, murmelte die Realistin in mir. Ich war 26 – Mutter werden war für mich vielleicht eine Möglichkeit irgendwann in einer nicht allzu nahen Zukunft. Vielleicht. Jetzt jedenfalls ganz bestimmt noch nicht.

Mama Kirsten, sagte dennoch die Träumerin in mir zu meinem Spiegelbild. Doch das Spiegelbild schüttelte entsetzt den Kopf. Das, was mich da so müde anschaute, sah überhaupt nicht nach Mama aus. Meine eigene Mutter wäre möglicherweise begeistert gewesen, wüsste sie, dass Schwangerschafts-Fantasien durch meinen Kopf waberten. Allerdings wäre sie wohl über den Zusammenhang entsetzt.

Was für krude Gedanken zwischen Wecker und Dusche, hörte ich plötzlich die selbstbewusste Macherin in mir: Bist du etwa eine Frau, die zu Vergesslichkeit neigt? Nein, war ich nicht. Ganz bestimmt nicht!

Ich hatte die Pille noch nie vergessen, und ich würde auch in Zukunft immer daran denken. Vorsichtshalber legte ich die Pillenpackung jedoch auf meine Zahnbürste, sodass sie mir heute Abend unweigerlich in die Hand fallen musste. Anschließend zog ich mein Schlafshirt aus, warf es zu Boden und stieg unter die Dusche. Der Tag konnte kommen.

Leider gelang es mir aber nicht, die merkwürdigen Was-wäre-wenn-Gedanken ganz einfach wegzuduschen, so wie ich es mit Davids Spermaresten in meinem Haar getan hatte. An diesem Vormittag blitzte die ungebetene Fantasie immer mal wieder auf, während ich im Büro saß und mich eigentlich mit ganz anderen Dingen beschäftigen musste. Und als ob ich dieses Thema nun geradezu anziehen würde, stieß ich während der Mittagspause beim Blättern in einer Frauenzeitschrift auch noch auf einen Bericht über die Wechselwirkung von Antibabypille und Grapefruits. Es wurde in dem Artikel darüber spekuliert, ob diese Frucht die verhütende Wirkung der Pille abschwächen oder möglicherweise sogar aufheben könnte. Bei dem Gedanken bekam ich eine Gänsehaut – allein schon deshalb, weil ich ausgesprochen gern Grapefruits aß. Das fühlte sich ziemlich merkwürdig an.

Und es wirkte nach: Als ich nach Feierabend durch den Supermarkt ging, griff ich (wie so oft) auch zu einer Grapefruit – und legte sie beinahe entsetzt wieder ins Obstregal zurück. Obgleich der Artikel, den ich ein paar Stunden zuvor gelesen hatte, letztlich (wenn auch ein bisschen halbherzig) Entwarnung gegeben hatte, war mir plötzlich nicht ganz wohl bei dieser Frucht und ich beschloss, sie vorerst aus meinem Obstsalat zu verbannen.

Manchmal hatte Partnertausch doch recht merkwürdige Nebenwirkungen – gedanklich, emotional und sogar kulinarisch. So etwas richtet nun einmal ein Gefühlschaos an, stellte meine Mahnerin fest. Da hatte sie zweifellos recht. Der Blick auf die Supermarkt-Grapefruit heizte die wirren Gedanken in meinem Kopf noch einmal so richtig an. Ich musste dringend joggen gehen.

Als ich nach Haus kam, war Steffen schon da und zog sich gerade um.

„Ich wollte vor dem Abendessen noch laufen gehen", rief er mir vom Schlafzimmer aus zu, während ich dabei war, den Einkauf in der Küche abzustellen. „Kommst du mit?"

Wunderbar, dachte ich. Manchmal ordneten sich die Dinge doch ganz von selbst. Während wir durch den Stadtwald trabten und die milde Frühlingsluft genossen, schüttelte ich die Gedanken in meinem Kopf noch einmal kräftig durcheinander. Und als wir nach dem Lauf ein paar Dehnübungen am Waldrand machten, hatte ich das Gefühl, dass sich das Gewirr in meinem Kopf neu und wesentlich besser sortiert hatte. Merkwürdige Schwangerschaftsfantasien kehrten vorerst nicht zurück. Grapefruits kaufte ich allerdings trotzdem nicht mehr.

Kapitel 5:
Ohne meinen Mann

Bielefeld, Juni 2010

Zum ersten Mal ertappte ich mich im Büro dabei, dass ich den Begriff googelte. Die Auskünfte, die ich auf verschiedenen Webseiten zum Thema Polyamory fand, waren eher sachlich, beschrieben aber ganz gut, was Steffen und ich mit Birte und David erlebten: Eine Liebesbeziehung unter mehr als zwei Menschen. Allerdings gingen die beschriebenen Formen teilweise erheblich über das hinaus, was wir zurzeit hatten – bis hin zu Wohngemeinschaften mit freier Liebe sowie gemeinsamen Kindern in lebenslangen polyamoren Beziehungen.

So etwas konnte ich mir nicht vorstellen – auch wenn man natürlich nie wissen konnte, was sich alles noch entwickelte, wenn man sich erst einmal darauf eingelassen hatte. Und darauf eingelassen hatten wir uns. Oh ja! Allerdings wussten Steffen und ich trotz inniger Nähe zu den beiden Bielefeldern doch sehr genau, dass vor allem wir zwei zusammengehörten. Jedenfalls ging ich davon aus, dass auch Steffen das so empfand. Fragen wollte ich ihn zwar nicht danach, doch ich beschloss, dass das auch nicht nötig war.

Was aber würde ich antworten, sollten die anderen den Gedanken einer tieferen und näheren Viererbeziehung aufbringen – etwa in Form einer Wohngemeinschaft? So oft, wie wir Birte und David in jener

Zeit trafen, erschien mir selbst dieser Gedanke als nicht völlig abwegig. Allerdings würde ein solches Projekt aufgrund unserer unterschiedlichen Wohnorte kaum zu verwirklichen sein, solange wir alle beruflich in Hannover, beziehungsweise Bielefeld eingebunden waren. Die Frage stellte sich also nicht, wie die Realistin in mir konstatierte. Das enttäuschte und beruhigte mich gleichermaßen. Dennoch schickte mich meine Träumerin immer mal wieder auf eine kleine Gedankenreise durch das große Haus in Bielefeld, in dem so etwas wohl durchaus realisierbar sein mochte.

In den Swingerforen, die ich zu Haus nach dem Thema Polyamory durchstöberte, fand ich ziemlich viele Beiträge, die zu meinem gegenwärtigen Lebensgefühl passten. In den entsprechenden Gruppen berichteten Menschen von Erfahrungen mit polyamoren Beziehungen – auch wenn immer mal wieder die kritische Frage gestellt wurde, ob so etwas wirklich funktionieren konnte. Schließlich beschloss ich, dass das alles graue Theorie war, und wir vier unseren eigenen Weg finden mussten – wohin auch immer der uns führen mochte.

An einem der nächsten Wochenenden führte dieser Weg mich wieder einmal nach Bielefeld. Allerdings nur mich. Ich weiß gar nicht, ob es wirklich nur Zufall war, oder ob David unseren Cam-Chat zu viert bewusst auf das Thema gelenkt hatte. Jedenfalls waren wir an jenem Abend plötzlich wieder beim Thema Partnertausch in getrennten Räumen.

„Hatten wir doch auch schon", merkte ich kichernd an und dachte an die zusammenbrechende Kleiderstange im Wandschrank der beiden.

„Das stimmt", grinste David von der anderen Seite des Bildschirms. „Der heißeste Coitus interruptus, den ich je erlebt habe."

„Vor allem der lauteste", warf Birte süffisant ein.

„Ich finde den Gedanken sehr verlockend, es wirklich mal in getrennten Räumen zu tun – und das nicht nur für ein paar Stunden", hakte David nach.

„Du meinst für eine ganze Nacht?", fragte Steffen und fügte hinzu: „Ich bin dabei."

„Oder auch für ein ganzes Wochenende", schob David nun aber nach.

„Ein ganzes Wochenende?", echote ich und schaute meinen Liebsten von der Seite an.

Der zuckte mit den Schultern und sagte grinsend: „Warum nicht? Wir machen ja auch sonst so manchen Blödsinn."

Damit war es beschlossen. Wir vereinbarten, dass ich am kommenden Freitag allein nach Bielefeld fahren würde, während Birte zu Steffen nach Hannover kommen sollte. Obgleich ich mich etwas überfahren fühlte und überrascht war, wie schnell die anderen auf Davids Vorschlag eingestiegen waren, spürte ich Kribbeln und Vorfreude in mir. Partnertausch in getrennten Räumen hatten Steffen und ich ja durchaus schon erlebt. Aber dabei waren wir bisher stets irgendwie in Reichweite geblieben. Ein getrenntes Wochenende war für uns eine gänzlich neue Erfahrung, und ich spürte die Aufregung in mir. Doch vor allem war es Vorfreude – wie zu Beginn einer neuen Beziehung, wenn man bis über beide Ohren verliebt war. Aber das war ich ja auch. Irgendwie jedenfalls.

Dass Steffen meine Aufregung zu spüren bekam, lag in der Natur der Sache. Am Tag nach dem Cam-Chat schleppte ich ihn nach Feierabend in die Innenstadt, weil ich das Bedürfnis hatte, mir einen Nagellack zu kaufen, der zu meinen neuen grünen Schuhen (Steffen bezeichnete sie als Schühchen) passte. Obgleich ich wusste, dass mein Liebster mit der typisch männlichen Rot-Grün-Schwäche geschlagen war, musste er seine Meinung zu den diversen Farbtönen abgeben – auch wenn das natürlich ziemlich nutzlos war. Als ich endlich einen passenden Ton für meine Fußnägel hatte, brauchte ich noch einen für die Fingernägel. Da wählte ich dann aber lieber ein dezentes Zartrosa.

„War es das?", fragte Steffen, und ich nickte, während ich die beiden Farbtöne nebeneinander hielt.

„Finger- und Fußnägel müssen natürlich auch zum Kleid passen", sagte ich im nächsten Moment jedoch etwas nachdenklich.

„Welches Kleid willst du denn anziehen", war Steffen unvorsichtig genug nachzufragen.

Ich ging im Gedanken meinen Kleiderschrank durch, fand aber nichts wirklich Passendes, legte den Kopf schräg und sah Steffen unglücklich an. So probierte ich kurz darauf auch noch ein paar kurze Sommerkleider. Neue Schuhe lösten doch manchmal einen Dominoeffekt aus.

Zu Steffens (und auch meiner eigenen) Überraschung wurde ich an dieser Stelle sehr schnell fündig, und er freute sich bereits auf das Abendessen beim Griechen, das ich ihm als Belohnung für die Einkaufsbegleitung versprochen hatte.

Vorher jedoch wollte ich nur noch schnell nach neuen Dessous schauen. Steffens Blick sagte ganz deutlich: „Davon hast du doch massenhaft!" Allerdings sprach er es nicht aus, und ich hätte diesen Einwand auch als unsachlich zurückgewiesen. Als ich schließlich mehrere Teile gefunden hatte, die ich anprobieren wollte, bemerkte ich die Schlange vor den Umkleidekabinen – und Steffen entdeckte sie auch. Sein Blick verwandelte sich von unglücklich zu verzweifelt. Ich wusste, dass der Mann Hunger hatte. Und dann konnte er unleidlich werden.

Um die Sache zu beschleunigen, drückte ich ihm die bereits ausgesuchten Sachen in die Hand und bat ihn, sich schon einmal in die Schlange einzureihen, damit ich ohne Zeitverlust noch ein bisschen weiterstöbern konnte.

Kurz darauf jedoch fiel mein Blick auf meinen Liebsten, der als einziger Mann in einer Schlange junger Frauen vor der Umkleide stand und dabei mehrere Damenslips sowie BHs in Händen hielt. Vermutlich war das der Moment, in dem auch ihm diese etwas skurrile Situation bewusst wurde – nicht zuletzt deshalb, weil er von den mitwartenden Frauen aufmerksam gemustert wurde. Steffen schaute sich hilfesuchend zu mir um, aber ich brauchte noch einen Augenblick und zuckte entschuldigend mit den Schultern. Aus seinem Blick sprach nun das pure Entsetzen. Dennoch hielt er tapfer die Stellung in der Warteschlange. Dabei wurde er immer kleiner, stellte das Atmen ein und versuchte, mit der Umgebung zu verschmelzen.

„Ich liebe dich", sagte ich etwas später ganz zärtlich zu ihm, als wir im Biergarten unseres Lieblingsgriechen saßen, Rotwein tranken und aufs Essen warteten. Das war vermutlich das Mindeste, was er als Entschädigung für die seltsame Einkaufssituation in der Dessousabteilung erwarten konnte. Er grinste mich an, zwinkerte und warf mir einen Luftkuss zu.

„Ganz schöner Aufwand für ein Wochenende", sagte er nachdenklich.

„Ist ja auch ein besonderes Wochenende, oder? Was willst du denn anziehen, wenn Birte nach Hannover kommt?"

Die Frage schien ihn ernsthaft zu überraschen. Ich stellte fest, dass er daran noch nicht einen Gedanken verschwendet hatte. Schließlich erwiderte er grinsend:

„Vielleicht ganz einfach gar nichts."

Würde David sich anders auf das Wochenende mit mir vorbereiten? Das wollte ich doch hoffen.

Die Fahrt nach Bielefeld dauerte länger als erwartet. Freitagnachmittag und Autobahn 2 waren keine gute Kombination, wie ich wieder einmal feststellte.

Unwillkürlich schaute ich dann und wann auf die Gegenspur und hatte den Gedanken, da irgendwo vielleicht Birtes Auto entdecken zu können – was mir in der diffusen Blechlawine natürlich nicht gelang. Ich versuchte mir vorzustellen, was meine Freundin wohl anziehen würde an diesem warmen Sommerwochenende. Vermutlich trug sie ebenso wie ich ein kurzes Kleid oder einen Minirock. Ihre schönen Beine waren dafür mehr als geeignet. Immerhin hatte ich Steffen am Nachmittag noch ein wenig beraten können, so dass er nun mit einer ordentlichen Hose und einem weißen Leinenhemd auf seinen Besuch wartete.

David war ganz ähnlich gekleidet, wie mir auffiel, als ich das Auto vor seiner Garage abgestellt hatte. Er kam auf mich zu, um mir höflich die Autotür zu öffnen, so dass ich nur wenig Zeit hatte, meine Schuhe zu wechseln. Zum Autofahren waren meine neuen grünen Schühchen nicht so recht geeignet. Immerhin schaffte ich es gerade so eben noch, bevor er die Autotür öffnete und mir galant die Hand reichte, um mir beim Aussteigen behilflich zu sein.

„Willkommen im Gerücht", sagte er und umarmte mich.

„Inzwischen weiß ich doch, dass Bielefeld sehr real ist", entgegnete ich und küsste ihn auf den Mund. Zu meiner Überraschung beließ er es bei einem kurzen Küsschen, einem sehr kurzen. Ach ja, schoss es mir durch den Kopf. Die Nachbarn … Das war eben der Nachteil in einer Stadtrandsiedlung. Man stand unter sozialer Kontrolle. Erst als wir das Haus betreten hatte, gab er mir einen richtigen Begrüßungskuss. Und was für einen! Fast hatte ich den Eindruck, er wolle mich jetzt sofort und noch im Flur vernaschen. Ich hätte es mit mir machen lassen – und war fast ein bisschen enttäuscht, als er mir dann aber die Hand reichte und mich durchs Wohnzimmer hindurch auf die Terrasse führte.

Dort tranken wir Sekt, den er in einem Kühler bereitgestellt hatte, und übten uns in gepflegtem Smalltalk. Es gefiel mir dann doch, dass David mir nicht sofort an die Wäsche gegangen war. Er verhielt sich sehr gentlemanlike, fragte höflich, ob er mir noch nachschenken dürfe, als mein Sektglas leer war und griff selbst zu Mineralwasser. Als ich ihn darauf ansprach, entgegnete er:

„Ein Glas Sekt sollte mir erst mal genügen, ich muss ja noch autofahren."

„Ach so? Wohin fahren wir denn?"

„In die Innenstadt. Ich habe einen Tisch bei einem Chinesen reserviert."

Das zauberte mir ein Lächeln ins Gesicht, und ich musste unwillkürlich an den getrennten Flirt in Hannover zwei Monate zuvor denken, als David und ich ebenfalls beim Chinesen gewesen waren. Offensichtlich plante er heute einen ähnlichen Flirtabend mit mir.

Als wir etwas später durch die Stadt wanderten, hängte ich mich bei ihm ein, auch wenn ich den Eindruck hatte, dass David zuweilen etwas unruhig nach rechts und links schaute. Möglicherweise befürchtete er, Bekannten zu begegnen, die sich wundern würden, weshalb er Arm in Arm mit einer anderen Frau als seiner eigenen durch die Stadt zog. Dass so etwas passieren konnte, hatte ich nach unserem Spaziergang um den Maschsee zwei Monate zuvor ja selbst erlebt.

Erst beim Chinesen wurde er wieder entspannter. Dieses Mal ersparte er mir das Essen mit Stäbchen und benutzte ebenfalls Messer und Gabel. Schön, wie er sich auf mich einstellt, dachte ich zufrieden. Nach dem Essen überraschte er mich sogar mit dem Vorschlag, in eine Diskothek zu gehen – was er bei unserem Gang durch die hannoversche Innenstadt noch abgelehnt hatte. Na dann los, dachte ich und fand mich kurz darauf mit ihm auf der Tanzfläche wieder. Zu meiner Überraschung machte er dabei gar keine schlechte Figur. Sein Gefühl für Takt und Rhythmus war eindeutig besser ausgeprägt, als das bei Steffen der Fall war.

So wurde es ziemlich spät, als wir schließlich wieder im Auto saßen und uns auf den Rückweg machten. Während der Fahrt legte er mir mehrfach eine Hand auf mein Bein und ich genoss die Wärme auf dem nackten Oberschenkel. Für einen Moment war ich versucht, mich einfach in seinen Schoß zu beugen und ihm während der Fahrt den Schwanz zu blasen. Heiß genug dafür war ich bei der Tanzerei durchaus geworden. Aber ich ließ es und beschloss, ihm die Führung des Abends und des Wochenendes zu überlassen und mich ganz seiner Choreografie anzuvertrauen.

„Danke für den wundervollen Abend", flüsterte ich etwas später, als wir uns im diffusen Licht im Hausflur in die Augen sahen.

„Er ist noch nicht zu Ende", entgegnete er, während er mich umarmte und küsste – lange und verlangend.

„Ich weiß", erwiderte ich und ahnte, dass er in meinen Augen die Lust auf ihn lesen konnte.

„Komm", sagte er, nahm meine Hand und führte mich ins Schlafzimmer.

Er entzündete ein paar Kerzen, während ich am Bettrand stehen blieb und darauf wartete, dass er zu mir kommen und mich ausziehen würde. Stattdessen setzte er sich jedoch in einen Sessel, sah mich an und sagte in einem Ton, der beinahe wie ein Befehl klang:

„Zieh dich aus!"

Das überraschte mich, aber ich tat es. Ich drehte ihm den Rücken zu, damit er zusehen konnte, wie ich langsam den Reißverschluss meines Kleides herunterzog (was ohne Hilfe gar nicht so einfach war). Als es offen stand, hielt ich es noch einen Augenblick fest, drehte mich um, sah ihm in die Augen und ließ mein Kleid schließlich zu Boden fallen – womit ich ihm jene Unterwäsche präsentierte, für die Steffen ein paar Tage zuvor in der Warteschlange so tapfer die Stellung gehalten hatte.

Ich ließ ein paar Sekunden verstreichen, in denen wir uns nur in die Augen sahen, bevor ich meinen BH öffnete und ihn mir ebenfalls ganz langsam abstreifte. Als ich oben ohne war, bemerkte ich Davids Schlucken sowie seine größer werdenden Augen – gerade so, als würde er zum ersten Mal meine Brüste sehen, was ja nun wirklich nicht der Fall war.

Es war erregend zu erleben, wie sehr seine Blicke an mir klebten. So ließ ich mir viel Zeit mit dem winzigen Slip, den ich nun noch trug. Ich spielte daran, tat so, als würde ich ihn abstreifen, hielt ihn aber noch fest, um ihn schließlich doch auszuziehen. Nun trug ich nur noch meine grünen Schühchen und spürte wie Davids Augen meinen ansonsten nackten Körper abtasteten. Ich wartete darauf, dass er endlich zu mir kommen möge, aber er blieb in seinem Sessel und betrachtete mich nur. Seine Blicke wanderten auf und ab und ich fragte mich, an welchen Stellen sie wohl besonders lange verweilen würden. Immer wieder hatte ich den Eindruck, dass es mein Busen war, dann aber auch wieder meine glatt rasierte Muschi.

„Wunderschön", sagte er schließlich. Ich wusste, dass er meinte, was er sagte und fühlte mich sehr als Frau.

„Und jetzt zieh mich aus!", forderte er, stand aus dem Sessel auf, kam aber noch immer nicht auf mich zu.

Also ging ich die wenigen Schritte zu ihm, öffnete langsam die Knöpfe seines Hemds, einen nach dem anderen und ließ meine Finger dabei bereits mehrfach über seine glatte Brust gleiten. Schließlich öffnete ich auch den letzten Knopf, schob meine Hände unter den Stoff und streifte ihm das Teil ab.

Ich küsste seine Brust, ging dann vor ihm auf die Knie, öffnete seine schwarzen Halbschuhe und zog sie ihm aus. Schließlich wanderten meine Hände zu seiner Hose, langsam öffnete ich den Gürtel, den Knopf, den Reißverschluss. Kurz darauf trug David nur noch seinen Slip, unter dem sich eine deutliche Beule abzeichnete. Na also, flüsterte meine Erotikfee, du wirkst auf ihn. Aber alles andere hätte mich jetzt auch gewundert.

Nun ließ ich mir wieder Zeit, viel Zeit. Dennoch wurde er keineswegs ungeduldig, während ich mit Fingern und Lippen an und um seinen Slip herum spielte, die Beule küsste, mit den Lippen über Bauch und Oberschenkel wanderte, mit den Zähnen am Bund zog, um ihn anschließend wieder loszulassen. Erst nach einer ganzen Weile tasteten meine Finger unter den Stoff. Schließlich aber packte ich seinen Slip mit beiden Händen und zog ihn herunter, so dass David endlich nackt vor mir stand und mir seine Männlichkeit präsentierte.

Ich nahm seinen Schwanz in die Hand, wollte ihn in meinem Mund spüren, doch David zog mich zu sich herauf, umarmte und küsste mich und drückte mich anschließend auf das große Bett, wo ich mich einfach auf den Rücken fallen ließ. Sofort war er mit seinem Kopf zwischen meinen Beinen und mit seiner Zunge zwischen meinen Schamlippen. Er leckte mich gierig, schob mir dabei erst einen und dann zwei Finger in die Muschi, die wohl auch ohne seinen Speichel längst feucht genug dafür war. Sein Lecken war wundervoll, und er hörte nicht damit auf, bis ich meinen Höhepunkt herausschrie.

Als er abgeklungen war, legte sich David auf mich und sein Schwanz drang mühelos in mich ein. Von Anfang an fickte er mich in einem hohen Tempo, während seine Hände meine Handgelenke auf dem Bett fixierten. Erneut bescherte er mir auf die Weise einen Orgasmus.

Nun verlangsamte er sein Tempo, blieb aber noch immer in mir und sah mir in die Augen, bis er schließlich sagte:

„Ich möchte etwas spielen. Vertraust du mir?"

Was für eine Frage, dachte ich und entgegnete nur: „Mach einfach."

Er rollte sich von mir herunter, griff unter das Bett und zog schwarze Bänder hervor. Er band mir je eins um die Handgelenke und das andere Ende an das Bett, so dass ich nun auf dem Rücken liegend mit über den Kopf gestreckten Armen vor ihm lag. Die Fesseln ließen mir durch ihre Länge zwar Bewegungsfreiheit, aber die war begrenzt. Ich war ihm ausgeliefert – und gespannt, was er damit anfangen würde.

David griff zu einer Flasche Öl und ließ einiges vom Inhalt auf meinen Körper laufen. Ich zuckte zusammen, weil die Flüssigkeit relativ kalt war. Er verteilte das Öl großzügig über meinen Körper, massierte mich ausgiebig, vor allem meinen Busen, den er schließlich noch einmal nachölte. Anschließend hockte er sich über mich und legte seinen Schwanz zwischen meine Brüste. Er begann einen Busenfick, bewegte sich hin und her, sein Schwanz war sehr hart und ich sah in seinen Augen die Erregung. Ich ahnte, dass es ihm bald kommen und sich das Sperma mit dem Öl auf meiner Haut vermischen würde.

Doch kurz bevor er so weit war, ließ er den Schwanz wieder hochschnellen, kam selbst noch ein wenig höher in Richtung meines Kopfes und schob mir sein steifes Teil in dem Mund. Der Geschmack von Öl war etwas eigentümlich, aber ich schloss dennoch die Lippen fest um den Schaft, während er mich in den Mund fickte. Ich hatte ohnehin den Eindruck, dass sich dieser Geschmack bald ändern würde – und sollte recht behalten. Ich spürte, wie Davids Schwanz zu zucken begann, sein Sperma spritze in meinen Mund, doch zu meiner Überraschung zog er sich sofort aus mir zurück und brachte den Höhepunkt mit der Hand selbst zum Ende – direkt über meinem Gesicht. Obgleich ich den ersten Spritzer in den Mund bekommen hatte, war das, was nun noch aus seinem Schwanz sprudelte, eine ziemliche Menge. Als schließlich nur noch ein paar Tropfen herausquollen, hatte ich das Gefühl, mein Gesicht sei komplett spermaverschmiert. Und so ganz falsch lag ich mit dieser Einschätzung wohl auch nicht.

Davids nächste Aktion irritierte mich, doch ich protestierte nicht: Er griff zum Nachttisch, nahm sein Handy und fotografierte mich. Ich war mir nicht sicher, ob das bei dem relativ schwachen Licht und ohne Blitz viel Sinn machte, war aber doch gespannt auf die Ergebnisse.

Die er mir zunächst allerdings nicht zeigte. Stattdessen legte er sich erneut auf mich und rieb seinen nicht mehr sonderlich steifen Schwanz an meiner Muschi. Offenbar versuchte er, ihn einzuführen, was aber misslang. So wechselte er die Stellung, tauchte mit dem Kopf zwischen meine Beine und verwöhnte mich ein zweites Mal mit seiner Zunge. Schnell und ebenso gierig wie vorhin leckte er meine Spalte und vor allem den Kitzler. Damit brachte er mich zu einem weiteren Höhepunkt, der bei mir eher wimmernde als laute Geräusche verursachte.

Als er sich jetzt erneut zwischen meine Beine legte, war sein Schwanz wieder etwas härter und glitt leicht in mich hinein. Während er mich fickte, wurde er bald auch wieder ganz steif. Dieses Mal brauchte er recht lange, bis sich sein Orgasmus ankündigte – was mir mehr als recht war. Ich genoss seine Stöße und die ganze Situation. Das Gefühl, ihm ausgeliefert zu sein, gab mir einen erheblichen Zusatzkick.

Schließlich ahnte ich, dass es ihm bald erneut kommen würde und fragte mich, ob er nun in mich hineinspritzen würde. Aber David hatte anderes im Sinn. Wieder kniete er sich über meinen Oberkörper, drückte seinen Schwanz zu einem weiteren Busenfick zwischen meine Brüste, blieb aber nur kurz dabei. Dann besorgte er es sich wie zuvor selbst mit der Hand. Offensichtlich wollte er nach meinem Gesicht auch meinen Busen verschmieren. Als es ihm kam, landete der erste Spritzer jedoch erneut neben meiner Nase. Erst der Rest ergoss auf meine Brüste. Meine Güte, fragte die erstaunte Erotikfee in mir, woher nimmt der Mann in so kurzer Zeit nur derart viel Sperma?

Er strahlte mich an, als er meinen nackten Körper mit all seinen Körpersäften betrachtete. Ganz offensichtlich gefiel ihm, was er sah, und ich lächelte zurück. David hatte mich mit seiner (glücklicherweise eher soften) Dominanz etwas überrascht, aber ich musste mir eingestehen, dass mich das sehr erregt und ich mich ihm nur allzu gern ausgeliefert hatte.

„Machst du mich dann mal bitte wieder los?", fragte ich ihn schließlich, während er noch immer über mir hockte.

„Ich weiß noch nicht", entgegnete er mit einem schelmischen Grinsen. „Du gefällst mir grad ziemlich gut so."

Offenbar meinte er das ernst. Jedenfalls unternahm er keine Anstalten, meine Fesseln zu lösen. Stattdessen machte er mehr Licht, griff erneut zu seinem Handy und schoss weitere Bilder von mir. Als er damit fertig war, fragte ich erneut:

„Jetzt?"

„Na gut", entgegnete er grinsend. „Ausnahmsweise."

Als er die Fesseln gelöst hatte und nun neben mir lag, wandte ich mich zum Aufstehen.

„Wo willst du hin?", fragte er.

„Ins Bad. Ich glaube, ich muss da mal ein bisschen was wegduschen. Bin ja ziemlich eingeschmiert."

„Nein", entgegnete er. „Bleib hier. Ich finds geil, dass du mein Sperma auf dir hast. Am liebsten hätte ich dich von Kopf bis Fuß bespritzt. Aber dafür hat es dann doch nicht gereicht", fügte er verschmitzt lächelnd hinzu.

„Aber fast", erwiderte ich mit einem ganz ähnlichen Lächeln und blieb liegen. „Außerdem ist die Nacht ja noch jung."

Ein Blick auf die Uhr hätte diese Aussage zwar ziemlich absurd erscheinen lassen, aber ich hatte dennoch recht. Wir schliefen bald noch einmal zusammen, dieses Mal in der für uns beide recht bequemen Löffelchen-Stellung, bei der er mich von hinten nahm. Das war wohl das Zugeständnis daran, dass wir beide schon ziemlich ausgepowert waren. Als es ihm kam, spritzte er in mich hinein und nicht auf meinen Po, wie ich beinahe erwartet hatte. Aber wahrscheinlich war David allmählich am Ende seiner Kräfte und hatte keinen Sinn mehr für solche Spielchen. Auch nach seinem Orgasmus blieb er in mir, und wir schliefen in dieser Stellung ein.

Am Morgen zog beim Erwachen Kaffeeduft in meine Nase. Langsam, sehr langsam, mühte ich mich aus dem Schlaf ins Diesseits. Als ich meine Augen einigermaßen geöffnet hatte, strahlte mich ein nackter Mann mit einem gut gefüllten Frühstückstablett an. Er stellte es auf den Nachttisch, legte sich zu mir und küsste mich sanft immer mehr aus der Traumwelt heraus.

Ich setzte mich auf und versuchte, meine Gedanken zu sortieren. Ich hatte wieder einmal wild geträumt, stellte ich fest. Doch je mehr ich versuchte, meinen Traum zu greifen, umso mehr wurde mir klar, dass ich das meiste davon tatsächlich erlebt hatte. Unwillkürlich griff ich an meine Brüste und stellte fest, dass dort noch immer Davids eingetrocknetes Sperma klebte – ebenso wie in meinem Gesicht.

Jetzt, so beschloss ich, musste ich doch erst einmal ins Bad. David sah mir missmutig nach, ich drehte mich an der Tür kurz um, schickte ihm einen Luftkuss und verließ mit einem deutlichen Powackler das Schlafzimmer. Glücklicherweise war der Kaffee noch immer einigermaßen heiß, als ich zurückkam. Kalten Kaffee konnte ich noch nie ausstehen.

Wir ließen uns viel Zeit mit dem Frühstück, das am Ende immer mehr in ein erotisches Spiel überging. David beschmierte meine Brüste mit Honig und leckte sie anschließend wieder gründlich ab.

„Etwas anderes hast du nicht mehr, um meinen Busen einzuschmieren?", fragte ich ihn dabei süffisant.

Er blickte kurz zu mir, grinste und entgegnete: „Warts ab."

Als er meine Brüste saubergeleckt hatte, revanchierte ich mich, indem ich das gleiche Spiel mit seinem Schwanz spielte. Ich nahm viel Honig, strich ihn gründlich ein und leckte ihn ganz langsam wieder sauber – wobei er zu meiner Freude immer größer wurde. Obgleich der Honig irgendwann völlig verschwunden war, nahm ich ihn tief in den Mund und verwöhnte ihn, so gut ich konnte.

„Wenn du noch gefickt werden willst", stöhnte er irgendwann, „solltest du damit jetzt besser nicht weitermachen."

Doch obgleich ich ihn auch gern noch in mir gespürt hätte, mochte ich nicht aufhören mit dem, was ich da tat. Ich blies den Schwanz, reizte ihn zugleich mit der Hand, und irgendwann konnte sich David nicht mehr zurückhalten. Auch als sein Sperma in meinen Mund floss, hielt ich die Lippen fest geschlossen. Erst nachdem ich alles geschluckt hatte, entließ ich ihn aus meinem Mund.

Ich kuschelte mich an ihn, schaute ihm verliebt in die Augen und sagte:

„Stimmt, du hättest noch etwas anderes gehabt, meinen Busen zu verschmieren."

Und dann fügte ich grinsend hinzu: „Jetzt aber nicht mehr."

„Ich glaube, allzu viel war das nach dieser Nacht wohl ohnehin nicht mehr, oder?"

Ich zuckte mit den Schultern und sagte nur: „Für mich war es genug."

„Aber jetzt ist mein Schwanz zu nichts mehr in der Lage. Selbst schuld."

„Du hast doch sicher mehr zu bieten als nur deinen Schwanz, oder?", entgegnete ich, sah ihn mit funkelnden Augen an und strich mir verführerisch mit der Zunge über die Lippen.

Dieser Aufforderung konnte er sich natürlich nicht verschließen und war Sekunden später mit seinem Kopf in meinen Schoß abgetaucht, wo er mich mit seiner Zunge gefühlvoll zu einem Guten-Morgen-Orgasmus brachte.

David schlug vor, den sonnigen Samstag an einem Badeteich außerhalb der Stadt zu verbringen. Wir fuhren eine ganze Weile; er wollte zu einem ganz bestimmten See mit mir, von dem er meinte, dass er mir sicher gefallen würde. Unterwegs prickte es mich, mein rechtes Bein bis zur Windschutzscheibe auf das Armaturenbrett seines Autos zu strecken, so dass David vom Fahrersitz aus gut zwischen meine Beine sehen konnte – wo er nun feststellen durfte, dass ich unter meinem dünnen Sommerkleid keinen Slip trug. Wie ich vermutet hatte, machte ihn das an, und er legte seine Hand auf mein linkes Bein – von wo aus sie sich umgehend zu meiner Muschi schob. Er streichelte mich, ich schloss die Augen und genoss es. Allerdings nicht allzu lange. Plötzlich musste er abrupt bremsen und hatte sofort wieder beide Hände am Steuer.

„Ups", sagte ich, „da war wohl jemand unaufmerksam im Verkehr."

„Stimmt", murmelte er. „Und ich auch."

Für den Rest der Fahrt ließ er seine Hände von mir. Einerseits bedauerte ich das, andererseits war das aber wohl auch besser so. Schließlich wollten wir ja doch irgendwann auch heil ankommen.

Nachdem wir das Auto abgestellt hatten, mussten wir noch einen kurzen Fußweg zurücklegen, bis wir schließlich den hinter Bäumen und Büschen versteckt liegenden Teich erreicht hatten.

„Der See ist gewissenmaßen ein Geheimtipp", sagte David, während wir dem schmalen Weg folgten und ich immer mal wieder den Ast eines Baumes aus dem Weg drücken musste.

Durch unser ausgedehntes Frühstück war es inzwischen bereits Nachmittag geworden, und auf der Liegewiese tummelten sich zahlreiche Menschen.

„So ganz geheim dann wohl doch nicht", konnte ich mir nicht verkneifen zu sagen.

Er zuckte mit den Schultern und breitete in einer hinteren Ecke die Decke aus, auf der wir uns niederließen. Fast alle Menschen hier waren nackt, und auch wir verzichteten auf Badesachen. Ich legte mich auf den Bauch, schloss die Augen und genoss die Sonne sowie Davids sanfte Hände, mit denen er Sonnencreme über meinen Rücken und meinen Po verteilte.

Als etwas später der Schatten eines Baumes über unser Lager gewandert war, bat ich ihn, mir die Bilder der vergangenen Nacht zu zeigen. Trotz des schwachen Lichtes, in dem sie entstanden waren, zeigten einige Aufnahmen recht deutlich die Ergebnisse der Spermaspiele. Mein Gesicht und meine Brüste waren derart verschmiert, dass man auch hätten glauben können, dass da zwei Männer ihren Saft auf mir hinterlassen hätten. Ich ließ mir die Fotos auf mein eigenes Handy überspielen und erwog für eine Sekunde,

Steffen eins davon zu schicken. Doch ich verwarf den Gedanken wieder: Dieses Wochenende sollte im getrennten Partnertausch stattfinden. Da wollte ich die anderen beiden auch nicht mit unnötiger Kommunikation stören. Auch wenn ich mich in diesem Moment fragte, was die beiden jetzt wohl grad treiben würden.

„Du magst gern solche Spermaspiele", sagte ich stattdessen an David gewandt.

„Hm, ja, kann ich nicht abstreiten. Ich hoffe, ich habe dich damit nicht überfordert."

„Hattest du den Eindruck?", erwiderte ich lächelnd.

„Nein, das nicht."

„Na siehst du."

„Ich mag ja auch noch ein paar andere Dinge ganz besonders."

„Zum Beispiel?"

„Busenfick."

„Ah, hätte ich mir denken können nach der letzten Nacht. Das habt ihr also auch gemeinsam, du und Steffen", stellte ich fest.

„Deine schönen Brüste sind aber auch eine Verführung dazu", schmeichelte er.

„Na sagen wir: Sie sind gerade so groß genug für dafür."

„Mit Birte geht das leider nicht."

„Birte hat einen wunderschönen Busen", entgegnete ich.

„Ja, den hat sie. Ich liebe ihre schönen kleinen Brüste. Aber für Busenfick sind sie nun mal nicht geeignet. Jedenfalls nicht so richtig. Nicht so wie deine."

Ein bisschen störte es mich, dass David seine Frau und mich verglich – auch wenn er es als Kompliment an mich gemeint hatte. Aber ich hatte das Gefühl, dass er Birte damit auch ein bisschen abwertete. Und das war nicht fair. Für ihre Brüste konnte sie schließlich nichts. Außerdem waren die wirklich schön: klein und fest. Dass Steffen mit seiner Vorliebe für Busenfick während unserer Swingerabenteuer auch immer gern mal nach den richtig großen Oberweiten schaute, sagte ich jetzt lieber nicht. Das hätte Birtes Brüste in Davids Vorstellung wohl noch kleiner erscheinen lassen. Und das musste ja nun wirklich nicht sein.

„Ist doch schön, dass die Menschen so unterschiedlich sind", sagte ich. „Wäre es nicht langweilig, wenn alle Frauen die gleichen Oberweiten hätten?"

„Oder alle Männer den gleichen Schwanz?", entgegnete er provozierend.

„Oder alle Männer den gleichen Schwanz", bestätigte ich, ohne auf den Unterschied zwischen David und Steffen an dieser Stelle einzugehen.

Doch er hatte keineswegs die Absicht, dieses Thema zu vermeiden: „Ist schon ziemlich eindrucksvoll, was Steffen da zu bieten hat. Birte ist jedenfalls ziemlich fasziniert von ihm."

„Kann ich verstehen", sagte ich lächelnd und verkniff mir die Frage, ob er neidisch sei auf den großen Schwanz meines Liebsten. Allerdings kannte ich die

Antwort auch so – was in meinen Augen ziemlich absurd war. Davids Schwanz hatte schließlich eine ganz normale Größe. Und er hatte eine fantastische Standfestigkeit.

Am späten Nachmittag leerte sich die Liegewiese immer mehr. Wir waren zwar längst nicht die Einzigen an diesem kleinen See, aber die noch Anwesenden lagen jetzt verstreuter, zum Teil hinter Büschen kaum noch erkennbar. Davids Streicheln, das immer wieder einsetzte, ging zunehmend ins Fummeln über. Mehrfach ließ er seine Finger auch zwischen meine Beine gleiten, verwöhnte meine Muschi, und auch ich konnte nicht anders, als ihn immer wieder anzufassen. Irgendwann bemerkte ich einen einzelnen Mann, der in der Nähe auf seiner Decke saß und zu uns herübersah.

„Ich glaube, wir haben einen Zuschauer", raunte ich David zu.

Er blickte auf, musterte den fremden Mann, dann wieder mich und sagte plötzlich zu mir:

„Zeig dich ihm!"

„Wie bitte?"

„Zeig dich dem Mann. Präsentier ihm deine Muschi!"

Ich war überrascht, aber ich folgte der Anweisung. Ich drehte mich ein wenig und öffnete meinen Schoß in Richtung des Fremden, was der mit großen Augen und sichtlich wachsender Erregung zur Kenntnis nahm.

„Und jetzt spiel an deiner Muschi", forderte David mich auf.

Die ganze Situation fühlte sich eigentümlich an, und ich spürte mein Herz klopfen. Zwar präsentierte ich nicht zum ersten Mal einem fremden Mann meine Nacktheit. Aber bisher war dies stets innerhalb irgendwelcher Swingerabenteuer geschehen, etwa im Club oder bei privaten Treffen. Gegenüber einer wildfremden Zufallsbegegnung außerhalb der Swingerwelt hatte ich so etwas noch nicht getan – schon gar nicht auf Anweisung. Aber ich spielte das Spiel mit.

„Was genau soll ich tun?", fragte ich sogar.

„Öffne weit deine Beine!"

Ich tat es.

„Und nun?", fragte ich.

„Jetzt spreizt du mit den Fingern ein wenig deine Schamlippen! Zeig dem Mann, was du zu bieten hast!"

Ich tat es.

„Schau ihm direkt in die Augen!"

Ich tat es.

„Und nun steck dir einen Finger in die Muschi!"

Ich tat es.

„Mit der anderen Hand massierst du jetzt eine deiner Brüste!"

Ich tat auch das und sah, wie der Fremde einen ernsthaften Ständer bekam – genau wie David.

„Was wirst du tun, wenn er zu uns herüberkommt?", fragte er mich.

Ich wusste es nicht. Bis zu diesem Augenblick hatte ich diese Möglichkeit auch gar nicht in Betracht gezogen. Plötzlich aber wurde mir sehr bewusst, dass das durchaus denkbar war. Das, was ich da grad auf Davids Anweisung hin tat, musste für den Fremden wie eine Aufforderung zum Sex wirken.

Der Spanner, der inzwischen begonnen hatte, seinen Schwanz zu reiben, war nicht hässlich. Er war zwar nicht so attraktiv wie meine beiden derzeitigen Lover, aber ich musste mir eingestehen, dass er mich in diesem Augenblick durchaus gereizt hätte. Doch wäre das noch in Einklang mit der Verabredung gewesen, die wir zu viert für dieses Wochenende getroffen hatten? Immerhin saß nicht Steffen neben mir, sondern David – und der war ja bereits der andere Mann. Was würde mein Liebster sagen, sollte ich ihm später von einem Dreiererlebnis berichten?

„Glaubst du, der Mann wird zu uns kommen?", fragte ich mit klopfendem Herzen und belegter Stimme.

„Keine Ahnung. Gegen Abend kann an diesem Teich so manches passieren. Dafür ist er bekannt, und das lockt bestimmte Menschen an. Interessiert ist der Mann mit Sicherheit. Aber ich glaube, er wird es nicht wagen – trotz deiner geilen Show. Ich habe den Eindruck, er ist ganz einfach zu schüchtern."

Damit sollte David recht behalten. Statt aufzustehen, machte es sich der Fremde einfach nur selbst.

Schließlich konnte ich erkennen, dass er damit zu einem Ende gekommen war. Das Zucken seines Körpers verriet eindeutig, dass er einen Orgasmus hatte. Anschließend kam er wieder zur Ruhe, streckte sich auf seiner Decke aus und wandte uns den Rücken zu.

„Hättest du dich von ihm ficken lassen, wenn er hier gewesen wäre?", fragte David, und ich erkannte in seinen Augen ein geiles Funkeln.

„Ich hätte mich von DIR ficken lassen", entgegnete ich und funkelte ihn ebenfalls an.

„Nichts, was sich nicht nachholen ließe."

„Mach doch!"

„Jetzt und hier und sofort?"

„Warum nicht? Ist doch ein See, an dem abends so manches passieren kann. Ich glaube, es ist Abend."

Damit brachte ich ihn in Zugzwang. Einerseits sah ich ihm an, wie heiß er war. Allein schon sein eindrucksvoller Ständer verriet das überdeutlich. Andererseits wusste er wohl nicht so recht, ob hier nicht vielleicht doch irgendein Bekannter aus Bielefeld herumlungerte, der uns ebenso hätte zusehen können, wie mir das mit meiner Freundin Svenja zwei Monate zuvor in Hannover passiert war – wobei wir da ja nur recht vertraut oder allenfalls ein bisschen schmusig gewirkt hatten. Beim Poppen mit einer anderen Frau beobachtet zu werden war hingegen etwas anderes. Aber David wusste wohl, dass er jetzt nicht mehr zurück konnte.

„Leg dich auf die Seite", sagte er.

Ich tat es, und er legte sich in der Löffelchenstellung hinter mich. Sein Schwanz drückte sich gegen mich, er befeuchtete die Eichel mit Speichel und schob sich zwischen meine Oberschenkel. Ganz sanft glitt er in mich hinein und begann, mich von hinten zu ficken.

Ich ahnte, dass er ebenso wie ich die Umgebung scannte, aber im Augenblick waren keine weiteren Spanner ins Sicht – außer dem fremden Mann von eben, der uns aber den Rücken zugewandt hatte und den Anschein machte, als sei er eingeschlafen. Hinter einem kleinen Gebüsch in der Nähe nahm ich jedoch kurz darauf verhalten stöhnende Geräusche wahr und entdeckte mehrere Beine. Offenbar hockte dort eine Frau auf einem Mann. Man sah allerdings nur seine Beine und ihre Füße. Der Rest von den beiden war vom Gebüsch verborgen. Es war aber offensichtlich, dass auch dort gevögelt wurde.

David steigerte sein Tempo, hielt mich an der Hüfte fest und stieß fest in mich. Da er mir leider nicht zugleich den Kitzler streichelte, würde ich in dieser Stellung sicherlich keinen Orgasmus bekommen, den ich nun aber wollte. Also half ich mir selbst und streichelte mich zum Höhepunkt. David kam kurz vor mir, seine Bewegungen wurden langsamer, aber er zog sich erfreulicherweise nicht gleich aus mir zurück. Bevor sein Schwanz ernsthaft zu schrumpfen begann, war auch ich soweit. Um nicht alle noch verbliebenen Besucher an meinem Orgasmus teilhaben zu lassen, drückte ich mir die Hand vor den Mund, als es mir kam. Dieser Höhepunkt war einer von der Sorte, die ich ansonsten gern herausgeschrien hätte.

Kurz darauf rutschte Davids deutlich kleiner gewordener Schwanz aus mir heraus, ich drehte mich zu ihm, gab ihm einen Kuss und kuschelte mich in seinen Arm. Das war der Moment, in dem die verhaltenen Geräusche hinter dem Busch lauter wurden und schließlich sehr laut. Die Frau dort hatte ganz offensichtlich weniger Skrupel als ich. Ich sah David an, und wir mussten grinsen.

„Schau mal da", sagte er und deutete in Richtung des Spanners von vorhin.

Der hatte sich inzwischen wieder aufgesetzt, sein Blick pendelte zwischen uns und jenem Gebüsch.

„Hat er auch uns zugesehen?", fragte mich David.

Ich zuckte mit den Schultern: „Zu Anfang nicht. Aber dann habe ich nicht mehr auf ihn geachtet. Wer weiß."

Als die Sonne hinter den Bäumen verschwunden war, wurde es kühler, und wir packten unsere Sachen. Kurz darauf gingen wir an dem einzelnen Spanner vorbei, und ich zwinkerte ihm zu. Er sah mich starr an, vermutlich hatte er damit nicht gerechnet. Er wirkte reichlich verunsichert. Als wir an ihm vorbei waren, lupfte ich für einen Augenblick mein kurzes Kleid und wackelte deutlich mit dem blanken Po. Ich war mir sicher, dass der Blick des Mannes an mir klebte, bis ich außer Sichtweite war. Möglicherweise würde dieser Mann sich jetzt den ganzen Abend über seine eigene Feigheit ärgern, schoss es mir durch den Kopf.

Auf dem Weg zum Auto dachte ich auch noch einmal über Davids Frage nach. Hätte ich den Fremden mitspielen lassen, wenn er mutiger gewesen wäre? Ich wusste, dass so etwas an Badeseen, die in der Swingerszene beliebt waren, durchaus passierte. Aber ganz so abgeklärt wie viele erfahrene Swingerinnen war ich dann doch nicht und wollte das auch gar nicht sein – wenngleich ja auch ich nicht gerade unerfahren war. Andererseits hatte der Mann auch aus der Nähe durchaus attraktiv ausgesehen. Doch hätte ich ihn auch ernsthaft rangelassen? Sicherlich nicht für einen Fick, dachte ich – allein schon deshalb, weil David und ich keine Kondome dabei hatten. Aber vielleicht hätte der Fremde ja welche gehabt. Viele Wenns und Vielleichts, dachte ich. Letztlich war ich ganz froh darüber, dass mir die Entscheidung erspart geblieben war.

Das Abendessen fand zu Haus statt. David zauberte allerlei Zutaten für eine italienische Nudel-Gemüsepfanne aus dem Kühlschrank und erwies sich als solider Koch. Der Rotwein zum Essen war lecker, wenn auch relativ schwer. Wenn er mich damit betrunken machen wollte, so war er auf einem guten Weg, stellte ich irgendwann innerlich kichernd fest. Trotzdem ließ ich mir gern nachschenken und mich später einigermaßen betrunken und ziemlich willenlos ins Schlafzimmer führen.

Dieses Mal verlangte er keinen Strip von mir, sondern zog mich selbst aus, womit er allerdings auch nicht allzu viel zu tun hatte. Ich trug noch immer mein kurzes Sommerkleid und hatte nichts darunter. Selbst meine Schuhe hatten sich schon am Esstisch auf unerklärliche Weise verflüchtigt. So stand ich schnell nackt vor ihm und begann, sein Hemd zu öffnen. Vermutlich war ich dabei nicht ganz so sinnlich wie am Vorabend, aber David schien es dennoch zu genießen, sich von mir entblättern zu lassen.

Schließlich fielen wir nackt auf das Bett, küssten und umarmten uns, und ich hatte das große Bedürfnis, mit ihm zu schlafen. Aber David hatte etwas anderes vor.

„Leg dich auf den Bauch", flüsterte er mir ins Ohr.

Ich tat es und bemerkte erst jetzt das Stövchen auf dem Nachttisch, in dem ein Teelicht brannte. Darauf stand eine kleine Schale, aus der es ganz leicht und sehr angenehm duftete. Wann hatte er das denn platziert? Vermutlich als er während des Essens mal ins Bad verschwunden war, vermutete ich.

David nahm die Schale und goss mir das wundervoll warme Massageöl auf den Rücken und den Po. Dann begann er, langsam, gefühlvoll und vor allem sehr ausgiebig meinen Körper zu massieren. Innerlich schnurrte ich, genoss einfach nur, was er tat und überließ mich ganz seinen sanften und zugleich kräftigen Händen. Bei seiner Massage sparte er zwischen Nacken und Füßen keinen Zentimeter meiner Haut aus. Schließlich aber konzentrierten sich seine Hände immer mehr auf meinen Po. Dass er dabei auch mein

Poloch immer wieder sanft streichelte und einölte, empfand ich als prickelnd.

Irgendwann ging er dazu über, mich auch mit seinem eigenen Körper zu massieren. Er legte sich auf mich, rutschte über meine eingeölte Haut, nahm dann wieder Abstand, ließ seine Hände über meinen Körper wandern und legte sich erneut auf mich. Schließlich blieb er auf mir liegen, ich konnte seinen Schwanz an meinem Po spüren, der zunehmend steifer wurde. Er ließ ihn zwischen meinen Pobacken hin- und hergleiten, was sich dank der guten Ölung sehr erotisch anfühlte.

Ich mutmaßte, dass er mich jetzt bald in dieser Position nehmen wollte und sollte recht behalten. Allerdings anders, als ich das gedacht hatte. Sein Schwanz glitt plötzlich nicht mehr zwischen meinen Pobacken hin und her, sondern drückte sich deutlich gegen mein Poloch.

Ups, falscher Eingang, dachte ich und kniff unwillkürlich die Pobacken zusammen. Analsex hatte noch nie zu meinen Vorlieben gezählt.

„Mein Poloch bleibt Jungfrau", sagte ich und fügte hinzu: „Aber ansonsten ist das alles ganz schön geil, was du da tust."

„Komm schon", flüsterte er jedoch. „Lass mich in dein Schokotöpfchen."

„Schokotöpfchen?"

„Na du weißt schon."

Nein, ich wusste nicht. Den Begriff hatte ich in dem Zusammenhang noch nie gehört. Und so richtig appetitlich fand ich die Bezeichnung auch nicht. Aber natürlich war mir durchaus klar, was er meinte, während sein Schwanz immer weiter an meinem eingeölten Po rieb – was nicht ohne Wirkung blieb. Nach und nach entspannte ich mich wieder, so dass sein Schwanz wieder an mein Poloch herankam. Erneut rieb er daran, was mich erregte, obgleich mir eigentlich nicht gefiel, was er wollte. Doch je mehr er daran rieb, umso mehr gab ich den inneren Widerstand auf, was er natürlich spürte – und nutzte.

Als sein Schwanz in meinen Anus eindrang, fühlte sich das zwar merkwürdig an, tat zu meiner Überraschung aber nicht weh. Das hatte ich eigentlich befürchtet, aber ich hatte mich geirrt. Ich hielt nun ganz einfach still und nahm seine Stöße entgegen. Er fickte mich anfangs sehr sanft und langsam, steigerte allmählich sein Tempo, und als er bemerkte, dass ich ihm irgendwann sogar meinen Po entgegendrückte, wurde er immer heftiger.

Bevor es ihm jedoch in mir kam, zog er seinen Schwanz aus mir zurück und spritzte sein Sperma auf meinen Po. Dass er anschließend zu seinem Handy griff und auch hiervon Fotos machte, überraschte mich nun nicht mehr.

„Was war das denn?", fragte ich noch immer etwas ungläubig, als er sich keuchend neben mich legte und mich ansah.

„Etwas Neues", entgegnete er mit strahlenden Augen.

„Das kann man wohl sagen", murmelte ich mehr an mich selbst als an ihn gerichtet.

„Ich hoffe, ich habe dich nicht überrumpelt", sagte er mit unschuldiger Stimme, obgleich er natürlich wusste, dass er genau das getan hatte.

„Offen gestanden doch", sagte ich deshalb durchaus ehrlich, aber ohne Vorwurf.

„Magst du kein anal?"

„Bin ich mir jetzt grad nicht so sicher", sagte ich.

„Hast du es denn bisher gemocht?"

„Keine Ahnung, war grad mein erstes Mal."

„Wie, du bist noch nie anal genommen worden?"

„Nein, sagte ich doch. Du hast soeben mein Poloch entjungfert."

„Ernsthaft?", entgegnete er mit einer Mischung aus Ent- und Begeisterung – wobei die Begeisterung in seinem Blick sehr schnell die Oberhand gewann.

Ich merkte, dass ihn dieser Gedanke ungemein erregte – und spürte, wie seine Hand zu meinem Po wanderte und seine Finger erneut an meinem Hintereingang zu fummeln begannen. Daraufhin drehte ich mich auf den Rücken und lächelte ihn möglichst neutral an.

„Hat Steffen das noch nie gewollt?"

„Gewollt schon, aber er hat es nie ernsthaft versucht. Ich finde auch, dass sein Schwanz dafür einfach zu groß ist."

„Naja, groß ist er zwar, aber so ein Riesending hat er nun auch wieder nicht."

„Du musst ihn ja auch nicht bei dir reinlassen", sagte ich mit spöttischem Grinsen, was er mit einem ganz ähnlichen Gesichtsausdruck beantwortete.

„Mag Birte es denn anal?", fragte ich nach.

„Nein, leider nicht."

„Ach", sagte ich.

Busenfick, Analsex – alles, was mit seiner Frau nicht ging, wollte er offenbar mit mir ausleben. Zählten auch die Spermafotos dazu? Ich fragte jetzt lieber nicht nach.

Ein bisschen lastete dieser Gedanke auf dem Zauber des Wochenendes. Ich glaube, mich störte weniger der Analsex an sich als vielmehr die Erkenntnis, dass er sich bei mir Dinge nahm, die Birte nicht wollte oder konnte. Dennoch ließ ich es zu, dass wir es in dieser Nacht noch einmal auf die gleiche Weise taten. Ich glaubte zwar nicht, dass ich gerade eine neue Vorliebe entdeckt hatte, aber hier und jetzt erregte es mich doch, was David mit mir tat. Vielleicht war es auch der mehrfache Wechsel zwischen seinem einfühlsamen und seinem dominanten Verhalten, der mich in den Bann schlug.

Zwischen den beiden Nummern war er wieder der zärtliche Liebhaber, der mit seinen sanften Berührungen meine Haut elektrisierte. Er streichelte mich ganz langsam mit den Fingern zu einem wundervollen Höhepunkt und wiederholte dies nach einer nur kurzen Pause noch einmal mit seiner Zunge. Anschließend nahm er mich vaginal, fickte mich mit tiefen

Stößen, zog dann aber plötzlich seinen Schwanz heraus und wechselte zu meinem Hintereingang. Ich nahm sein erneutes Eindringen in meinen Anus hin und spürte schließlich, wie er in mir kam.

„Du hast ja wohl einen kleinen Fotofetisch, oder?", fragte ich ihn schließlich, als wir am nächsten Morgen beim Frühstück am Esstisch saßen (ich eingehüllt in Birtes seidenen Morgenmantel).

„Das kann ich wohl kaum abstreiten", entgegnete er. „Schlimm?"

„Solange die Bilder nicht in irgendwelchen Internetforen auftauchen, ist das okay."

„Ich hoffe nicht, dass du das ernsthaft befürchtest."

Eigentlich tat ich das nicht. Aber wer wusste das schon? Der Mann hatte mich an diesem Wochenende schließlich auch mit anderen Dingen überrascht.

„Mag Birte denn solche Fotos?", konnte ich mir nun doch nicht verkneifen nachzufragen.

„Oh ja, wir haben schon eine ganze Reihe solcher Fotosessions gemacht."

„Zeig mal."

David stand auf, holte seinen Laptop und setzte sich neben mich. Tatsächlich präsentierte er mir zahlreiche heiße Sexbilder von sich und Birte. Und auf einigen davon hatte Birte reichlich Sperma auf der Haut: Auf ihren Brüsten, auf dem Po, auf der Muschi, im Gesicht. Irgendwie versöhnte mich das. Ich war also doch nicht nur die Ersatzfrau, mit der er Birtes

No-Gos kompensieren wollte. Er hatte von ihr ganz ähnliche Bilder gemacht wie von mir.

„Ich finds toll, dass ich von euch beiden jetzt ähnliche Fotos habe", sagte er lächelnd.

„Dann musst du von mir aber noch ein paar Bilder machen", hörte ich mich plötzlich sagen – und wusste nicht so recht, ob da meine Erotikfee oder meine Teufelin gesprochen hatte.

David sah mich fragend an und ich fügte hinzu: „Von mir hast du nur Bilder von Sperma im Gesicht, auf dem Busen und auf dem Po. Von Birte hast du auch Bilder von Sperma auf der Muschi."

David strahlte. Ganz offensichtlich hatte ich ihn mit dieser Einladung ebenso überrascht wie mich selbst.

„Möchtest du das gern?"

Ich zuckte nur mit den Schultern, lächelte aber vielsagend.

„Offen gestanden weiß ich nicht, ob ich schon wieder kann. Wir hatten ja nicht grad eine abstinente Nacht."

Da hatte er recht. Aber es prickte mich nun, seine Fotogalerie zu vervollständigen. Ich stand auf, nahm seine Hand und führte ihn zum Teppich, wo wir uns niederließen. Auf dem Weg dorthin verloren wir beide unsere Morgenmäntel. Ich drückte David auf den Rücken und beugte mich in seinen Schoß. Tatsächlich dauerte es eine ganze Weile, bis ich ihn richtig steif geblasen hatte. Aber es gelang. Anschließend setzte ich mich auf ihn und begann einen behutsamen Ritt, den ich nach und nach steigerte. Und ob er konnte!

Sein Schwanz war hart wie bei der ersten Nummer dieses sexreichen Wochenendes.

Kurz bevor es ihm kam, stieg ich von ihm herunter, legte mich auf den Rücken und öffnete meine Beine. David kniete sich dazwischen und machte es sich selbst mit der Hand. Der Orgasmus schüttelte ihn, er spritze auf meine Muschi, die Menge war allerdings sehr begrenzt. Der Sex der vergangenen Tage hatte eben doch seinen Tribut gefordert. Dennoch griff er zu seinem Handy und fotografierte die zarten Spermaspuren auf mir.

„Na siehst du", sagte ich.

Auf der Heimfahrt musste ich immer wieder den Kopf über mich selbst schütteln. Je weiter ich mich von Bielefeld entfernte, umso mehr erschienen mir diese zwei Tage mit David wie eine Zeit in Trance. Ich hatte Analsex gehabt! Ich hatte mich von David tatsächlich zu dieser Spielart verführen lassen, der ich bei nüchterner Überlegung so rein gar nichts abgewinnen konnte. Na gut, nüchtern warst du ja auch nicht, sagten meine Erotikfee und meine Mahnerin zugleich: die Mahnerin als Vorwurf, die Erotikfee als Entschuldigung. Schon richtig, dachte ich. Allerdings nur beim ersten Mal. Später in der Nacht war ich wieder halbwegs klar gewesen und hatte es dennoch mit mir machen lassen.

Ich dachte an den Mailkontakt mit einem Paar, das uns vor einigen Monaten angeschrieben hatte und das eigentlich recht vielversprechend war. Sowohl der

Mann als auch die Frau waren durchaus Hingucker, und wir hätten die beiden gern getroffen. Dann allerdings schrieben sie davon, wie gern sie (vor allem der Mann) Analsex mochten. Als wir dann ganz offen und ehrlich zurückschrieben, dass das ein No-Go für uns (vor allem für mich) sei, kam eine recht sparsame Antwort zurück – mit dem Inhalt, dass ein Treffen dann wohl keinen Sinn mache. Das empfanden wir als schade, aber es war eben nicht zu ändern. Immerhin war das der große Vorteil an Internetforen wie *Joyclub*, dass man solche Dinge im Vorfeld klären konnte.

Nun hatte ich mich also doch auf so etwas eingelassen. Und ich hatte Davids zeitweise dominante Art akzeptiert, was normalerweise auch nicht mein Fall war. Ich mochte eher Begegnungen auf Augenhöhe. Aber irgendwie hatte mich dieser Mann mit seiner ansonsten höchst charmanten Art ganz einfach verführt – wieder einmal. Immerhin war er in seiner Dominanz eher soft geblieben. Vermutlich spürte er sehr gut, wie weit er das mit mir treiben konnte. Mich beschlich der Gedanke, dass David die Dinge sehr genau plante – und dann auch umsetzte: Erst blank ficken, jetzt Analsex und ausgiebiges Anspritzen samt Fotos davon. Was würde als nächstes kommen?

Ich überlegte, ob ich Steffen das alles überhaupt in allen Einzelheiten erzählen sollte – kam aber umgehend zu dem Schluss, dass ich das natürlich tun musste. In unserer Beziehung hatten Heimlichkeiten keinen Platz – schon gar nicht wenn es um Sex ging. Nur so konnte überhaupt funktionieren, was wir mit anderen Paaren trieben. Das war der entscheidende Unterschied zwischen Swingen und Fremdgehen.

Außerdem wollte auch ich ganz genau wissen, was er mit Birte erlebt hatte. Oh ja, darauf war ich neugierig. Sehr neugierig.

„Wir hatten einen gemeinsamen Orgasmus", hörte ich meinen Liebsten sagen, als wir am Abend begannen, uns von dem getrennten Wochenende zu berichten. „Und zwar richtig gemeinsam. Nicht nur so fast, wie wir das ja auch schon zu viert erlebt haben."

„Ernsthaft?", fragte ich und sah ihn erstaunt an. So etwas war extrem selten. Steffen und ich waren zwar hin und wieder mal nah dran. Aber wirklich gemeinsam hatten wir einen Orgasmus noch nie gehabt. Dass er das mit Birte nun erlebt hatte, mochte Zufall sein oder auch nicht – wer wusste das schon. Mir war bei unseren Vierer-Erlebnissen schon mehrfach aufgefallen, wie leicht sie zum Höhepunkt kam – leichter als ich jedenfalls. Da konnte es natürlich eher mal passieren, dass man zufällig gleichzeitig soweit war.

„Gemeinsamer Orgasmus", sagte ich leise und nachdenklich.

„Und das nicht nur einmal", fügte Steffen plötzlich hinzu – womit er mir einen noch deutlicheren Stich versetzte.

„Ach", sagte ich nur und sah ihn entgeistert an.

„Ja", bestätigte er, ohne zu bemerken, dass mir dieses Detail seines Wochenendes mit Birte nicht sonderlich schmeckte. „Ich habe sie in jeder Stellung zum Orgasmus ficken können. Das war der Wahnsinn!"

Natürlich wusste ich, dass es Frauen gab, die sehr leicht einen vaginalen Orgasmus bekamen – auch wenn diese Frauen eine Minderheit bildeten, zu der ich leider nicht gehörte. Ich war eine Frau, bei der auch der Kitzler zumindest mitstimuliert werden musste – was den Höhepunkt in bestimmten Stellungen eher ausschloss. Es sei denn jemand (oder ich selbst) half mit den Fingern oder wie auch immer nach. Dass Birte jedoch allein durch Steffens Stöße von hinten kommen konnte, wie er mir mit leuchtenden Augen und sehr detailfreudig berichtete, verstörte mich doch etwas. Natürlich war es völlig in Ordnung, dass er es erzählte. Ich hatte es ja auch wissen wollen. Aber vielleicht wäre etwas weniger Begeisterung netter gewesen.

Hatte Steffen etwa seine Traumfrau getroffen? Für meinen Geschmack war Birte dafür eigentlich etwas zu dünn. Aber natürlich war mir klar, dass viele Männer darauf standen. Auch Steffen – obgleich Birte mit ihren kleinen Brüsten nicht in das äußerliche Schema seiner Traumfrau passte.

Seine Traumfrau bist du, flüsterte leise, aber deutlich mein Liebesengel. Nun ja, das mochte schon sein. Trotzdem störte mich etwas an dieser sehr innigen Nähe, die Birte und Steffen verband. War das etwa inniger als die Nähe zwischen David und mir? Unwillkürlich verglich ich die unterschiedlichen Konstellationen unserer Viererbeziehung. Polyamory brachte doch unerwartete Nebenwirkungen mit sich, stellte ich fest. Oder war ich hier die Einzige, die unsere Beziehung zu viert für polyamor hielt? Bisher hatte noch keiner von uns dieses Wort in den Mund genommen. Ich den anderen gegenüber allerdings auch ich nicht.

Steffen berichtete mir ausführlich von seinem Wochenende mit Birte. Anders als wir am Freitag hatten sie keinen ausgedehnten Flirtabend erlebt, sondern waren ziemlich umgehend übereinander hergefallen und hatten der ersten Abend ausschließlich mit Poppen und Fingerfood verbracht. Am Samstag waren sie in der Sauna gewesen.

„In der Sauna? Bei dem herrlichen Sommerwetter?"

„Das war gerade schön. Es war wundervoll leer."

„Sag bloß, ihr habt es auch da getrieben."

„Ja, im Solarium. Du weißt ja, da kann man die Kabinen abschließen. Da musste ich ihr glatt den Mund zuhalten, damit sie nicht die ganze Sauna zusammenschreit", erzählte er süffisant grinsend.

Natürlich kam nach seinem Bericht die unvermeidliche Gegenfrage nach meinem Wochenende mit David. Ich erzählte zunächst ein bisschen drumherum, vor allem von dem ausgedehnten Flirtabend am Freitag.

„Und euer Sex?", fragte Steffen schließlich.

„Geil", sagte ich einfach nur und blickte versonnen in den Raum.

„Gab es irgendetwas Besonderes?"

„Das ganze Wochenende war etwas Besonderes", wich ich für einen Moment aus, fügte dann aber hinzu: „Aber es gab auch ein paar besondere Details."

„Nämlich?"

„David hat sowohl einen Sperma- als auch einen Fotofetisch."

Ich erzählte von den spritzigen Erlebnissen sowie den dabei entstandenen Fotos, die David mir auf mein Handy überspielt hatte – und die Steffen nun natürlich umgehend sehen wollte.

„Ganz schöne Ladung", stellte mein Liebster fest, als er die Bilder von meinem spermaverschmierten Gesicht betrachtete.

Ich nickte nur, zeigte ihm die anderen Bilder und sagte schließlich in einem eher beiläufigen Ton, während ich mein Handy zur Seite legte:

„Außerdem hat er mich anal genommen."

Steffen schaute mich sekundenlang konsterniert an.

„Was?"

„Wir haben es auch anal gemacht."

„Ernsthaft?"

„Ja, ernsthaft."

„Ich dachte, das magst du nicht."

„Dachte ich auch."

„Und du magst es doch?"

„Weiß ich noch nicht."

„Wie war es denn?"

„So mittel", entgegnete ich wahrheitsgemäß.

Natürlich überraschte es mich keineswegs, dass es Steffen in dieser Nacht ebenfalls anal mit mir machen wollte. Ich hatte nur zu deutlich wahrgenommen, dass ihm mein Bericht ebenfalls einen kleinen Stich versetzt hatte. Immerhin hatte ich einem anderen Mann etwas erlaubt, was ich ihm bisher verwehrt hatte – wobei mein Liebster auf diese Spielart aber glücklicherweise auch nicht sonderlich viel Wert legte.

In dieser Nacht aber wollte er es. Vermutlich hatte er das Bedürfnis, mit David gleichziehen – was ich durchaus verstehen konnte. Während er in mein Poloch stieß, dachte ich daran, dass auch ich gern mit Birte gleichziehen und einen gemeinsamen Orgasmus mit meinem Mann erleben würde. Aber das ließ sich natürlich nicht einfach mal so machen wie Analsex.

Immerhin taten auch Steffens Stöße in meinem Anus ebenso wenig weh wie die von David – trotz seines großen Schwanzes. Er hatte ihn vorher mit Gleitgel eingeschmiert, das wir gelegentlich zum Massieren benutzten, und so war es ganz okay, dass wir es auf die Weise taten. Mehr als okay allerdings auch nicht, wie wir (glücklicherweise beide) anschließend feststellten. Nun hatten auch wir zwei es anal getan, und konnten das Thema erst einmal abhaken. Das empfand ich als recht befreiend.

Kapitel 6:
Birtes Fantasie und meine Wirklichkeit

Bielefeld, Juli 2010

Das getrennte Wochenende blieb eine Ausnahme. Wir hatte es alle als etwas Besonderes erlebt, aber trotzdem äußerte vorerst niemand den Wunsch nach einer Wiederholung. Rein organisatorisch wäre das in nächster Zeit ohnehin kaum darstellbar gewesen. Der Blick in den Kalender zeigte weibliche Auszeiten, Birtes Geburtstagsparty und geplante Urlaube. Aber vermutlich war es wohl auch allen ganz recht, dass das Thema getrennter Partnertauch erst einmal nicht anstehen konnte. So zumindest empfand ich das.

Trotzdem wirkte das Ganze natürlich nach. Meine Gedanken kreisten immer wieder um die beiden Tage mit David. Auch als ich mich mit Birte auf der Liegewiese eines Bielefelder Freibades sonnte, sprachen wir über das Thema – was allerdings ein bisschen heikel war, weil es hier Ohren gab, für die dieses Thema nicht bestimmt war: die von Lena und Fabian. Es war Samstagmittag, und am Abend sollte Birtes Gartenparty steigen, mit der sie in ihren 31. Geburtstag hineinfeiern wollte. Steffen und ich waren bereits zum Frühstück eingetroffen, ebenso Birtes großer Bruder Fabian und dessen Frau Lena.

Eigentlich hatte ich mich darauf eingestellt, den Tag mit Vorbereitungen für die Party zu verbringen, aber zu meinem Erstaunen, waren Birte und David bereits weitgehend fertig, so dass sie nach dem Frühstück vorschlugen, über Mittag doch noch für zwei, drei Stunden ins Freibad zu fahren. Wir hatten auf Anregung unserer Freunde zwar Badesachen dabei, hatten aber vermutet, dass wir die eher am Sonntag brauchen würden, wenn die Trümmer des Vorabends beseitigt waren. Dass Birte die Gelassenheit hatte, vor ihrer Party noch schwimmen zu gehen, überraschte mich einigermaßen. Die Lockerheit hätte ich mit Sicherheit nicht gehabt.

Aber es war wundervoll, sich bei der Sommerhitze ein wenig Abkühlung zu verschaffen. Dumm war nur, dass wir aufpassen mussten, wer wann was in wessen Gegenwart sagte. Schließlich wussten weder Verwandte noch das übrige soziale Umfeld von Birte und Davids Swingerleidenschaft. Die beiden führten ebenso ein Doppelleben, wie wir das taten. Und ebenso wie wir legten sie viel Wert darauf, ihr kleines Geheimnis zu bewahren.

Dennoch kamen Birte und ich auf das getrennte Wochenende zu sprechen, als die anderen vier alle im Wasser waren und wir ein bisschen Zeit für uns hatten. Endlich, wie ich das empfand – und Birte wohl auch. Deshalb hatten wir uns den anderen trotz brütender Hitze nicht angeschlossen und sahen sie nur aus der Ferne ins volle Schwimmbecken hüpfen.

„David und ich waren ja neulich an diesem FKK-Teich", begann ich. „Da war es sehr schön."

„Ja", nickte sie. „Hat er mir erzählt."

„In allen Details?"

„Ich denke schon", entgegnete sie grinsend.

„Eigentlich fand ich es da schöner als hier."

„Stimmt, wir gehen da auch lieber hin als in die offiziellen Freibäder. Aber mit meinem Bruder und seiner verklemmten Frau wäre das ein Ding der Unmöglichkeit."

„So verklemmt kommt Lena mir eigentlich nicht vor", entgegnete ich nachdenklich.

„Naja so auf den ersten Blick merkt man das nicht. Aber FKK? Da würde sie schreiend davonlaufen. Ist schon besser, dass wir hier alle ganz züchtig in Badesachen liegen."

„Ne, züchtig war das an dem Teich nicht", merkte ich an. „Das war schon eine heiße Nummer da."

„Nicht nur da", entgegnete Birte versonnen. „Die beiden Tage in Hannover waren auch wahnsinnig geil. Steffen hat einen tollen Schwanz und weiß damit eine Menge anzufangen. Irgendwie erreicht er damit Punkte in mir, die noch einen kleinen Zusatzkick auslösen."

Ein bisschen eigentümlich hörte es sich ja an, eine andere Frau vom besten Stück meines Mannes schwärmen zu hören. Das erlebte ich nicht zum ersten Mal. Doch immer wieder machte es mich auch stolz.

„Wie groß ist er eigentlich?", fragte Birte.

„Steffen? Einmetersechsundachtzig", entgegnete ich ganz harmlos.

Birte zwinkerte mich an: „Ich meine seinen Schwanz."

„Also ich hab schon so manches damit angestellt", sagte ich achselzuckend. „Aber ein Lineal hab ich noch nie drangehalten."

„Sollten wir vielleicht mal machen", erwiderte Birte grinsend. „Vermessen wir unsere Männer."

„Ich weiß ja nicht, wie David das finden würde."

„Stimmt", pflichtete sie mir bei. „Da würde er den Kürzeren ziehen."

„Ich kann mich nicht beschweren", entgegnete ich mit versonnenem Lächeln. „Er war ganz schön standfest an dem Wochenende. Und geladen! Meine Güte, kam da eine Menge Sperma herausgesprudelt. Ich war völlig verschmiert."

„Ich weiß. Ich hab ja die Fotos gesehen. Dafür hatte sich David die ganze Woche vorher ja auch geschont."

„Geschont?"

„Ja, wir hatten nur einmal Sex, und da hat er nicht abgespritzt. Nicht, dass er nicht gekonnt hätte. David kann immer. Aber er wollte nicht."

„Mein anderen Worten: Er hat Sperma produziert und dann für mich aufgehoben?"

„So ungefähr."

„Und das funktioniert?"

„Muss wohl", entgegnete sie achselzuckend. „Bei ihm jedenfalls. Mit mir hat er das auch schon gemacht. Tagelange Abstinenz und dann viel Saft auf meine Haut. Das liebt er."

„Und wie findest du das?"

„Ganz ehrlich?"

„Na klar!"

„Ich finds geil. Männliches Sperma auf meinem nackten Körper macht mich an. Ich würde ja gern mal von beiden Männern so komplett angespritzt werden. Oder am liebsten von noch mehr als zwei Männern, die dann alle ihren Saft auf mir verteilen. Am liebsten von Kopf bis Fuß."

Jetzt sah ich Birte doch etwas erstaunt an. Aber obgleich ich diese Fantasie noch nie gehabt hatte, musste ich mir eingestehen, dass der Gedanke erregend war. Erregend geil oder erregend beängstigend hätte ich allerdings nicht so ohne Weiteres sagen können.

Leider kamen in diesem Augenblick Birtes Bruder und seine Frau tropfnass aus dem Schwimmbecken. Fabian griff zu einem Handtuch und fragte ganz harmlos:

„Na ihr zwei, was beredet ihr so?"

Ein bisschen reizte es mich, ihm darauf eine ehrliche Antwort zu geben, aber natürlich ließ ich es. Stattdessen grinsten Birte und ich ihn süffisant an, während meine Freundin sagte: „Och, über dies und das."

„Aha", entgegnete er. „Über Männer also."

Lena schaute ihren Mann an, verdrehte die Augen und schüttelte leicht den Kopf. Offensichtlich war ihr klar, dass Fabian mit seiner Vermutung ganz richtig gelegen hatte. Aber musste sie ihm deshalb einen tadelnden Blick zuwerfen? Vermutlich hatte Birte recht, und ihre Schwägerin war tatsächlich ein bisschen verklemmt. Wie hielt Fabian das aus? Er wirkte jedenfalls wesentlich offener als seine Frau.

Doch er schien sich damit arrangiert zu haben und ließ sich von den tadelnden Blicken seiner Frau keineswegs den Mund verbieten. Als Birte und ich kurze Zeit später doch schwimmen gingen und dann anschließend ebenso tropfnass vor der Decke standen, blickte Fabian uns an und sagte zu mir:

„Schöner Bikini, Kirsten."

„Danke", erwiderte ich und nahm das Kompliment gern entgegen. Natürlich vermutete ich, dass er dabei vor allem mein Oberteil anvisiert hatte. Von den drei anwesenden Frauen hatte ich eindeutig die größte Oberweite. Lena sagte nichts zu der Bemerkung ihres Mannes, ging aber irgendwie in Habachtstellung. Vermutlich erwartete sie, dass da noch mehr kommen würde. Es kam noch mehr:

„Bikini heißt ‚Land der Kokosnüsse'", fügte Fabian hinzu und schaute ungeniert auf meine Brüste – womit er bei seiner Frau ein erneutes Augenverdrehen auslöste. Mit so einer deutlichen Anspielung hatte ich bei Birtes Bruder nicht gerechnet – schon gar nicht in Gegenwart seiner Frau.

„Naja", entgegnete ich und war keineswegs gewillt, dem Thema auszuweichen: „So groß sind sie ja nun auch wieder nicht."

„Wer ist nicht so groß?", fragte Fabian und spielte plötzlich den Ahnungslosen. „Ich spreche doch nur von der wörtlichen Bedeutung eines Begriffes, den wir alle mit einer ganz anderen Sache verbinden."

„Wovon sprichst du?", fragte Birte und sah ihren Bruder reichlich verwirrt an.

„Vom Bikini-Atoll im Pazifischen Ozean. Gehört zu den Marshall-Inseln. Und in der Sprache der Eingeborenen bedeutet Bikini: ‚Land der Kokosnüsse'. Was dachtet ihr denn, was ich meinte?", fügte er grinsend hinzu.

Ich weiß ganz genau, was du meintest, dachte ich und grinste zurück. Dabei konnte ich beim Hinsetzen auf die Decke nicht widerstehen, mich so zu Fabian zu beugen, dass er für einen Moment noch ein bisschen tiefer in mein Kokosnussland schauen konnte. Die sich abermals verdrehenden Augen seiner Frau ignorierte ich ebenso großzügig wie er.

Kurz darauf kamen David und Steffen aus dem Schwimmbecken. Auch sie trockneten sich vor den Decken stehend ab, schauten lächelnd in die Runde und David fragte smalltalkmäßig:

„Na, was liegt an?"

„Kokosnüsse", sagte Lena trocken.

Auf der Rückfahrt vom Schwimmbad fuhren Steffen und ich mit Birte und David, während Lena und Fabian einen Umweg machen und Birtes Mutter zur Gartenparty abholen wollten. Als die beiden in ihr Auto gestiegen waren, hielt David mir galant die Beifahrertür seines Wagens auf, während Birte und Steffen hinten einstiegen.

Wir waren kaum losgefahren, da hörten die beiden hinten auf, sich an unserem Gespräch zu beteiligen. David blickte immer wieder in den Rückspiegel und bedeutete mir mit einer dezenten, aber vielsagenden Kopfbewegung, dass auch ich das tun solle. So klappte ich den Kosmetikspiegel in der Sonnenblende auf und schaute nach hinten. Zwar konnte ich nicht allzu viel sehen, aber doch genug: Birte hatte sich in Steffens Schoß gebeugt – und allein sein verklärter Gesichtsausdruck zeigte mir deutlich, was sie da tat.

„Na Birte", konnte ich mich nicht beherrschen zu sagen, „willst du ihn jetzt doch vermessen? Hast du denn ein Lineal dabei?"

Steffen schaute irritiert, während Birte ein undefinierbares Geräusch von sich gab – so als ob jemand mit vollem Mund zu sprechen versuchte. Aber genau das war ja wohl auch der Fall.

„Vermessen?", fragte auch David leicht irritiert.

„Ist ein Insider", entgegnete ich, wobei es mich prickte, ebenfalls eine Hand in Davids Schoß zu schieben und seinen Schwanz freizulegen. Ich stellte fest, dass er steif war. Offensichtlich ließ es ihn nicht kalt, was er im Rückspiegel sah.

„Oh, was hat dich denn so erregt?", fragte ich lächelnd, obgleich ich die Antwort ja kannte.

„Liveshow auf dem Rücksitz, zärtliche Finger im Schoß – das bleibt nicht ohne Wirkung", entgegnete er.

Ob auch ich ihn blasen durfte? Während der Fahrt? Immerhin waren die Scheiben vorn nicht so stark getönt wie im Fond des Wagens, in den man von außen sicherlich nicht so leicht hineinschauen konnte. Und den Fahrer ablenken, konnte Nebenwirkungen haben, wie ich ja nur allzu gut von der Fahrt zum FKK-Teich in Erinnerung hatte. Dennoch konnte ich nicht widerstehen. Ich wollte ihn schmecken – wenn auch vielleicht nur kurz.

David gab ein leichtes Brummen von sich, als sich meine Lippen um seinen Schwanz schlossen. Ich machte es nur ganz sanft, schließlich wollte ich ihn nicht zum Spritzen bringen. Das wäre sicher auch gegen die Straßenverkehrsordnung, hörte ich meine Erotikfee kichern. Gab es eigentlich ein Bußgeld für Sex während der Fahrt? Und falls ja – wie hoch mochte das wohl sein? Vielleicht war es ja abgestuft – je nach Spielart.

Kurz darauf nahm ich wahr, dass David das Auto stoppte und schließlich den Motor abstellte. Im ersten Augenblick dachte ich, er sei vielleicht auf einen einsamen Parkplatz gefahren, so dass Birte und ich in Ruhe zu Ende bringen konnten, was wir begonnen hatten. Als ich aufschaute, stellte ich jedoch fest, dass wir zwar auf einem Parkplatz hielten, aber der befand sich vor einem Supermarkt.

„Hilft alles nichts", sagte er achselzuckend und mit deutlichem Bedauern in Blick und Stimme. „Wir müssen noch was einkaufen."

„Ach ja, stimmt", murmelte Birte von hinten, die nun offensichtlich nicht mehr den Mund voll hatte.

Für einen Moment war ich dennoch versucht, einfach weiterzumachen, verwarf den Gedanken aber sofort wieder, als jemand einen Einkaufswagen schiebend am Auto vorbeiging und einen neugierigen Blick zu uns in den Wagen warf. Das mochte Zufall gewesen sein, trotzdem zog ich beinahe schuldbewusst meine Hand aus Davids Schoß zurück. Der lächelte mich an, warf mir einen kurzen Luftkuss zu und packte seinen Schwanz wieder ein. Die deutliche Beule in seinen dünnen Shorts wurde allerdings erst in der Kühlabteilung des Supermarktes kleiner.

Als wir schließlich zu Hause bei Birte und David waren, ging alles sehr schnell. Niemand musste es aussprechen, alle vier wussten wir, dass vor der eigentlichen Party nun noch etwas anderes stattfinden sollte. Wir hielten uns nicht lange unten im Haus auf, sondern gingen sofort nach oben ins Schlafzimmer. Wir brauchten nur ein paar Sekunden, um unsere wenigen Sachen abzustreifen. Im nächsten Augenblick fand ich mich auf dem Rücken liegend auf dem Bett wieder und nahm Davids Liebkosungen in meinem Schoß entgegen. Er leckte gierig, aber nicht allzu lange. Vermutlich wollte er mich nur noch feuchter machen für das, was er eigentlich vorhatte. Als sein steifer Schwanz kurz darauf in mich eindrang, hockte Birte bereits auf Steffen und ritt auf ihm. Mein Liebster lag neben mir und wir küssten uns heftig und verlangend, während wir gleichzeitig mit den beiden anderen vögelten. Alle vier waren wir im Auto heiß geworden, und auch der Gang durch den Supermarkt hatte uns nicht ernsthaft abkühlen können. Wir wollten nur eins: ficken – jetzt und sofort und ohne Vorspiel oder sonstige Spielchen. Ich war einfach nur geil darauf, einen steifen Schwanz in mir zu spüren – welchen von beiden war mir in diesem Augenblick ziemlich gleichgültig. Ich wollte einfach nur gestoßen werden. Und das wurde ich – tief, schnell, heftig.

Es war eine geile Nummer, aber leider eine ziemlich kurze, in der fast alle unbefriedigt blieben. Lediglich Birte hatte erstaunlich schnell einen Orgasmus. Kurz darauf jedoch hörte man unten im Haus eine Tür ins Schloss fallen – gefolgt von einem lauten „Hallo". Birtes Bruder samt Frau und Mutter waren bereits eingetroffen! Für eine Sekunde erstarrte unser Vierer, als hätte man ihn schockgefroren. Und genauso fühlte ich mich auch. Wir blickten uns entsetzt an und flüchteten geradezu aus dem Bett. Ich weiß nicht, was schneller gegangen war: das Ausziehen vor einigen Minuten oder das Wiederanziehen jetzt. Auf jeden Fall waren wir schnell – sehr schnell.

Mit mühsam gespielter Gelassenheit gingen wir die Treppe nach unten, wo sich aufmerksame Blicke auf uns richteten.

„Wo kommt ihr denn her?", fragte Fabian, während sein Blick zwischen uns und der achtlos abgestellten Einkaufstüte hin- und herpendelte. Fielen ihm meine zerzausten Haare auf? Egal, die konnten schließlich auch vom Schwimmbad so aussehen.

„Wir wollten grad noch duschen", entgegnete Birte.

„Alle zusammen?", fragte Fabian grinsend nach.

Aber mit einem leichten Augenverdreher seiner Frau war das Thema glücklicherweise erledigt. Vermutlich ahnte niemand, was gerade geschehen war. Wohl ganz einfach deshalb nicht, weil es kaum jemand für möglich halten würde, dachte ich. Wenn nur zwei von uns aus dem Schlafzimmer gekommen wären, wäre das möglicherweise etwas anderes gewesen.

Ich mochte die Mutter von Birte und Fabian. Sie war eine wohlgenährte Frau mit einem warmen, herzlichen Lachen. Leider stellte sie mir kurz darauf beim Smalltalk und einem ersten Prosecco ziemlich viele Fragen – vor allem, wie wir vier uns eigentlich kennengelernt hatten. Immerhin erkannte sie ganz richtig, dass wir sehr gute Freunde waren, von denen sie aber bisher noch nie etwas gehört hatte. Die Geschichte von dem beruflichen Kontakt der beiden Männer, die wir uns vor diesem Wochenende als Legende überlegt hatten, klang aber wohl recht plausibel.

Außer Birtes Mutter verschwanden wir alle kurz im Bad, um den Schwimmbadgeruch wegzuduschen und uns für das bevorstehende Eintreffen der anderen Geburtstagsgäste frisch zu machen. Als Birte zurückkam, zog sie sämtliche Blicke auf sich – was sie offenbar genoss. Jedenfalls blieb sie einen Augenblick in der Terrassentür stehen, um sich bewundern zu lassen. Tatsächlich sah sie hinreißend aus in ihrem halblangen, dünnen Sommerkleid, das sich eng an ihren schlanken Körper schmiegte. Dass sie keinen BH darunter trug, war offensichtlich. Aber Birte war eine

Frau, die mit ihren kleinen, festen Brüsten gut auf ein solches Kleidungsstück verzichten konnte, ohne zwangsläufig allzu deutliche erotische Signale auszusenden. Sexy sah sie dennoch aus. Oh ja!

Als ich sie von hinten betrachtete, fragte ich mich allerdings, ob sie nicht nur auf den BH, sondern möglicherweise auch auf den Slip verzichtet hatte. Eigentlich konnte ich mir das kaum vorstellen. Das hier war keine Party mit Swingerfreunden (abgesehen von uns), sondern ihr Geburtstag mit Familie, Kollegen und ganz normalen Freunden. Andererseits zeichnete sich unter ihrem Kleid nicht der geringste Slipansatz ab, auch nicht als sie sich kurz bückte, wobei ich ihr deutlich auf den Po schauen konnte.

„Schönes Kleid", sagte ich zu ihr, als sie sich neben mich setzte und zum Prosecco griff.

„Danke", erwiderte sie und schenkte mir für das Kompliment ein warmes Lächeln.

Als ich im nächsten Moment den Eindruck hatte, dass die anderen nicht hinhörten, konnte ich nicht widerstehen, meine Neugierde zu befriedigen und sie ganz einfach zu fragen:

„Sag mal, wie viele Teile hast du eigentlich an?"

„Drei", erwiderte sie.

„Drei?", entgegnete ich erstaunt. Denn dass Birte keinen BH trug, war offensichtlich.

„Ja, drei", bekräftigte sie dennoch, um im nächsten Augenblick grinsend hinzuzufügen: „Oder zählen die Schuhe nicht mit?"

Aha, dachte ich nur, grinste zurück, wurde im nächsten Moment aber von dem Gespräch der anderen abgelenkt. Im ersten Augenblick konnte ich nicht ganz folgen, sah aber, dass Lenas Augen sich zum Verdrehen bereitmachten.

„Na hör mal", sagte Birtes Mutter in diesem Augenblick zu David: „Euer Haus ist riesig. Das schreit doch geradezu nach Kinderzimmern."

„Mehreren?", entgegnete ihr Schwiegersohn mit leichtem Missmut in der Stimme.

„Na zwei doch wohl mindestens. Aber eins wäre schon mal ein guter Anfang", erwiderte sie und fügte mit einem leicht lehrerhaften Ton an ihre Schwiegertochter gewandt hinzu: „Nicht wahr, Lena?"

Ganz offensichtlich wünschte sich Birtes Mutter sehnlichst Enkel, die bisher weder ihre Tochter noch ihr Sohn in die Welt gesetzt hatten. Ganz ungeniert wandte sich die verhinderte Oma anschließend auch noch an mich und fragte:

„Und wie steht es mit Ihrem Nachwuchs, Kirsten?"

Jetzt verdrehten drei Frauen die Augen. Was Birtes Mutter wohl dazu sagen würde, dass ich bei einem eventuellen Pillenversagen möglicherweise von ihrem Schwiegersohn schwanger werden könnte? Der Gedanke ließ mich innerlich grinsen, aber ich hatte keine Neigung auf dieses Thema, (das für Steffen und mich überhaupt kein Thema war) in irgendeiner Weise einzusteigen. So griff ich zu einer kleinen Ablenkung.

„Sie haben ja gar kein Sitzpolster", sagte ich zu Birtes Mutter und deutet auf den harten Holzstuhl, auf dem sie saß.

„Och", entgegnete sie und klatschte sich mit beiden Händen an ihre üppigen Hüften. „Ich habe mein Sitzpolster immer dabei."

Mit ihrer erfrischenden Selbstironie brachte sie die kleine Runde zum Lachen – und beendete damit erfreulicherweise das Thema Nachwuchs.

Kurz darauf kam der Cateringservice und lieferte das Essen, während auch bereits die ersten Gäste eintrudelten. Birte umarmte jeden von ihnen und schenkte jedem ein herzliches Lächeln. Steffen und ich saßen in unseren Gartenstühlen, beobachteten die eintreffenden Menschen, und stellten leise Mutmaßungen an, wer dieser oder jener Gast wohl sein könnte.

„Ob wohl auch andere Swinger dabei sind?", fragte Steffen mich leise.

„Auf wen würdest du denn tippen?", entgegnete ich.

Gemeinsam schauten wir uns die Eingetroffenen an, die mit Wein- oder Sektgläsern im Garten umherwanderten oder auf den Stühlen saßen und genüsslich an Häppchen kauten.

„Vielleicht die Frau da hinten in dem roten Mini?", mutmaßte mein Liebster.

„Glaube ich nicht. Ihr Mann sieht nicht danach aus. Der ist viel zu konservativ angezogen."

Letztlich war es nur ein kleines Ratespiel, das wir miteinander spielten. Wir wussten beide nur zu gut, dass man niemandem ansehen konnte, ob er Swinger war oder nicht. Dafür war die Szene viel zu bunt, wie wir längst wussten. Außerdem glaubte ich nicht, dass andere Swinger anwesend waren, weil Birte und David uns das sicherlich erzählt hätten.

„Wer weiß", sagte Steffen. „Vielleicht auch grad nicht."

Merkwürdigerweise entstand kurz darauf in der Runde, in der wir saßen, ein Gespräch über genau dieses Thema. Es ging um ein Lokal, von dem jemand behauptete, es sei ein Swingerclub.

„Quatsch", warf ein anderer ein. „Das ist kein Swingerclub, das ist ein Bordell."

„Naja, ist doch so ziemlich das Gleiche", entgegnete ein Dritter.

„Das ist nicht das Gleiche."

„Wo ist der Unterschied?"

„Im Bordell wird für Sex bezahlt."

„Im Swingerclub nicht?"

„Nein, da bezahlt man nur Eintritt."

„Na bitte, ist also doch das Gleiche."

„Ist es nicht. Im Bordell bezahlt ein Mann eine Frau fürs Vögeln."

„Und im Swingerclub?"

„Da bekommt zumindest niemand Geld fürs Vögeln."

„Dafür geht's da ja wohl munter durcheinander und jeder treibt es mit jedem."

„Ja, das natürlich."

„Das müssen ziemlich merkwürdige Leute sein, die so etwas machen."

„Definiere merkwürdig", warf nun Steffen ein.

„Na hör mal", entgegnete die von ihm angesprochene Frau. „Man geht in einen Club und vögelt wahllos mit irgendwelchen wildfremden Menschen. Das ist doch wohl merkwürdig."

„Woher weißt du das denn so genau, dass da wahllos durcheinander gevögelt wird?"

Damit löste mein Liebster einen allgemeinen Lacher aus. Aber die fremde Frau ließ nicht locker.

„Das weiß man doch", sagte sie pikiert. „Jedenfalls sind das komische Leute, die sowas machen."

„Wie viele Swinger kennst du denn?", fragte Steffen nach.

„Was? Wie viele? Ich kenne doch keine Swinger! Kennst du etwa Swinger?", fragte sie plötzlich an Fabian gewandt, der sich an dem Gespräch bisher gar nicht beteiligt, aber aufmerksam zugehört hatte.

„Was, ich?", entgegnete der fast erschrocken. „Nein, woher denn?"

„Ich auch nicht", bekräftigte die Frau noch einmal.

„Sicher?", setzte mein Liebster erneut nach, und ich kniff ihm unauffällig aber für ihn spürbar in den Oberschenkel. Ein wenig hatte ich Sorge, dass er uns versehentlich outen könnte.

„Natürlich bin ich mir sicher", sagte die angesprochene Frau, griff zu ihrem Weißwein und betrachtete das Thema wohl als erledigt.

„Ach so", sagte ich noch kurz zu ihr und erhielt dafür einen merkwürdig durchdringenden Blick. Au weia, dachte ich. Vielleicht war das jetzt die eine Bemerkung zu viel. Trotzdem fand ich es immer wieder spannend, mit Blinden über die Farbe zu diskutieren. An Davids verschmitztem Grinsen sah ich, dass er wohl etwas ganz Ähnliches dachte.

Glücklicherweise ging es bei weiteren Gesprächen um weniger verfängliche Themen. Es herrschte eine angenehm lockere Stimmung an diesem warmen Sommerabend, die Menschen redeten, lachten und tranken. Vor allem Letzteres. Birtes Mutter hatte sich längst nach Haus fahren lassen und auch einige andere Gäste waren bereits gegangen, als ich Birte und ihre Schwägerin Lena laut lachend auf einer Bank im Garten sitzend wahrnahm. Neben ihnen stand eine Flasche Prosecco, der den beiden ziemlich gut zu schmecken schien.

Als sich ein weiteres Paar verabschieden wollte, stand Birte auf, umarmte beide, und ließ sich wieder auf die Bank sacken – offensichtlich froh, wieder festen Halt unter dem Hintern zu haben. Oh oh, dachte ich. Das sah aber sehr unsicher aus. Birte hatte offenbar nicht nur ein Glas zu viel getrunken – und noch war ein Ende nicht abzusehen. Lena hielt allerdings gut mit. Zumindest in dieser Hinsicht war Birtes Schwägerin keineswegs ein Kind von Traurigkeit.

Irgendwann tief in der Nacht waren alle Partygäste gegangen, abgesehen von denen, die hier übernachten wollten – also Lena und Fabian sowie Steffen und ich. Sicher hatte auch ich ziemlich viel getrunken, aber ich fühlte mich wunderbar leicht, und es ging mir gut. Bei Birte und Lena war ich mir nicht so sicher. Als ihre Männer sie von der Gartenbank ins Haus locken wollten, reagierten beide zunächst nur mit unerklärlichem Kichern. Als David und Fabian sie dann schließlich doch in die Senkrechte bekamen, mussten sie sie die wenigen Meter bis zum Wohnzimmer ernsthaft stützen. Dort angekommen, ließen sich beide Frauen in die Sofas fallen, und waren augenblicklich eingeschlafen. Nur Lena ließ noch ein leichtes Glucksen vernehmen. Dann schlief auch sie tief und fest.

„Ich glaube", sagte David zu seinem Schwager, „du hast die Doppelliege im Arbeitszimmer für dich. Unsere Frauen haben ihre Betten schon gefunden."

„Sieht ganz so aus", pflichtete Fabian ihm bei, griff zu zwei dünnen Wolldecken und legte sie über die schlafenden Frauen.

Wir gingen zu viert nach oben, Fabian verabschiedete sich ins Arbeitszimmer und David brachte Steffen und mich zum Gästezimmer auf dem Dachboden. Natürlich hätte er das nicht tun müssen, wir kannten den Weg. Aber irgendwie stellte es auch niemand infrage, dass er mit uns ganz nach oben ging.

„Gute Nacht", sagte ich zu ihm, als wir schließlich zu dritt vor der Zimmertür standen. Ich umarmte David und wunderte mich keineswegs, dass aus der Umarmung ein Kuss wurde – ein ziemlich langer und intensiver Kuss, bei dem sich Steffen von hinten an mich schmiegte. Ich spürte, wie einer der beiden (oder waren es beide gemeinsam?) mein dünnes Kleid nach oben schob und es mir über den Kopf streifte. Nun stand ich nur noch in Slip und BH zwischen den beiden Männern, die sich beide an mich drückten, mich streichelten, mich küssten. Noch vor zwei Minuten hätte ich keinen Gedanken an die Frage verschwendet, ob ich heute Nacht möglicherweise noch Sex haben würde – dafür waren wir alle eigentlich zu betrunken. Doch nun stand ich zwischen diesen beiden wunderbaren Männern, spürte meinen Herzschlag im Hals und wusste, dass sie beide jetzt mit mir schlafen würden. Und ich wollte sie. Beide!

Noch immer standen wir im diffusen Zwielicht vor der Tür zum Gästezimmer. Es war, als wolle keiner von uns dreien den Zauber dieses Augenblicks durch einen Ortswechsel stören. Wieder wandte ich mich David zu, küsste ihn, während Steffen meinen BH öffnete und meinen Nacken küsste. Ich bekam eine leichte Gänsehaut, dennoch genoss ich seine Lippen in meinem Nacken ebenso wie Davids Lippen auf meinem Mund. Dazu noch die zärtlichen Küsse, die sich auf meinem Po am Ansatz meines Strings entlang tasteten – es war einfach wundervoll, so intensiv liebkost zu werden.

An meinem Po? Ich stutzte, beendete abrupt das Zungenspiel mit David und sah ihn erstaunt an. Erst jetzt realisierte ich, dass ich es nicht mit zwei, sondern mit drei Menschen zu tun hatte. Ich drehte mich um, schaute in Steffens funkelnde Augen, blickte nach unten und sah den mir zuzwinkernden Fabian. Wann war der denn dazugekommen? Und wer hatte ihm überhaupt erlaubt mitzuspielen?

Doch weder stellte ich ihm diese Fragen noch hatte ich Lust, darüber auch nur eine weitere Sekunde nachzudenken. Ich nahm den Augenblick wie er war und genoss die ungeteilte Aufmerksamkeit von drei Männern, die meinen Körper mit streichelnden Händen und zärtlichen Küssen bedeckten.

Irgendwann fanden wir uns dann doch auf dem breiten Bett des Gästezimmers wieder. Ich hatte keine Ahnung, wie ich meinen Slip losgeworden war, aber nackt und auf dem Rücken liegend schaute ich aufmerksam zu, wie die drei Männer sich für mich auszogen. Alle drei sahen mich währenddessen an, tasteten mit ihren Augen meinen Körper ab, schauten mir ins Gesicht und warfen mir Blicke zu, aus denen endloses Verlangen sprach – Verlangen nach mir!

Dann endlich waren sie vollständig ausgezogen und standen vor mir. Was für ein Anblick! Drei nackte Männer! Drei steife Schwänze! Und alle für mich! Ich bebte innerlich und wartete darauf, dass sie fortsetzten, was sie im Flur begonnen hatten.

Lange ließen sie nicht auf sich warten. Als ich die erste Hand am Bein spürte, schloss ich die Augen und ließ die drei einfach machen. Ich wollte nun gar nicht so genau wissen, wer von ihnen was tat, ich wollte einfach nur fühlen.

Ihre Hände wanderten über meine nackte Haut, streichelten Arme, Beine, Bauch, Brüste, Hals und

Schoß – und alles gleichzeitig. Den Händen folgten Lippen und Zungen, die mich liebkosten. Jemand begann an einer meiner Brustwarzen zu saugen, dann jemand anders gleichzeitig an der zweiten, ein weiteres Lippenpaar tastete sich zwischen meine Oberschenkel, die ich bereitwillig öffnete. Als dieser Mund meine Muschi erreichte, spürte ich selbst, wie feucht ich bereits war. Und durch das Lecken zwischen meinen Schamlippen nahm die Feuchtigkeit sicherlich weiter zu. Ich erkannte diese sehr besondere Art, verwöhnt zu werden. Ohne hinzuschauen, wusste ich, dass es Steffen war, der mich liebkoste.

Im nächsten Augenblick spürte ich einen Schwanz an meiner Wange. Ohne nachzudenken, wem der gehören könnte, drehte ich den Kopf und nahm ihn in den Mund, während meine Hand auf der anderen Seite meines Kopfes einen anderen Schwanz zu fassen bekam. Nun öffnete ich doch die Augen und sah David an. Ich entließ seinen Schwanz aus meinem Mund, drehte meinen Kopf zur anderen Seite und schaute in Fabians erwartungsvolle Augen. In der Hand hatte ich seinen Schwanz ja bereits – und gleich darauf auch im Mund. In dem Augenblick, in dem ich ihn zu blasen begann, stöhnte er lustvoll auf. Dann aber wandte ich mich wieder David zu und wechselte anschließend erneut zu Fabian. Der Wechsel zwischen den beiden Männern, die ich mit meinem Mund verwöhnte, machte mich nur noch heißer – und die beiden offensichtlich auch.

Steffen drehte mich nun um, so dass ich erst auf den Bauch und dann auf die Knie kam. Sofort griff ich wieder nach den beiden Schwänzen vor mir und blies sie erneut abwechselnd – während mein Liebster sich hinter mich kniete, meine Pobacken griff und mich von hinten nahm. Während er mich fickte, wurde mein Blasen etwas ruckartig.

Ich konnte deutlich hören, wie Steffen mit dem Kopf gegen die Holzvertäfelung der Dachschräge über dem Bett stieß. Dabei geriet er aus dem Gleichgewicht – auch er war ebenso wenig nüchtern wie wir alle hier. Plötzlich lag er neben mir und griff nur noch nach meinen Brüsten. Ich aber wollte ihn weiter spüren und setzte mich auf ihn. Ganz steif war sein Schwanz nun zwar nicht mehr, aber steif genug. Vielleicht sollte er besser nicht so viel Alkohol trinken, wenn wir noch Sex haben wollten, schoss es mir durch den Kopf. Aber das, was wir hier gerade erlebten, hatte natürlich keiner von uns geplant.

Während ich auf Steffen ritt, stellte ich fest, dass die beiden Schwänze, die ich noch immer abwechselnd in den Händen und im Mund hatte, deutlich steifer waren als das Teil in mir – vor allem der von Fabian. Wie der sich wohl in mir anfühlen würde? Ich konzentrierte mein Blasen nun auf ihn, den für mich neuen Mann.

David liebkoste und streichelte meinen Rücken und wanderte mit seinen Lippen bis zu meinem Po. Noch immer ritt ich auf Steffen, aber David schien ihn ablösen zu wollen. Jedenfalls spürte ich seinen Schwanz nun auch an meinen Pobacken und schließlich sogar an meinem Hintereingang.

An meinem Hintereingang? Moment mal, dachte ich nur, drehte mich zur Seite und ließ mich von Steffen herunterfallen – womit ich mich gleichzeitig auch David entzog. Hatte er mich jetzt etwa anal nehmen wollen? Während ich gleichzeitig mit Steffen fickte? Ich war zwar einigermaßen betrunken, aber doch nicht so sehr, dass die beiden mich jetzt einfach im Sandwich nehmen konnten. Oh nein, meine Herren, dachte ich. Wobei ich gar nicht sicher war, ob Steffen Davids halbherzigen Versuch dazu überhaupt mitbekommen hatte.

„Wenn du mich ficken willst", raunte ich David leise zu, „dann nimm den Vordereingang."

Er grinste nur und nickte. Hatte er das wirklich gewollt? Glaubte er etwa, er hätte die generelle Erlaubnis, mich anal zu nehmen, nur weil er das bereits getan hatte?

Der Gedanke verflüchtigte sich aber ebenso schnell, wie er gekommen war. Unser Vierer sortierte sich neu, plötzlich lag Steffen vor mir, und ich machte mich mit dem Mund über seinen Schwanz her. Er war nun steifer als ein paar Minuten zuvor, wie ich zufrieden feststellte. Es hat eben eine anregende Wirkung, mit dir zu ficken, flüsterte meine Erotikfee.

Während ich Steffen blies, streckte ich David meinen Po entgegen. Er wollte mich ficken, also sollte er das jetzt auch tun! Ich wollte wieder einen Schwanz in mir haben. Endlich spürte ich sein steifes Teil, das sich von hinten zwischen meine Oberschenkel schob und sich langsam meiner Muschi näherte. Ich drehte mich lächelnd zu David um – und stellte fest, dass es gar nicht David war, sondern Fabian. Im Bruchteil einer Sekunde war ich nun fast nüchtern, griff nach dem Schwanz und stellte fest, dass er in keinem Gummi steckte. Böse blickte ich Fabian an und schüttelte den Kopf – während David daneben kniete und mit den Schultern zuckte.

Offenbar hatte niemand Kondome. Aber blank ficken mit Fabian? Nein, das ging auf keinen Fall. War David da etwa anderer Meinung? Hätte er wirklich zugelassen, dass Birtes Bruder mich ohne Gummi genommen hätte? Ich hatte nicht den Eindruck, dass er gerade eingreifen wollte. Aber vielleicht war er auch nur zu betrunken, um dies alles zu realisieren.

Immerhin war David nicht zu betrunken, seinen Schwager im nächsten Augenblick an die Seite zu schieben. Er kniete sich nun selbst hinter mich, packte meine Pobacken und ich spürte, wie sein Schwanz in mich hineinglitt. Ich nahm noch Fabians irritierten Blick wahr; dann wandte ich mich wieder Steffens Schwanz zu. Fabian ließ sich durch mein Stoppschild erfreulicherweise nicht abschrecken und schob eine Hand von unten zu meiner Muschi. Seine Finger fanden meinen Kitzler, und gemeinsam brachten mich die beiden Männer zu einem Höhepunkt. Als es mir kam, hätte ich es am liebsten herausgeschrien, aber Steffens großer Schwanz in meinem Mund erstickte meinen Orgasmusschrei.

Als Davids Stöße heftiger wurden, ahnte ich, dass es ihm bald kommen würde. Kurz davor aber zog er sich aus mir zurück, drehte mich auf den Rücken, kniete sich zwischen meine Beine und machte es sich selbst mit der Hand. Währenddessen griff ich nach den Schwänzen der beiden anderen Männer, die nun rechts und links neben meinem Kopf knieten, und blies sie abwechselnd.

Kurz darauf war David so weit. Sein Sperma klatschte auf meinen Bauch und auch auf meine Muschi. Ohne es wirklich sehen zu können, wusste ich, dass es viel war. Und ich bemerkte, dass auch die anderen beiden nahe am Orgasmus waren. Fabian nahm seinen Schwanz nun ebenfalls selbst in die Hand, rieb daran und kurz darauf spritzte auch er seinen Saft heraus. Er traf meine Brüste, meinen Hals und teilweise auch mein Gesicht. Als Steffen schließlich so weit war, tat er es den anderen gleich. Obwohl ich wusste, wie gern er eigentlich in meinem Mund kam, machte auch er es sich zum Schluss selbst und begoss mich mit seinem Sperma. Größtenteils landete es in meinem Gesicht.

Das Klicken von Davids Handykamera riss mich unvermittelt aus der Geilheit dieses Augenblicks. Ich schaute ihn konsterniert an und schüttelte den Kopf. Alles musste er ja nun wirklich nicht fotografieren. Trotzdem wollte ich dieses eine Bild sehen, das er gemacht hatte. Ich war darauf derart spermaverschmiert, dass man Zweifel hätte haben können, ob das alles wirklich nur von drei Männern stammte.

Nur? Meine Mahnerin schüttelte ungläubig den Kopf, während meine Erotikfee zufrieden grinste.

Obgleich ich David weitere Fotos verweigert hatte, musste ich mir eingestehen, dass das Bild seinen Reiz hatte. Mein nackter Körper glänzte von den männlichen Ergüssen, die die drei überall auf mir hinterlassen hatten. Es war auch für mich faszinierend, dieses Foto zu betrachten, obgleich so etwas gar nicht zu meinen Fantasien zählte. Nein, schoss es mir plötzlich durch den Kopf, das war eigentlich Birtes Fantasie. Während meine Freundin unten im Wohnzimmer ihren Rausch ausschlief, hatte ich hier im Dachzimmer mit ihrem Mann und ihrem Bruder ihre Fantasie ausgelebt. Bei der plötzlichen Erkenntnis beschlich mich ein schlechtes Gewissen.

Es war Fabian, der mich einen Moment später aus meinen Gedanken riss:

„Ich will lieber gar nicht wissen, warum David dich ficken durfte und ich nicht", sagte er.

„Stimmt", entgegnete ich. „Das willst du nicht wissen."

Anschließend verließ ich das Bett, ging ins Bad und nahm eine nächtliche Dusche.

Als wir uns zum Frühstück versammelten, hatten wir wohl alle einen Kater – mancher mehr, mancher weniger. Vor allem Lena sah aus, als schlafwandele sie, während sie minutenlang in ihrem Kaffee rührte, in dem sich weder Milch noch Zucker befand. Als jemand das Wort „Prosecco" fallen ließ, verdrehte sie die Augen – allerdings sehr, sehr langsam. Bei Birte hingegen hatte der Vorabend offensichtlich geringere Nachwirkungen. Sie hatte den Tisch bereits gedeckt, als Steffen und ich ins Wohnzimmer kamen, und war auch während des Frühstücks gut gelaunt und gesprächig wie immer. Nur hin und wieder stützte sie ihren Kopf mit der Hand ab.

Die Blicke, die dabei hin- und herwanderten, waren recht unterschiedlicher Natur. Während Lena und Birte wohl nicht das Geringste von dem ahnten, was während ihres Prosecco-Komas im Dachzimmer passiert war, tauschten wir anderen gelegentlich ein verschwörerisches Lächeln oder Zwinkern aus. Vor allem Fabian suchte immer wieder Blickkontakt mit mir, dem ich mich nicht entziehen konnte.

Nach der Nacht im Gästezimmer musste Birtes Bruder ja nur noch eins und eins zusammenzählen um zu wissen, welche Art von Freundschaft Steffen und mich mit Birte und David verband. Was würde er anfangen mit diesem Wissen? Vermutlich nichts, beruhigte mich die Realistin in mir. Denn würde er irgendjemandem von dieser Nacht erzählen, so müsste er ja gleichzeitig ausplaudern, dass er seine Frau betrogen hatte. Und welcher Mann tat so etwas schon?

Aber was würde dieses Wissen möglicherweise mit ihm tun? Mit ihm und der Beziehung zu seiner Frau? Fabian blickte immer wieder zu ihr und dann wieder zu mir, wobei sich der Ausdruck seiner Augen stets veränderte. Sah er zu Lena, wurde er ernst, schaute er zu mir, nahm sein Blick eine eigentümliche Mischung aus Wehmut und Neid an. Jedenfalls interpretierte ich das so. Ich hoffte inständig, dass die vergangene Nacht keine bösen Nebenwirkungen für seine Ehe mit sich bringen würde.

Nach dem Frühstück setzte Aufbruchstimmung ein. Während Lena und Fabian ihre Sachen ins Auto packten, bemerkte ich, dass David und Steffen gemeinsam auf Davids Handy schauten. Ich gesellte mich zu ihnen und stellte fest, dass sie das Spermafoto der vergangenen Nacht betrachteten.

„Ein geiles Bild", sagte David und funkelte mich an. „Das sollten wir in unseren Profilen veröffentlichen."

„Das hätte was", stimmte Steffen ihm zu. „Wollen wir?"

„Nein, wollen wir nicht!", entgegnete ich jedoch umgehend – und das vermutlich in einem Ton, der keine Zweifel aufkommen ließ. Jedenfalls blickte ich in zwei enttäuschte Gesichter. Die beiden sahen aus wie zwei Kinder, denen man grad die Sesamstraße abgeschaltet hatte.

„Na, was habt ihr da?", fragte Birte und gesellte sich ebenfalls dazu.

Sie schaute auf das Bild, auf mich, wieder auf das Bild und ihre Augen wurden immer größer, während sich ihr Mund zu einem entsetzten Staunen leicht öffnete. Au weia, dachte ich und realisierte, dass auf dem Bild nicht nur ich erkennbar war.

„Hast du mit meinem Bruder gefickt?", fragte sie mich mit ungläubiger Stimme.

„Nein", entgegnete ich und sah sie erschrocken an. „Nein!"

Doch ich sah, dass ihr die Antwort keineswegs ausreiche. Sie nagelte mich regelrecht fest mit ihrem Blick und schließlich fügte ich kleinlaut hinzu:

„Ich habe ihm nur einen geblasen."

„Bist du wahnsinnig? Du kannst doch nicht meinen Bruder verführen!"

„Ich habe ihn nicht verführt. Er war plötzlich dabei, als David und Steffen an mir rumgefummelt haben."

„Natürlich hast du ihn verführt! Du hast doch den ganzen Abend schon mit ihm geflirtet. Und in deinem Minikleid warst du sowieso eine Verführung für jeden Mann!"

„Das musst du grad sagen – du in deinem Drei-Teile-Outfit mit zwei Schuhen!", entgegnete ich nun ebenfalls wütend, weil ich Birtes Unterstellung, ich hätte Fabian verführt, nun wirklich als ungerecht empfand – auch wenn ich durchaus nachvollziehen konnte, dass Birte nicht sonderlich begeistert war.

„Swingen und meine Familie haben nichts miteinander zu tun. Gar nichts!", fauchte sie zurück.

„Dann hättest du uns eben nicht zu deinem Geburtstag einladen dürfen."

„Vermutlich nicht", bestätigte sie mit wütendem Blick und verschränkten Armen.

Für einen Augenblick herrschte Schweigen und wir sahen uns betroffen an. Hatten Birte und ich uns das wirklich grad an den Kopf geworfen? Ich konnte es kaum fassen.

Vielleicht war es ganz gut, dass in diesem Augenblick Lena und Fabian ins Haus zurückkamen, sodass unser Streit vorerst keine Chance zur weiteren Eskalation hatte. Allerdings konnten wir ihn auch nicht beilegen. Aber offenbar überspielten Birte und ich die Situation wenigstens ganz gut. Jedenfalls hatte ich nicht den Eindruck, dass Lena und Fabian irgendetwas von den unschönen Schwingungen mitbekamen, die plötzlich zwischen uns entstanden waren. Auch Steffen und ich warfen unsere Sachen ins Auto, und alle sechs verabschiedeten wir uns draußen vor der Tür – wenn auch Birte und ich dabei recht wortkarg waren.

Fabian hingegen lächelte mich bei der Umarmung noch einmal verschwörerisch an und sagte leise zu mir:

„Kannst du dich an die Diskussion von gestern Abend auf der Terrasse erinnern?"

„Welche meinst du? Da waren viele Menschen und Gespräche."

„Ich meine das Gespräch über Swinger und Swingerclubs."

„Ach das Gespräch meinst du. Ja klar."

„Ich glaube, ich habe mich da geirrt. Ich kenne wohl doch ein paar Swinger", sagte er schmunzelnd, gab mir einen flüchtigen Kuss auf die Wange und setzte sich anschließend zu seiner Frau ins Auto.

Kapitel 7:
Das Ende des Streichelmonopols

Hannover, Juli 2010

Die Rückfahrt von Birtes Geburtstag fühlte sich gar nicht gut an. Diese letzten Minuten in Bielefeld bedeuteten eine handfeste Beziehungskrise. Natürlich hatten auch Steffen und ich schon Krisen erlebt. Sowohl miteinander als auch mit früheren Partnern hatten wir durchaus Erfahrungen damit. Aber eine Beziehungskrise zu viert? Das war neu für uns und verursachte ein seltsames Gefühl im Bauch.

Bisher war es mit unseren Swingerkontakten meist so gelaufen, dass man sich eine Zeitlang mit einem Paar traf und dann irgendwann nicht mehr. Nach einer Weile war die Luft oftmals raus aus der Viererkonstellation. Entweder die anderen oder auch wir selbst wollten nicht mehr und sagten das ganz offen. Wir hatten beide Varianten schon erlebt und fanden beides undramatisch. Wenn sich jemand nicht mehr mit uns treffen wollte, dann war das eben so. Wir hatten ja uns, und das war das Entscheidende. Eine langfristige Freundschaft, wie wir sie etwa mit einem Swingerpaar vom Bodensee pflegten, war nur selten bei dieser Art von Kontakten entstanden.

Der Gedanke, dass unsere Beziehung mit Birte und David auch einmal zu Ende gehen könnte, war mir noch nicht gekommen. Beziehung, dachte ich – war das überhaupt der passende Begriff für das, was wir mit den beiden hatten? Auf jeden Fall war ich verliebt in David, selbst nach diesem unschönen Ausklang des Geburtstags noch immer. Ich war mir fast sicher, dass es auch den anderen drei ebenso ging. Beziehung war deshalb ein durchaus passender Begriff, wie ich fand. Ich mochte mir nicht vorstellen, dass das nun zu einem Ende kommen sollte. Oder vielleicht schon beendet war und es nur noch niemand ausgesprochen hatte. Der Gedanke ließ mich frösteln.

Vermutlich war es ganz gut, dass wir uns in den kommenden Wochen ohnehin nicht sehen konnten. Birte und David wollten am nächsten Tag für zwei Wochen nach Ibiza fliegen, Steffen und ich zehn Tage später für drei Wochen nach Schweden fahren. Wir hatten zwar darüber nachgedacht, ob wir nicht gemeinsam Urlaub machen könnten, aber unsere unterschiedlichen Dienstpläne gaben diese Möglichkeit nicht her – leider, wie wir ursprünglich dachten. Glücklicherweise, wie Steffen und ich auf der Rückfahrt aus Bielefeld nun feststellten. Nach diesem Streit nun so zu tun, als sei nichts gewesen und mit den beiden nur einen Tag später in den Urlaub fahren? Das war ein Ding der Unmöglichkeit.

So herrschte zunächst einmal Funkstille. Wir mailten nicht, wir simsten nicht – und auch die beiden nicht. Ja länger der Geburtstag zurücklag, umso absurder erschien mir das Ganze allerdings. Wir alle waren betrunken gewesen, da konnte so manches passieren, was man später bereute. Dass ich es mit Birtes Bruder getrieben hatte, war zweifellos ein Unding gewesen, da hatte sie schon recht – auch wenn ich mich nach wie vor unschuldig an der Situation fühlte. Abgeblockt hatte ich sie aber auch nicht. Das musste ich schon zugeben. Dennoch fühlte ich mich von Birte ungerecht behandelt. Ich hatte während der Gartenparty und auch am Nachmittag im Freibad bereits mit Fabian geflirtet; das stimmte schon. Allein seine verbalen Spielereien mit Kokosnüssen und Südseeinseln fand ich ausgesprochen espritvoll, weshalb ich durchaus einige intensive Blicke mit ihm gewechselt hatte. Aber verführt, wie Birte mir unterstellte, hatte ich ihn nun wirklich nicht. Die Situation war ziemlich verfahren. Was sollten wir damit anstellen?

Eine Woche nach dem Geburtstag war noch immer kein Urlaubsgruß von Ibiza bei uns angekommen, wie ich insgeheim gehofft hatte. Ich beschloss, eine liebe Freundin zu Rate zu ziehen und schrieb erneut an meine große Swinger-Schwester Ines. Ich erzählte ihr sehr ausführlich, was in letzter Zeit und vor allem an dem Geburtstag passiert war. Am nächsten Tag erhielt ich Antwort:

> *Hallo Kirsten,*
>
> *schön, mal wieder von euch zu lesen. Wir machen zurzeit Urlaub in der Toskana. Es ist einfach wundervoll, hier durch die Weinberge zu wandern und auf der Piazza in Siena Cappuccino zu trinken. Außerdem bekommen wir morgen Besuch von lieben Freunden (ja, es sind Swingerfreunde).*

Wie es scheint, hat es dich ja richtig erwischt. Natürlich kann ich verstehen, dass du dich bei einem derart intensiven Kontakt in den anderen Mann verknallt hast. Mir ist das bei unseren Swingerkontakten auch schon passiert – allerdings sehr selten. Ich bin wohl doch mehr ein rationaler Kopfmensch als der typische weiblich-emotionale Typ. Aber was heißt schon typisch?

Du hast mich gefragt, was ihr machen sollt. Letztlich kann euch diese Entscheidung niemand abnehmen. Ich wage auch keine Prognose, ob eure Beziehung zu viert am Ende ist oder nicht. Manchmal ergibt ja auch nur ein Wort das andere, und am Ende bedauern alle, was sie gesagt haben, doch keiner spricht es aus. Ich kann dir sagen, was wir machen würden: weiterziehen – aber ohne den Kontakt ganz abzubrechen. Schaut euch um in der großen, bunten Welt der Swinger. Es gibt bei euch in Niedersachsen mit Sicherheit jede Menge Paare, die nur darauf warten, von euch entdeckt zu werden. Ihr seid doch Swinger! Und so, wie wir euch kennengelernt haben, seid ihr nicht das Paar, das sich allein an ein anderes Paar bindet. Wenn ich an unser sehr besonderes Pfingstwochenende vor zwei Jahren zurückdenke, dann habe ich euch als sehr aufgeschlossen in Erinnerung – und zwar verschiedenen Menschen gegenüber. Wir würden an eurer Stelle jetzt mal schau-

en, wen es sonst noch so gibt bei Joyclub oder in den anderen Swingerforen. Das würde ich völlig unabhängig davon tun, ob es sich mit euren Bielefelder Freunden wieder einrenkt oder nicht. Ein neuer Kontakt würde euch auf andere Gedanken bringen und euch die emotionale Unabhängigkeit zurückgeben. Ich habe ohnehin den Eindruck, dass ihr euch etwas zu sehr auf die beiden anderen eingestellt habt. Alles, was ich in den vergangenen Monaten so von dir gelesen habe, klingt nach einer polyamoren Beziehung. Da habe ich grundsätzliche Zweifel, ob so etwas funktionieren kann.

Und jetzt fahrt erst mal in den Urlaub. Genießt den schwedischen Sommer und genießt euch!

Liebe Grüße, auch an Steffen, fühl dich umarmt, Ines

Mein erster Gedanke war: Ja, warum eigentlich nicht? Und mein zweiter Gedanke ging in die gleiche Richtung. Vermutlich war es nicht gut, sich bei Swingerkontakten zu sehr auf ein einziges Paar zu konzentrieren, so wie wir das in den vergangenen Monaten getan hatten – obgleich unsere Verabredung zu viert ja eigentlich lautete: kein Streichelmonopol. Wer wusste denn, ob Birte und David diesen Teil der Verabredung nicht gerade auf Ibiza nun auch tatsächlich in Anspruch nahmen. Diese Fantasie gefiel mir allerdings nicht.

Ines´ Mail tat mir gut – so wie das fast immer der Fall war. Ich war keineswegs erstaunt, dass Steffen ihrer Ansicht sofort zustimmte. So taten wir an diesem Abend etwas, das wir lange nicht mehr getan hatten: Wir surften durch die unendlichen Weiten von *joyclub.de* und sahen uns diverse Paare an – auch wenn unser bevorstehender Schwedenurlaub eine baldige reale Kontaktaufnahme eher unwahrscheinlich machte. Wir schauten uns auch bei den Skandinavien-Freunden im *Joyclub* um. Vielleicht würde ein passendes Paar während unseres Urlaubs ebenfalls im Norden unterwegs sein. Dabei wurden wir jedoch nicht fündig. Anders als diverse Urlaubsziele im Süden war Schweden wohl nicht so sehr das Swingerparadies – auch wenn wir ein Jahr zuvor während unserer Hochzeitsreise auch schon andere Erfahrungen gemacht hatten.

In unserer Besucherliste entdeckten wir schließlich ein Paar-Profil, das unsere Neugierde weckte. Die Bilder zeigten zwei attraktive, sportliche Menschen. Zudem war auch der Profiltext gut formuliert und ansprechend. So etwas empfand ich immer als wichtig. Dass Steffen die beiden anschreiben wollte, wunderte mich nicht – allein schon wegen der großen Oberweite der Frau. Offenbar war das für ihn ein netter Kontrast zu Birte, wie meine Erotikfee schmunzelnd feststellte. Aber auch ich war von dem durchtrainierten Mann, den die Bilder zeigten, sehr angetan.

Plötzlich ging alles ganz schnell. Drei Abende später saßen wir mit Natalie und Philipp in einem Bistro in Hildesheim, wo die beiden wohnten, und beschnupperten uns bei einem Glas Wein. Die zwei entsprachen sehr dem Bild, das ich mir aufgrund ihres Profils von ihnen gemacht hatte – und das war keineswegs bei allen Kontakten der Fall. Sie waren beide 34 Jahre alt, seit vier Jahren Swinger und mochten ein erstes Kennenlernen auf neutralem Boden, wie sie es ausdrückten. Das war mir sehr sympathisch, weil es ein etwas softeres Herangehen war, das eigentlich auch wir bevorzugten. Sie hatten zu Haus zwei kleine Kinder, was für sie immer ein wenig Planung und Organisation bedeutete. Aber erfreulicherweise wohnte um die Ecke eine der Omas, die liebend gern Zeit mit ihren Enkeln verbrachte.

Als wir uns am Ende des Abends voneinander verabschiedeten, bedauerte ich fast, dass Steffen und ich zwei Tage später nach Schweden aufbrechen wollten. Ich hatte große Lust auf ein erotisches Treffen mit den beiden Hildesheimern bekommen und war etwas unglücklich, dass das nun erst nach unserem Urlaub würde stattfinden können. Dass es ein solches Treffen geben würde, stand für mich außer Zweifel. Allein schon Philipps verbindliches Lächeln, das ich stets erwidert hatte, war geradezu ein Versprechen gewesen. Auch Steffen war ziemlich begeistert von dem Abend – und vor allem von Natalie, der er immer wieder dezent (wenn für meinen Geschmack auch nicht immer dezent genug) ins offenherzige Dekolletee geschaut hatte.

„Und Birte und David?", fragte ich allerdings während der Rückfahrt nach Hannover, als mir auffiel, dass ich den ganzen Abend nicht an die beiden gedacht hatte.

„Wird sich finden", entgegnete Steffen. „Mal schauen, wer sich zuerst meldet. Wir oder sie. Außerdem schließt das eine das andere ja nicht aus. Kein Streichelmonopol – haben Birte und David selbst gesagt."

Das stimmte natürlich. Allerdings hatten wir es seit Monaten dennoch so gelebt. De facto hatten wir durchaus ein Streichelmonopol mit den beiden. Unser Sex zu viert war nicht nur in Hinsicht auf die Gummifreiheit, sondern überhaupt exklusiv gewesen. Wir hatten keinerlei andere Swingerkontakte mehr gehabt und Birte und David ja vermutlich auch nicht. Wann auch? Wir waren ja dauernd zusammen gewesen. Nun aber waren wir drauf und dran, das zu ändern.

Obgleich ich mich begehrt und attraktiv fühlte nach dem Treffen in Hildesheim, hatte ich ein wenig das Gefühl, unsere Bielefelder Freunde zu hintergehen. Was für ein Blödsinn, protestierte meine Erotikfee. Ihr seid Swinger! Ich beschloss, ihr zuzustimmen. Aber vielleicht war es trotzdem ganz gut, dass unser bevorstehender Schwedenurlaub auch eine gewisse Auszeit vom Swingen bedeutete. Allein schon wegen der Seelenhygiene.

Das Thema holte uns aber bereits auf der Fähre zwischen Sassnitz und Trelleborg ein. Kaum hatte das Schiff den Hafen auf Rügen verlassen, brummte mein Handy. An der Reling stehend zog ich es aus dem

Rucksack und las im Display Davids Namen. Ich zögerte eine kleine Ewigkeit von zwei bis zwei Sekunden, konnte mich dann aber natürlich nicht beherrschen und öffnete seine MMS:

> *Hallo ihr zwei, Ibiza ist wundervoll. Die Insel ist wie gemacht für uns. Wär toll, wenn ihr auch hier wärt und jetzt nicht auf dem Weg ins Land der Elche und Mücken. Gruß und Kuss, Birte und David*

Angehängt war ein Foto, das beide nackt am Strand zeigte und das wir uns eine ganze Weile anschauten. Es war ein sehr schönes Bild, das in mir Sehnsucht weckte – Sehnsucht nach unseren vertrauten Freunden. Der Text der MMS war, als sei nichts geschehen. Nicht der geringste Anklang eines schweren Gedankens – was mich erstaunte, aber vor allem erleichterte. Natürlich würden wir über den blöden Streit in Bielefeld noch einmal reden müssen. Aber offensichtlich, so las ich zwischen den wenigen Zeilen, waren die beiden gewillt, unsere Vierer-Harmonie wieder herzustellen. Oder interpretierte ich da zu viel in die Zeilen hinein? Manchmal las man da ja auch etwas, was da gar nicht stand. Steffen aber sah das ebenso, weshalb wir beschlossen, uns nun nicht unnötig zu zieren, sondern sofort zu antworten:

> *Danke für das schöne Bild. Das sieht ja toll aus – ihr seht toll aus. Ja, wir wären jetzt*

gern bei euch. Oder besser noch: Wir hätten euch gern bei uns auf dem Weg nach Norden. Ganz dicker Kuss von uns beiden, Kirsten und Steffen

PS: Der blöde Streit nach dem Geburtstag tut uns total leid. Und mir (Kirsten) tut es leid, dass ich mit Birtes Bruder gevögelt habe.

Darauf kam umgehend Antwort:

Du hast doch gar nicht mit ihm gevögelt. Du hast ihm doch nur einen geblasen ☺. *Macht euch bitte keine schweren Gedanken. Ich weiß doch, was für ein Schürzenjäger Fabian ist. Dass er von dir die Finger nicht lassen konnte, kann ich gut verstehen. Noch dickerer Kuss, Birte*

Jetzt kamen mir beinahe die Tränen. Fast zwei Wochen hatte ich mich mit schweren Gedanken geplagt, hatte mich immer wieder gefragt, ob unsere Viererbeziehung nun am Ende sei und mir immer wieder gesagt, dass das nicht sein konnte – nicht sein durfte. Und nun war alles plötzlich so einfach!

Obgleich Schweden seit meinem ersten Besuch hier als Teenager mein absolutes Lieblingsland war, kamen mir die bevorstehenden drei Urlaubswochen plötzlich viel zu lang vor. Nach dem Simsen mit unseren Freunden hatte ich viel Sehnsucht und große Lust:

Sehnsucht nach Nähe zu viert und Lust auf Sex mit David.

Natürlich waren die drei Wochen keineswegs zu lang. Wir genossen die Zeit in unserem Ferienhaus am Ufer eines Sees bei Växjö. Es war wundervoll, nicht arbeiten zu müssen, lange zu schlafen und ausgiebig zu frühstücken. Mehr als einmal huschte mir beim Aufschneiden des ersten Frühstücksbrötchens ein Lächeln über das Gesicht, weil ich daran denken musste, dass meine Kollegen nun wohl gerade Mittagspause machten.

Mit Birte und David hatten wir zwar eher sparsamen Kontakt, aber wir simsten immer mal wieder miteinander – und wir schickten ihnen auch ab und zu eins der Fotos, die wir gemacht hatten. Auf einem dieser Bilder saß ich nackt (und erfreulicherweise einigermaßen gebräunt) mit versonnenem Blick auf dem kleinen Bootssteg in der Nähe unseres Hauses, hatte die Beine angezogen und die Arme darum geschlungen.

Dieses Bild schickten wir nicht nur nach Bielefeld, sondern auch nach Hildesheim. Dass wir umgehend von beiden Freundespaaren lobende Reaktionen für das „hoch erotische Bild", beziehungsweise „die pure Erotik" erhielten, tat mir ausgesprochen gut. Wenn schon der reale Swingersex ein Stück entfernt war, so machte es doch Spaß, zumindest ein bisschen gemeinsam mit den Freunden zu träumen. Das war wieder einer der Momente, in denen ich mich sehr auf das Wiedersehen freute – sowohl auf das mit Birte und David als auch auf das mit Natalie und Philipp. Wen wir nach dem Urlaub wohl zuerst treffen würden? Unsere alten oder unsere neuen Freunde?

Die Frage beantwortete sich mehr oder weniger von selbst. Obgleich Natalie und Philipp uns bereits einen Datevorschlag nach Schweden simsten, trafen wir Birte und David noch vor ihnen. Zwar stimmten wir der Idee zu, die beiden Hildesheimer an unserem ersten Wochenende nach dem Urlaub in einem Swingerclub in der Nähe von Hannover zu treffen, aber Birte und David sahen wir dennoch vorher: Wir fuhren am Samstag unserer Rückreise aus Schweden nicht nach Haus, sondern direkt nach Bielefeld durch. Ich hatte Davids Vorschlag hierzu erst nicht ganz ernst genommen, aber er hatte das durchaus so gemeint.

„Aus dem Urlaub direkt in fremde Betten?", fragte ich nachdenklich, als Steffen und ich am Tag vor der Abreise aus Schweden darüber nachdachten.

„Warum eigentlich nicht?", entgegnete er. „So fremd sind uns die Betten in Bielefeld ja schließlich nicht. Die beiden sind offenbar genauso heiß auf uns wie wir auf sie. Oder?"

Das schien wohl so zu sein. Und als Steffen und ich an diesem Abend zusammen schliefen, ertappte ich mich bei der Fantasie, dass David es sein möge, der da gerade zwischen meinen Beinen lag. Morgen, flüsterte meine Erotikfee. Morgen …

Als wir in Bielefeld ankamen, gab es keine lange Begrüßung. Zwar hatten unsere Freunde ein Abendessen vorbereitet, aber bis an den Esstisch schafften wir es nicht mehr. Wir fielen bereits auf dem Wohnzimmerteppich übereinander her und ich genoss den Sex mit David – ebenso wie ich Steffen ansah, dass auch er unglaublich heiß auf Birte war. Im Grunde genommen war es gar kein Vierer, den wir hier hatten, sondern einfach nur Partnertausch. Während ich mit David schlief, hatte ich allenfalls zwei-, dreimal kurzen Hautkontakt mit Steffen. Ansonsten konzentrierte ich mich ganz und gar auf den Mann, den ich seit fünf Wochen nicht mehr gespürt hatte. Und ich war glücklich, als er schließlich in mir kam – nachdem er mich zuvor zum Höhepunkt gebracht hatte.

Birte und Steffen waren kurz nach uns soweit. Nicht gleichzeitig, aber doch wieder einmal fast. Ich sah den blauen Schmetterling auf Birtes Po auf- und niederhüpfen, während sie auf ihm ritt – immer schneller, bis die Bewegung schließlich erstarb und ich wusste, dass es ihr gekommen war. Steffen stieß sie noch ein paar Mal von unten, dann kam auch er. Als er wieder halbwegs zu sich kam, lächelte ich ihn an, und er erwiderte mein Lächeln. Nah, vertraut, eins mit mir – ungeachtet der Tatsache, dass sein Schwanz in diesem Augenblick gerade in der Muschi einer anderen Frau steckte.

Erst anschließend gab es Abendessen – und dabei bemerkte ich, wie hungrig ich doch war. Kurz zuvor hatte ich einen ganz anderen Hunger gehabt und ihn gierig gestillt. Plötzlich war alles wieder so harmonisch und selbstverständlich mit unseren Freunden, als sei nie etwas gewesen. War etwas gewesen?

Wir sprachen nicht mehr über den zurückliegenden Streit, den wir wohl alle am liebsten vergessen wollten. Das Thema betrachteten wir als erledigt – geklärt per SMS. Stattdessen erzählten wir einander von unseren Urlauben. Wir klärten unsere Freunde auf, dass Schweden keineswegs so mückenverseucht sei, wie das immer wieder behauptet wurde. Dafür zeigten wir ihnen Fotos von traumhaften schwedischen Landschaften und einsamen Inseln in dem großen See, an dem unser Ferienhaus lag. Als wir ihnen erzählten, dass man auf diesen Inseln mutterseelenallein die Nacht am Lagerfeuer verbringen konnte, ohne befürchten zu müssen, von irgendjemandem gestört zu werden, wurden die beiden hellhörig – woraufhin wir ihnen eine kleine Geschichte von unserer Hochzeitsreise nach Schweden ein Jahr zuvor erzählten, als wir auf so einer Seeinsel ein erotisches Swingererlebnis gehabt hatten.

„Klingt so, als sollten wir vielleicht auch mal nach Schweden fahren", sagte David.

„Unbedingt", stimmte Steffen ihm zu. „Vielleicht nächstes Jahr?"

„Na mal schauen", erwiderte er lächelnd und fügte hinzu: „Wie war denn euer Urlaubssex in diesem Jahr?"

„Wundervoll", sagte ich. „Drei Wochen nur mein Liebster und ich."

„Keine Swingerkontakte in Schweden?", fragte David nach.

„Nein", entgegnete Steffen. „In Schweden ist mehr Zweisamkeit in der Einsamkeit angesagt – auch wenn wir das schon anders erlebt haben."

„Und bei euch?", hakte ich nun nach – und hatte das ganz starke Gefühl, dass David auf diese Gegenfrage gewartet hatte.

Daraufhin sahen die beiden sich mit einem vielsagenden Lächeln an. Aha, dachte ich, und war gespannt, was nun folgen würde.

„Auf Ibiza ist nicht so sehr die Einsamkeit angesagt", begann David schmunzelnd. „Eher im Gegenteil."

„Es gibt da durchaus eine Swingerszene", ergänzte Birte. „Und in der haben wir uns ein wenig umgeschaut."

„Nur umgeschaut?", fragte Steffen grinsend.

„Nein, nicht nur umgeschaut", erwiderte David. „Da ging es gut zur Sache. Wir hatten ein paar ziemlich geile Erlebnisse. Kann man nicht anders sagen."

David begann zu erzählen, was sie so alles erlebt hatten, und ich sah in seinen Augen ein Funkeln, das mich ein bisschen irritierte. Vielleicht war es gar nicht mal sein Sex mit anderen Frauen, der mich störte, als vielmehr die Begeisterung, die in seiner Stimme lag. Du bist eifersüchtig, stichelte die Mahnerin in mir. Aber ich achtete nicht weiter auf sie.

„Wir haben da ein Paar kennengelernt, das gar nicht so weit weg wohnt", erzählte David schließlich.

Oha, dachte ich. Was kam nun? Hatten sie ein neues Lieblingspaar gefunden?

„Die beiden", setzte er fort, „veranstalten bei sich zu Haus hin und wieder private Partys mit ausgesuchten Paaren."

„Und ihr gehört jetzt zu diesem erlauchten Kreis?", fragte ich.

„Ja, vielleicht. Jedenfalls haben sie uns zu ihrer nächsten Party eingeladen."

Es entstand ein Moment der Stille. Ich musste mir eingestehen, dass mir das nicht so recht schmeckte. Schließlich aber begannen unsere Freunde breit zu grinsen und Birte fügte hinzu:

„Wir haben ihnen allerdings gesagt, dass wir nur kommen, wenn wir euch mitbringen dürfen."

Plötzlich fühlte sich das ganz anders an. Vor ein paar Sekunden noch hatte ich das merkwürdige Gefühl gehabt, dass Birte und David uns abhandenkommen könnten. Doch Birtes Nachsatz hatte dieses Gefühl ins Gegenteil verkehrt. Erleichtert atmete ich innerlich durch. Ich wusste, dass unsere Freunde die intensive Beziehung mit uns fortsetzen wollten – auch wenn sie sich nicht mehr allein auf uns konzentrieren würden. Aber das geht schon in Ordnung, sagte ich mir. Es gab ausdrücklich kein Streichelmonopol, nur ein Ohne-Kondom-Monopol. Und auch wir hatten ja schließlich vor unserem Schwedenurlaub einen ersten neuen Kontakt geknüpft. Kein Grund also, irgendjemandem irgendetwas übelzunehmen.

„Und was haben sie zu eurer Bedingung gesagt?", fragte Steffen.

„Kein Problem. Im Gegenteil. Wir haben ihnen euer Joyclub-Profil gezeigt, und sie waren restlos begeistert."

„Sind wir denn auch begeistert von ihnen?", hakte ich nach.

„Schauen wir mal", entgegnete David und holte seinen Laptop an den Esstisch. Er öffnete *Joyclub* und dort das Profil von Tanja und Axel, die in der Nähe von Paderborn wohnten – also nicht viel mehr als eine halbe Autostunde von Birte und David entfernt. Wir sahen Bilder von zwei sympathisch wirkenden und durchaus nicht hässlichen Menschen, sie 44, er 45 Jahre alt. Sie hatten erotische Bilder von sich eingestellt und in einem der geschützten Extraordner, auf den unsere Freunde jedoch Zugriff hatten, auch Sexbilder – auf denen nicht nur zwei Menschen zu sehen waren.

„Offenbar sind sie Freunde von Gruppensex", sagte Steffen.

„Das sind sie zweifellos. Deshalb veranstalten sie ja solche Partys", erwiderte David.

„Ich weiß nicht", sagte ich, ohne erklären zu können, woher mein ungutes Bauchgefühl kam.

„Ach komm", entgegnete David augenzwinkernd. „Nach all dem, was ihr uns so erzählt habt, wäre das nicht eure erste Party mit mehreren Paaren."

Das stimmte allerdings. Und dass der Gastgeber Axel fast 20 Jahre älter war als ich, störte mich auch nicht weiter. Ich hatte beim Swingen schon mehrfach Sex mit deutlich älteren Männern gehabt. Solange sie charmant und attraktiv waren, konnte ich mich darauf durchaus einlassen, wie ich festgestellt hatte. Zwei Jahre zuvor hatte ich bei einem erotischen Spiele-Wochenende mit einem Mann gevögelt, der mit seinen damals 48 Jahren genau doppelt so alt gewesen war wie ich zu jener Zeit – der Mann meiner Mailfreundin Ines.

Ich spürte, wie begeistert David von der Idee war, zu viert bei dieser Party zu erscheinen. Er geriet regelrecht ins Schwärmen. Während er redete, führte er langsam sein Weinglas zum Mund, hielt kurz vor den Lippen aber inne. Offenbar hatte sich gerade in diesem Moment ein neuer Gedanke aus seinem Hirn den Weg zu seinen Stimmbändern gebahnt, der erst noch ausgesprochen werden wollte. Ohne getrunken zu haben stellte David sein Weinglas wieder ab und redete weiter. Ich ertappte mich dabei, wie ich nun mehr auf sein volles Glas achtete als auf den Inhalt der Wörter, die aus seinem Mund heraussprudelten. Ob er sein Weinglas wohl noch leeren würde in nächster Zeit?

„Wie viele Paare sind denn bei so einer Party?", wollte ich dann doch wissen.

„Meistens wohl so zehn bis zwölf."

„Paare oder Menschen?", hakte ich nach.

„Paare."

Ganz schön viele, dachte ich. Es stimmte zwar: Auch wir hatten schon Gruppensex mit mehr als vier Beteiligten erlebt – aber nicht mit derart vielen Menschen. Das klang nach einem ziemlich unübersichtlichen Durcheinander. Oder nach Swingerclub in kleinerem Maßstab. Mit so vielen Leuten konnte man ja schließlich nicht gleichzeitig Körperkontakt haben.

„Wann ist denn die nächste Party?", fragte Steffen schließlich.

„Ist noch etwas unklar", entgegnete David. „Sie machen das in sehr unregelmäßigen Abständen. Aber irgendwann in den kommenden Wochen wollen sie wieder dazu einladen."

„Bis dahin haben wir vier erst mal wieder Zeit füreinander. Und das finde ich auch richtig gut so. Wir haben euch ganz schön vermisst", sagte nun Birte mit einem besonders warmen Lächeln und legte ihre Hand auf meine.

„Ja, wir euch auch", entgegnete ich und sah meiner Freundin tief in die Augen. Ich war sehr erleichtert, dass die Missstimmung des Geburtstags verfolgen war.

„Ich finde, es ist ein ganz schönes Kompliment für uns, dass ihr von Schweden aus direkt zu uns gefahren seid", sagte Birte, und ich hatte das Gefühl, ihr Lächeln wurde noch wärmer.

„Das musste sein", sagte Steffen und legte seine Hand auf Birtes Hand, so dass ein kleiner Händehaufen entstand.

„Sehen wir uns denn nächstes Wochenende?", fragte David in einem Ton, der eher wie eine Feststellung klang als wie eine Frage. Als wir einen Moment mit der Antwort zögerten, schob er nach: „Also wir hätten Zeit."

„Wir nicht", entgegnete ich mit ernsthaftem Bedauern.

„Wir sind nächstes Wochenende schon verabredet", fügte Steffen hinzu und erzählte von unserem Treffen mit Natalie und Philipp.

Während mein Liebster sprach, leerte sich Davids Weinglas zusehends.

„Wir haben die beiden kennengelernt, als ihr auf Ibiza wart und wir einfach nicht so recht wussten, wie es mit euch und uns weitergeht", ergänzte ich – und hörte im nächsten Augenblick, wie sich das Selbstbewusstsein in mir zu Wort meldete: He, sagte es sehr deutlich, ihr müsst euch doch nicht entschuldigen für das Treffen in Hildesheim! Stimmt, dachte ich. Genau das hatte ich grad getan. Aber ich war nun auch hin- und hergerissen zwischen meinen Gefühlen. Einerseits hatte ich Lust, diesen neuen Kontakt zu vertiefen, andererseits hätte ich auch gern wieder mehr Zeit mit Birte und David verbracht.

Die müssen jetzt eben mal warten, flüsterten mein Selbstbewusstsein und meine Erotikfee im Gleichklang. Die beiden haben das nicht erklärte Streichelmonopol bereits beendet. Warum solltet ihr das nicht auch tun? Nächstes Wochenende habt ihr jedenfalls etwas anderes vor!

Birte und David waren zwar erkennbar enttäuscht, dass wir eine andere Verabredung hatten, aber sie überspielten das sehr schnell wieder und wechselten das Thema. Wir saßen noch eine ganze Weile am Esstisch, tranken Wein und redeten über dies und das.

Schließlich aber wechselten wir ins Schlafzimmer und verbrachten eine wundervolle Nacht zu viert im Doppelbett der beiden. Der spontane Sex vor dem Abendessen war nur die Vorspeise gewesen. Den Hauptgang zelebrierten wir mit weitaus mehr Nähe und Sinnlichkeit – und dieses Mal nicht einfach nur mit getauschten Partnern, sondern wirklich zu viert und durcheinander. Auch Birte und ich verwöhnten uns gegenseitig mit Zunge, Lippen und Fingern – und ich hatte in dieser Nacht mehr als nur einen Höhepunkt. Jeder davon fühlte sich ein bisschen anders an. Vermutlich auch deshalb, weil ihn mir jedes Mal jemand anders bescherte. Einmal auch ich mir selbst.

Als ich am nächsten Morgen wach wurde, lagen wir ziemlich verknäult in dem großen Bett. Ich musste allen Ernstes erst einmal sortieren, welche Hand und welches Bein eigentlich zu wem gehörte. Außerdem stellte ich fest, dass die Kerzen die ganze Nacht über gebrannt hatten. Wir mussten wohl irgendwann eingeschlafen sein, ohne das zu bemerken.

Schließlich wachten auch die anderen auf, und wir hatten noch einmal Sex miteinander. Als ich dabei Steffens Schwanz im Mund hatte, wusste ich, dass es eine Mischung aus seinem Sperma und Birtes Feuchtigkeit war, die ich da schmeckte. Vielleicht war auch noch ein wenig von meiner eigenen Feuchtigkeit dabei. Schließlich hatten wir während der Nacht mehrfach hin- und hergetauscht. Seinen letzten Orgasmus, so glaubte ich mich zu erinnern, hatte Steffen aber in Birte gehabt. Oder war es in ihrem Mund gewesen?

Wir frühstückten zusammen, dann aber machten Steffen und ich uns auf den Weg nach Hannover. So schön die Nacht in Bielefeld auch gewesen war – ich hatte nun doch das Bedürfnis, nach dem Urlaub wieder zu Hause anzukommen. Außerdem, so wurde mir auf der Heimfahrt brutal bewusst, wartete am nächsten Tag wieder die Arbeit.

Als wir uns an diesem Abend bei *Joyclub* einloggten, fanden wir zwei Mails vor: Die eine war von Birte und David, die noch einmal bekundeten, wie wundervoll die Nacht zu viert gewesen sei – was wir nur bestätigen konnten und das in unserer Antwort auch taten. Die andere Mail war von Natalie und Philipp, die fragten, ob wir heil aus dem Norden zurückgekehrt seien – und vor allem: ob es bei unserer Verabredung am kommenden Samstag bleiben sollte. Natürlich sollte es das. Trotz der heißen Nacht, die wir gerade in Bielefeld verbracht hatten, spürte ich Vorfreude auf diese neue Begegnung.

Kapitel 8:
Drei Paare und eine Überraschung

Bad Nenndorf, August 2010

Wir trafen Natalie und Philipp schon am späten Nachmittag in einem Bistro in Bad Nenndorf, um wieder warm miteinander zu werden – was uns auch sehr schnell gelang. Anschließend fuhren wir gemeinsam weiter zum Club.

Es war wie immer etwas eng in der Umkleide, aber ich bemerkte, dass mir dieses Umziehen zu viert mit unseren neuen Freunden dennoch Spaß machte. Zwar wussten wir von den Bildern aus den Joyclub-Profilen, wie die anderen nackt aussahen, aber das live zu erleben war eben doch etwas anderes. Ich spürte, wie Philipp mich mit seinen Augen abtastete, während ich mich auszog und für einen Augenblick nicht nur oben ohne war, bevor ich mein Cluboutfit anlegte.

Es prickte mich, diesen Augenblick künstlich zu verlängern. Dabei wandte ich Philipp meinen Po zu und bewegte diesen dezent. Nicht sehr, aber doch genug, dass ich seine Blicke auf meinem blanken Hinterteil wusste. Als ich mich wieder umdrehte, trafen sich unsere Blicke, und wir sahen uns für mehrere Sekunden an. Ich erkannte die Lust in seinen Augen. Oh ja, dachte ich, dieser Mann will mich – und ich ihn. Sein durchtrainierter Körper war eine Verführung für jede Frau. Mit dir werde ich heute Nacht ficken, dachte ich – und fragte mich, ob er diesen Gedanken womöglich in meinen Augen lesen konnte. Sollte er – ich war längst bereit für ihn!

Dass auch Natalie und Steffen sich beim Umziehen ähnlich beobachteten, lag in der Natur der Sache. Nur vielleicht mit dem Unterschied, dass mein Liebster wohl vor allem auf ihre üppige Oberweite schielte, die die andere Frau nach dem Ausziehen in einen engen, roten Catsuit verpackte. Sie sah einfach atemberaubend aus. Mein schwarzes Netzkleid, unter dem ich lediglich einen String trug, empfand ich in diesem Moment beinahe als einfallslos. Immerhin bemerkte ich, dass Philipps lüsterne Blicke auch nach dem Umziehen noch an mir klebten. Ganz so einfallslos war mein Outfit dann vielleicht doch nicht – jedenfalls nicht so sehr wie das der beiden Männer, die lediglich Shorts und Shirts trugen. Schade, dass Männer da manchmal recht arm an Fantasie waren. Ich würde Steffen mehr beraten müssen bei der Wahl seiner Cluboutfits, nahm ich mir vor.

Wie immer im Swingerclub gingen wir zunächst an die Bar, bestellten etwas zu trinken und genossen die heitere, lockere Atmosphäre, die sich bereits zuvor im Bistro eingestellt hatte. An Birte und David dachte ich nicht mehr – bis zu dem Augenblick, in dem sie hereinkamen.

Ich stieß Steffen sanft in die Seite und lenkte seinen Blick auf den Eingang. Er schaute überrascht, doch sein Blick ging nach und nach in ein freudiges Strahlen über. Die beiden Bielefelder kamen auf uns zu, umarmten uns, und wir stellten unsere Freunde einander vor.

Auch sie umarmten sich, Natalie und Philipp schienen zu vermuten, dass die beiden hier zufällig auf uns gestoßen waren – was ich aber keineswegs glaubte. Natürlich hatten Birte und David unsere Anmeldung über das Sexforum gesehen und waren ganz gezielt hier. Wollten sie wissen, mit wem wir verabredet waren? Oder hatten sie einfach Sehnsucht nach uns? So ganz wusste ich nicht, was ich davon jetzt halten sollte. Auf jeden Fall empfand ich ihr Aufkreuzen als etwas übergriffig und war im ersten Moment durchaus verärgert. Sie wussten, dass wir anderweitig verabredet waren und stießen unaufgefordert dazu. Nun ja, dachte ich. Mal sehen, was das wird.

Zu meiner eigenen Überraschung konnte ich mich nach ein paar Minuten dann doch auf die neue Situation einstellen. Hilfreich dafür waren sowohl der Prosecco, von dem ich in kurzer Zeit mehrere Gläser trank, als auch der Umstand, dass Natalie und Philipp offensichtlich kein Problem mit der Vergrößerung unserer Runde hatten. Auch Davids charmanter Blick, mit dem er sowohl mich als auch Natalie immer wieder bedachte, trug einiges dazu bei. Ich stellte fest, dass er sie mit diesem tiefen, durchdringenden Blick ebenso fesseln konnte, wie ihm das schon mehrfach bei mir gelungen war.

Irgendwann spürte ich den Alkohol und war ganz froh, dass wir beschlossen, etwas essen zu gehen. Auf dem Weg zum Speiseraum hörte ich, wie David Steffen dezent zuraunte:

„Hör mal, wir wollen euch hier natürlich nichts kaputtmachen. Wenn es euch nicht recht ist, dass wir hier sind, ziehen wir uns nach dem Essen dezent zurück und lassen euch mit euren neuen Freunden allein."

Das versöhnte mich ein wenig, so dass ich innerlich auch Steffens Antwort („Nein, ist schon okay") durchaus zustimmen konnte.

Glücklicherweise ergatterten wir einen Tisch, an dem wir zu sechst Platz fanden – was nicht unbedingt selbstverständlich war. Hier war es deutlich ruhiger als an der Bar, obgleich es auch hier recht voll war. Wir dehnten das Essen lange aus und hatten viel Spaß dabei. Schließlich kam es mir vor, als würden wir uns zu sechst schon ewig kennen.

Als wir irgendwann aufstanden, um einen Streifzug durch den Club zu unternehmen, war es gar keine Frage mehr, ob wir alle gemeinsam losziehen sollten oder nicht. Wir schauten uns zu sechst um, blieben hier und da stehen, beobachteten das Treiben auf den verschiedenen Matten, das nun eingesetzt hatte und nahmen auch selbst ersten, zaghaften Körperkontakt auf.

Wir standen in einem kleinen, etwas abgedunkelten Gang und sahen durch eine Glasscheibe zwei anderen Paaren jenseits dieses Fensters zu. Eine der fremden Frauen lag auf einem Gynstuhl, die andere Frau sowie die beiden Männer streichelten und befummelten sie.

Die vier Menschen waren deutlich älter als wir, einer der beiden Männer hätte auch keinesfalls in mein Beuteschema gepasst. Trotzdem sah es sehr prickelnd aus, was sich da abspielte.

Allerdings passierte das Entscheidende gar nicht jenseits der Glasscheibe, sondern auf unserer Seite. Wir standen zu sechst recht eng zusammen, und nach einigen Minuten des Zusehens spürte ich eine Hand auf meinem Po. Kurz darauf schob sich eine weitere von der anderen Seite unter mein kurzes Netzkleid. Die eine Hand gehörte Steffen, die andere Philipp. Ich blickte kurz nach links und nach rechts, um beide Männer anzulächeln – vor allem Philipp, der mein Lächeln wohl völlig richtig als Zustimmung interpretierte. Auch ich ließ eine Hand vorsichtig in seine Richtung gleiten und berührte die Haut seines Oberschenkels.

Daraufhin wurde er mutiger und ließ seine Finger auch unter den Stoff meines Strings gleiten. Beinahe reflexartig stellte ich meine Beine ein klein wenig weiter auseinander. Die Hand, die sich dann zwischen meine Beine schob, gehörte Steffen – der jedoch dem anderen Mann rasch Platz machte, als er bemerkte, dass der das gleiche Ziel hatte. Steffen wusste in solchen Situationen doch immer wieder ganz genau, was ich wollte.

Philipps zärtliches Streicheln zwischen meinen Beinen war wundervoll. Er tastete sich von hinten zu meinen Schamlippen vor, zwischen die er mühelos eintauchen konnte. Feucht genug dafür war ich bereits. Ich schloss für einen Moment die Augen und genoss seine Liebkosungen, dann wandte ich mich ihm zu und gab ihm einen kurzen Kuss auf die Wange. Auch er drehte den Kopf zu mir, und aus meinem flüchtigen Küsschen wurde ein richtiger Kuss. Unsere Lippen fanden sich, unsere Zungen spielten zärtlich miteinander. Was jenseits des Fensters am Gynstuhl passierte, interessierte mich längst nicht mehr. Es gab jetzt nur noch uns sechs und unser Fummeln im Stehen.

Als ich wieder wahrnahm, was neben Philipp und mir passierte, sah ich Davids steifen Schwanz, der in Natalies Mund verschwand. Sie hatte sich vor ihn gekniet und blies ihn. Ihre andere Hand hatte sie zu meinem Liebsten ausgestreckt und hielt auch dessen Schwanz umklammert – gemeinsam mit Birte, die neben Steffen stand und mit ihm knutschte. Wie gut, dass Steffens Schwanz groß genug für zwei Frauenhände war, schoss es mir durch den Kopf.

„Eine Spielwiese", brachte David stöhnend hervor. „Wir brauchen eine Spielwiese!"

Natalie entließ seinen Schwanz aus ihrem Mund, blickte nach oben zu uns anderen und sagte nickend:

„Ja, lasst uns eine Spielwiese suchen!"

Da niemand umgehend reagierte, wechselte sie aber trotz ihrer klaren Aussage noch kurz zu Steffens Schwanz und nahm auch diesen in den Mund. Ich sah ihr an, dass es ihr schwerfiel, auch ihn wieder freizugeben, als sich unser Grüppchen schließlich doch für einen Ortswechsel in Bewegung setzte.

Erfreulicherweise brauchten wir nicht lange, um die freien Matten unter einem Podest zu finden. Die Spielwiese war sehr niedrig, man musste aufpassen, dass man sich beim Hineinkrabbeln nicht den Kopf stieß. Drinnen aber war der kleine, abgedunkelte und mit Matten ausgelegte Raum sehr kuschlig – und vor allem: Wir hatten ihn für uns.

Jetzt ging alles ziemlich schnell. Unsere wenigen Sachen flogen in irgendwelche Ecken und nackt setzten wir auf der Spielwiese das fort, was wir kurz zuvor im Stehen begonnen hatten. Hände wanderten über verschiedene Körper, ertasteten und erforschten fremde Haut, Lippen fanden sich zu Küssen zusammen.

Philipps Hand streichelte erneut meine Oberschenkel, die ich bereitwillig für ihn öffnete – woraufhin seine Lippen dem Weg seiner Hand folgten. Als er mit der Zunge meinen Kitzler fand, stöhnte ich auf. Ja, dachte ich. Das war nun genau das, was ich wollte: verwöhnt werden von diesem Mann, dessen Körper ich noch nicht kannte. Aber das würde sich nun ändern, wie ich wusste.

Ich blickte zur Seite und sah, dass auch die anderen sich mit Zungen und Lippen gegenseitig verwöhnten. Natalie kniete vor David und blies ihn, während Steffen unter ihr lag und sie leckte. Birte kniete neben meinem Liebsten und hatte seinen Schwanz im Mund. Ich streckte meine Hand zu meiner Freundin aus, streichelte ihren schönen Po und ließ meine Finger auch zwischen ihre Beine gleiten. Sie war ebenso feucht wie ich selbst. Daraufhin hockte sie sich mit dem Schoß über meinen Kopf. Ich erfüllte ihr ihren Wunsch und leckte sie, während ich noch immer Philipps Zunge zwischen meinen Schamlippen spürte. Birte kam wieder einmal erstaunlich schnell und war sehr laut dabei. Offenbar hatte ich mit Zunge und Fingern den richtigen Punkt gefunden. Ich selbst war noch längst nicht so weit, obgleich es geil war, was Philipp mit mir tat.

Birte wechselte ihre Position und ich konnte wieder sehen, was um mich herum passierte. Natalie war inzwischen von Davids zu Steffens Schwanz gewechselt und blies ihn ebenso hingebungsvoll wie zuvor den anderen Mann. Ich bekam große Lust, ebenfalls einen Schwanz zu verwöhnen.

Ich nahm Philipps Kopf in die Hände, zog ihn aus meinem Schoß und küsste ihn. Dann drückte ich den Mann auf den Rücken, kniete mich zwischen seine Beine und machte mich über ihn her. Als ich ihn in den Mund nahm, war sein Schwanz schon groß und steif. Offensichtlich gefiel ihm, was ich tat. Jedenfalls begann er sofort zu stöhnen, als sich meine Lippen und meine Finger um ihn schlossen. Ich blies ihn eine ganze Weile, hörte dann allerdings wieder damit auf. Schließlich hatte ich nicht die Absicht, ihn zum Spritzen zu bringen – jedenfalls nicht mit dem Mund. Außerdem wollte ich diesen Schwanz erst noch an anderer Stelle spüren.

Philipp schien den gleichen Gedanken zu haben. Als ich aus seinem Schoß auftauchte und ihn vielsagend anlächelte, griff er in das Körbchen mit den Kondomen. Er nahm eins davon heraus – aber David war schneller. Er hatte sich inzwischen hinter mich gekniet, meine Pobacken gegriffen, und ehe ich mich versah, war er auch schon in mir. Er nahm mich zunächst sehr sanft und gefühlvoll, während seine Hände meine Hüften festhielten.

Mein Lächeln in Philipps Richtung verwandelte sich in ein bedauerndes Achselzucken, als ich sah, dass der Mann mich irritiert anschaute. Auch ich hätte in diesem Augenblick eigentlich eher Lust auf einen Fick mit Philipp gehabt, wollte aber auch David nicht abweisen. Keine Sorge, flüsterte meine Erotikfee. Der Reigen hat gerade erst begonnen. Du wirst auch diesen anderen Schwanz noch in dir spüren. Ich gab ihr recht. Doch ich sollte mich irren.

Während Davids Stöße in mir heftiger wurden, warf Philipp das Kondom ins Körbchen zurück, krabbelte zu seiner Frau und flüsterte ihr etwas ins Ohr. Dann gerieten die beiden aus meinem Blick und ich konzentrierte mich auf David und das, was er gerade mit mir tat – abgesehen davon, dass ich fasziniert auf Birte und Steffen schaute, die sich vor meinen Augen gegenseitig mit dem Mund verwöhnten. Ich fand es schon immer unglaublich erregend, den Schwanz meines Liebsten im Mund einer anderen Frau verschwinden zu sehen.

Im nächsten Augenblick allerdings sah ich noch etwas anderes verschwinden: Natalie und Philipp nahmen ihre Sachen und verließen den Raum. Sie blickten noch einmal kurz zurück, Natalies Blick traf meinen, ich nahm ihr leichtes Achselzucken wahr, dann waren sie verschwunden.

Was war das denn, dachte ich verwundert, legte die Frage aber erst einmal beiseite. Es war einfach zu schön, was David gerade mit mir tat. Kurz darauf drehte er mich auf den Rücken und nahm mich in der Missionarsstellung. Birte legte sich neben mich und Steffen tat es mit ihr auf die gleiche Weise. Die Männer steigerten ihr Tempo und brachten uns beide zum Höhepunkt. Erst kam es erneut Birte, dann auch mir. Etwas später spürte ich, wie auch David in mir kam, kurz nachdem auch Steffen seinen Höhepunkt in Birte erlebt hatte.

„Was war das denn?"; fragte ich nun aber die anderen drei, als wir alle wieder zur Ruhe kamen.

„Geil war das", entgegnete David schmunzelnd und drückte seinen noch immer in mir steckenden Schwanz wieder etwas tiefer in mich hinein – obgleich der bereits stark geschrumpft war.

„Das meinte ich nicht", erwiderte ich. „Ich meinte das mit Natalie und Philipp. Wieso sind die denn plötzlich ausgestiegen?"

„Wer nicht will, der hat schon", sagte David achselzuckend und sah sich erstaunt um. Hatte er erst jetzt wahrgenommen, dass die beiden verschwunden waren?

„Nein", entgegnete Steffen. „Hatten sie nicht. Die waren beide noch nicht so weit. Natalie jedenfalls nicht."

„Philipp auch nicht", ergänzte ich.

„Schon komisch", sagte Birte nachdenklich, während mich ein merkwürdiges Gefühl beschlich.

Aber wir konnten es jetzt nicht klären. Alle Mutmaßungen würden vorerst Mutmaßungen bleiben müssen – auch wenn ich gern gewusst hätte, warum die beiden aus unserem Sechser ausgestiegen waren. Geil war der Sex allerdings trotzdem gewesen. Da hatte David schon recht.

Nach dem Duschen gingen wir zur Bar. Auf dem Weg dorthin bog ich zur Toilette ab – und entdeckte Natalie, die dort ebenfalls wartete. Wie so oft in diesem Club musste man vor den wenigen Toiletten anstehen.

„Das war aber ein plötzlicher Aufbruch", sagte ich zu ihr.

„Wir wussten nicht, dass ihr ein AO-Paar seid", entgegnete sie achselzuckend und ziemlich kühl.

„Ein AO-Paar?", echote ich und sah sie erschrocken an. Durch meinen Kopf raste plötzlich ein unglaubliches Gewirr verschiedenster Gedanken. Natürlich mussten die beiden uns für ein AO-Paar halten, als sie gesehen hatten, dass David mich blank gefickt hatte. Wie hätten sie denn wissen sollen, dass wir keineswegs zu jenen Swingern gehörten, die ungeschützt wild durch die Gegen vögelten?

„Nein, sind wir nicht", erwiderte ich.

„Das sah aber grad sehr so aus", entgegnete sie mit einem leicht schnippischen Unterton.

„Ja, naja, kann sein, dass das jetzt für euch so ausgesehen hat. Aber normalerweise machen wir Partnertausch ausschließlich mit Kondom. Nur mit Birte und David machen wir es ohne. Das hat etwas damit zu tun, dass Birte eine Latexallergie hat. Und natürlich damit, dass wir die beiden schon eine ganze Weile ziemlich gut kennen. Da haben wir die Verabredung getroffen, dass wir vier es ohne Kondom machen. Aber eben nur wir vier, ganz exklusiv. Ansonsten sind wir immer ganz brav und benutzen Gummis", erklärte ich mit weit mehr Worten als vermutlich gut war.

Natalie hörte zu, schaute mich skeptisch an, zuckte schließlich verständnislos mit den Schultern und entgegnete: „Sag ich doch: Ihr seid ein AO-Paar. Und mit solchen Hardcore-Paaren machen wir es nicht. Auch nicht mit Gummi. Das Risiko ist uns zu hoch. Bei aller Geilheit: Unsere Gesundheit ist uns wichtiger. Allein schon deshalb, weil wir Verantwortung für unsere Familie haben."

Bevor ich dazu noch etwas sagen konnte, entschwand Natalie hinter der Toilettentür, die sich inzwischen geöffnet hatte. Ich starrte einen Augenblick auf die Tür vor mir. Dann beschloss ich, nicht abzuwarten, bis sich diese Tür wieder öffnen würde, sondern lieber eine andere Toilette zu suchen.

AO, dachte ich immer wieder. Die Abkürzung trommelte geradezu in meinem Kopf. Nun steckten wir also in dieser Schublade, von der wir uns eigentlich stets hatten fernhalten wollen. Es war ein Jammer, dass die beiden nun offensichtlich keinen Kontakt mehr mit uns wollten. Trotzdem konnte ich sie auch verstehen. Vielleicht hätten Steffen und ich ja umgekehrt ebenso reagiert. Wahrscheinlich sogar.

Birte und David zeigten weit weniger Verständnis für Natalies Äußerungen, als ich den anderen kurz darauf von dem Gespräch vor der Toilettentür erzählte.

„Warum haben manche Leute nur gleich so eine Panik, wenn mal etwas anders läuft, als sie es gewohnt sind?", fragte David. Er klang jetzt genervt, geradezu gereizt.

„Irgendwie verstehen kann ich die beiden ja schon", entgegnete ich – und zog mir damit einen sehr merkwürdigen und durchdringenden Blick zu, den ich nicht deuten konnte. Der war von Davids charmantem Augenaufschlag, mit dem er Frauen beinahe hypnotisieren konnte, weit entfernt. Ich hätte einiges darum gegeben, in diesem Moment in seinen Kopf schauen zu können.

Wir ließen uns allerdings nicht den Abend verderben. Zunächst setzten wir uns an die Bar, tranken nette Sachen und sahen anderen Menschen beim Tanzen zu. Auch Birte und ich gingen auf die Tanzfläche, während die Männer zurückblieben und uns zusahen.

Etwas später zogen wir noch einmal durch den Club, fanden einen Platz auf einer Spielwiese und hatten erneut Sex. Dabei waren auch andere Paare in der Nähe, und wir weiteten unser Liebesspiel zeitweise noch etwas aus. Ebenso wie Birte ließ ich es zu, dass fremde Hände über meinen Körper wanderten. Die Frau eines Paares neben uns ließ sich bereitwillig von David anfassen. Offensichtlich machte es ihn an, mit jeder Hand eine Muschi zu befummeln, die nicht die seiner eigenen Frau war. Auch ich fand es geil, kurz darauf David in mir zu spüren, während ich den Schwanz eines fremden Mannes mit dem Mund verwöhnte. Als der etwas später zu einem Kondom griff und mich fragend ansah, schüttelte ich allerdings den Kopf. Mir war in diesem Augenblick nicht danach, mit einem Mann zu vögeln, mit dem ich noch nie ein Wort gewechselt hatte – wenngleich ich so etwas bei anderer Gelegenheit durchaus schon getan hatte.

Es war bereits weit nach Mitternacht, als wir später ein drittes Mal durch den Club wanderten. Wir alle wussten wohl nicht so recht, ob wir noch einmal Sex haben oder uns einfach nur ein bisschen umschauen wollten. Oftmals ergab sich ja auch das eine aus dem anderen. Zu sehen gab es in gut besuchten Clubs immer etwas. Und diesen Club hatten wir noch nie anders erlebt als gut besucht.

Als wir ins sogenannte Beduinenzimmer schauten, waren dort in der sinnlichen Atmosphäre aus gedämpftem Licht und hängenden Tüchern mehrere Paare miteinander beschäftigt – und mittendrin Natalie und Philipp. Auch sie hatten den Abend ohne uns fortgesetzt.

Warum auch nicht. Offenbar hatten sie anderweitig Anschluss gefunden, denn sie beschäftigten sich nicht nur miteinander. Ich sah Philipp auf dem Rücken liegen, während eine fremde Frau auf ihm saß und seinen Schwanz in sich hatte. Ich konnte deutlich erkennen, wie sein steifes Teil zwischen ihren Pobacken verschwand. Und natürlich war es in ein Kondom verpackt. Ich bedauerte es noch immer, dass ich diesen Schwanz nicht in mir hatte spüren dürfen. Das hätte ich wirklich gern mit diesem attraktiven Mann erlebt. Natalie kniete neben Philipp und ließ sich von hinten nehmen – vermutlich von dem Mann, der zu jener Frau gehörte, die es gerade mit Philipp trieb. Wir sahen ihnen ein wenig zu, dann traf mein Blick den von Natalie. Wir sahen uns eine gefühlte Ewigkeit an, dann wandte sie ihren Blick wieder ab und wir verließen den Raum.

„Schade", murmelte Steffen.

Er sprach mir aus der Seele.

Kapitel 9:
Die unwiderstehliche Lust auf Gruppensex

Paderborn, September 2010

Auch Birte und David waren nicht ganz glücklich mit dem Ausgang dieses Clubabends – wenn auch aus unterschiedlichen Gründen. Während es Birte leid tat, dass sie mit ihrem Erscheinen und dem gummifreien Partnertausch die beiden Hildesheimer vergrault hatten, war David eher enttäuscht, dass der gerade begonnene Sechser sich nicht so entwickelt hatte, wie er sich das wohl gewünscht hätte.

„David ist im Moment ziemlich heiß auf Gruppensex", erzählte mir Birte, als ich ein paar Tage später mit ihr telefonierte. „Das ist vermutlich eine Nachwirkung unseres Ibiza-Urlaubs."

„Aber das hatten wir zu viert in den vergangenen Monaten doch immer wieder", entgegnete ich. Im ersten Moment hatte ich wohl tatsächlich nicht ganz verstanden, was sie meinte.

„Nicht in der Art", erklärte sie. „Wir hatten da auf Ibiza ein Erlebnis mit mehreren Paaren, wo es ziemlich wild durcheinander ging. Das hat David einen wahnsinnigen Kick gegeben. Er fand es wohl sehr heiß, eine Frau nach der anderen zu ficken und dabei auch immer noch links und rechts fummeln zu können. Naja, du weißt schon: Gruppensex eben."

„Wie fandest du das denn?", wollte ich wissen. Schließlich waren die männliche und die weibliche Wahrnehmung solcher Dinge nur selten deckungsgleich.

„Heiß war das schon – das muss ich tatsächlich zugeben", erwiderte sie. „Auch wenn ich glaube, dass David das noch mehr genossen hat als ich. In dem Getümmel hat er sich auch einen lange gehegten Wunsch erfüllen können."

„Nämlich?"

„Ein Sandwich."

„Mit dir?"

„Nein, ich mag kein anal."

„Ach ja, ich hörte davon."

„Mit dir hat er es aber schon mal anal gemacht, oder?"

„Ja", sagte ich und dachte an das getrennte Wochenende zurück. „Aber nur in der einen Nacht. Ich stehe auch nicht sonderlich auf diese Spielart. Auch wenn ich zugeben muss, dass es prickelnder war, als ich es erwartet hätte."

Dass ihr Mann mich in der Nacht ihres Geburtstags vermutlich auch im Sandwich hatte nehmen wollen, erzählte ich meiner Freundin nicht. Hatte er es ihr wohl erzählt?

„Tja", erwiderte Birte und dehnte dieses „Tja" sehr aus. „Da hat der Mann nun zwei Frauen, mit denen er regelmäßig vögeln kann, aber beide mögen kein anal. Und dann gerät er bei dieser Gruppensex-Party in eine Situation, wo ihm eine fremde Frau ihren Hintern geradezu provozierend anbietet."

„Da hat er nicht widerstehen können, was?"

„Nein, natürlich nicht. Die Frau hat einen Mann geritten, hat sich zu David umgesehen und sich selbst mit der Hand auf den Po geklatscht. Das war natürlich eine Einladung, die er gern angenommen hat. Jedenfalls kniete er sich dann hinter sie und hat sie genommen. Was die Frau sichtlich genossen hat. Meine Güte, ist die abgegangen, als sie zwei Schwänze gleichzeitig in sich hatte!"

Ich war mir nicht sicher, ob ich wirklich alle Details dieser Ibiza-Gruppensex-Party hören wollte. Aber abblocken konnte ich Birtes Erzählung auch nicht; dafür war ich dann doch zu neugierig. Ich spürte allerdings ein wenig Eifersucht, dass David mit anderen Frauen andere Dinge getan hatte als mit mir.

Nun ja, murmelte meine Erotikfee. Ein Sandwich hast du ihm ja auch verweigert. Das stimmte natürlich. In der Nacht bei Birtes Geburtstag hatte David einen Anlauf dazu unternommen, während ich gerade auf Steffen saß. In dem Moment war ich mir nicht sicher gewesen, ob ich das wirklich so hatte deuten sollen. Aber als ich mir nun nach Birtes Erzählung dieses Erlebnis noch einmal ins Gedächtnis rief, war ich mir sehr sicher, dass David mich in jener Nacht im Sandwich hatte ficken wollen.

Dass Birtes Erzählung bei mir Eifersucht auslöste, irritierte mich. Wenn ich Steffen mit anderen Frauen erlebte, kam so etwas nicht auf – auch wenn ich seine

Schilderungen von gemeinsamen Orgasmen mit Birte zunächst auch nicht so ohne weiteres weggesteckt hatte. Trotzdem war ich bei meinem eigenen Mann innerlich großzügiger, wie ich feststellte. Natürlich, flüsterte der Liebesengel in mir: Bei ihm bist du dir ja auch sicher, dass er dir nicht verlorengeht. Bei David ist das so eine Sache. Irgendwie hatte es doch ungeahnte Nebenwirkungen, wenn man zwei Männer liebte.

Liebte ich denn zwei Männer? Oder bildete ich mir das nur ein? So ganz sicher war ich mir da mittlerweile auch nicht mehr. Vielleicht war Liebe doch ein zu großes Wort für unsere Beziehung zu viert.

Gruppensex, dachte ich nach dem Ende des Telefonats und ließ den Begriff noch einmal ganz langsam durch meine Gedanken wandern. Dabei dachte ich unwillkürlich an jene Privatparty, zu der Birte und David uns demnächst mitnehmen wollten. Ich sah viele nackte und ineinander verknäulte Menschen, die wild durcheinander vögelten. Machte mich diese Vorstellung wirklich an? Natürlich wusste ich, dass die Realität stets anders war als das Kopfkino. Und wenn ich an unser erotisches Spiele-Wochenende zwei Jahre zuvor zurückdachte, dann war das eine wundervolle und höchst erotische Erinnerung. Da hatten wir ebenfalls ein munteres Durcheinander mehrerer Paare erlebt.

Für mein Empfinden begann Gruppensex auch schon im Mit- und Durcheinander zu viert. Für Birte und David schienen dazu mindestens fünf oder sechs oder besser noch mehr Mitspieler zu gehören. Nun ja, es war sicher Ansichtssache, wie man das definierte.

Immerhin wusste ich nun etwas besser woran ich war. David hatte eine neue sexuelle Vorliebe entdeckt, und die wollte er mit uns allen teilen. Eigentlich war das nur folgerichtig. Wir hatten eine Beziehung zu viert – und solche Dinge lebte man dann auch gemeinsam aus.

Dennoch war ich hin- und hergerissen beim Gedanken an diese bevorstehende Party bei den neuen Freunden unserer Freunde. Ich hatte ein bisschen halbherzig zugestimmt, dass wir mit dabei sein würden. Einerseits hatte ich das Gefühl, Birte etwas zu schulden, weil ich Sex mit ihrem Bruder gehabt hatte. Andererseits war da aber auch die undefinierbare Befürchtung, dass mir die Sache vielleicht zu heftig werden könnte. Zugleich konnte ich jedoch nicht abstreiten, dass ich auch neugierig war. Als ich mit Steffen darüber sprach, stellte ich fest, dass er sehr offen an die Sache heranging – und bei ihm viel Vorfreude vorhaben war.

Schließlich kam eine Rundmail von Tanja und Axel, den beiden Gastgebern der geplanten Orgie:

Hallo ihr Lieben,

es ist wieder so weit. Die nächste Party in unserem bescheidenen Heim steigt am übernächsten Samstag. Wie es aussieht, sind dieses Mal zwölf Paare und zwei einzelne Her-

ren dabei. Die meisten von euch kennen sich ja, aber wir dürfen auch vier neue Gesichter in unserer kleinen Runde begrüßen: Birte und David aus Bielefeld sowie Kirsten und Steffen aus Hannover. Auf euch vier freuen wir uns natürlich ganz besonders und finden es toll, dass ihr euch auf den Weg nach Paderborn macht. Es wird bestimmt wieder eine heiße Nacht. Wie immer gilt: Trauschein im Auto lassen, alle Muschis gehören allen!

Geile Grüße, Tanja und Axel

Alle Muschis gehören allen? Ich las diesen Satz mehrfach – in der Hoffnung, dass das doch wohl nicht allen Ernstes dort stand. Aber doch, genau das hatten sie geschrieben.

„Die spinnen wohl", sagte ich leicht ungläubig zu Steffen und verschränkte unwillkürlich die Arme. „Meine Muschi gehört mir. Und ich allein entscheide, wer damit spielen darf!"

„Natürlich entscheidest du das allein", entgegnete Steffen grinsend und legte den Arm um mich. „Ist doch nur eine Floskel, mit der die beiden etwas anderes umschreiben wollen."

„Ach ja?", fragte ich und blieb in meinem Schneckenhaus. „Was denn?"

„Dass allgemeiner Partnertausch angesagt ist und es munter durcheinander gehen darf."

Natürlich wusste ich das auch ohne Steffens Erklärung. Und selbstverständlich war mir klar, dass es bei dieser Party vermutlich sehr durcheinander gehen würde. Aber dieser Satz von Trauscheinen und Muschis war nicht dazu angetan, meine Skepsis zu verringern. Ich hatte von Anfang an ein komisches Bauchgefühl bei der Sache gehabt – und das verstärkte sich nun eher noch.

Tanja und Axel hatten eine Teilnehmerliste mitgeschickt, und wir sahen uns die Joyclub-Profile der anderen Mitspieler an. Wir stellten fest, dass ich dieses Mal nicht die Jüngste sein würde. Eine der Frauen war gerade mal 23 – also noch drei Jahre jünger als ich. Dafür war ihr Partner 42. Der älteste Teilnehmer gab im Profil sein Alter mit 56 an. Eine ziemliche Spanne, dachte ich.

Erfreulicherweise wirkte niemand wirklich unangenehm – auch wenn mehrere Paare nach meinem Eindruck ein bisschen hardcoremäßig drauf waren. Gepiercte Schwänze zählten noch nie zu meinen Vorlieben, dachte ich beim Betrachten einer der Bildergalerien. Diesem Mann würde ich sicherlich keinen Zugang zu meiner Muschi gewähren – jedenfalls nicht seinem Schwanz. Konnte so ein Piercing eigentlich ein Kondom beschädigen? Ich hatte keine Ahnung, und auch Steffen hob unwissend die Schultern, als ich ihn danach fragte. In mir haben wollte ich einen derart verzierten Schwanz jedenfalls nicht, beschloss ich vorsichtshalber.

Als der Termin näherrückte, begann ich mir Gedanken über mein Outfit zu machen. Das war auch vor unseren Clubbesuchen immer wieder so. Inzwischen hatte ich zwar eine gewisse Auswahl im Schrank, aber ich grübelte doch jedes Mal neu, was ich wie kombinieren würde oder ob ich nicht vielleicht doch noch etwas ganz Neues brauchte. Steffen verdrehte zwar manchmal unwillig die Augen, wenn ich ihn um Rat fragte (der meist auch nur begrenzt Sinn machte), aber immerhin sah er mir doch gern zu, wenn ich im Schlafzimmer vor dem Spiegel stand und verschiedene Sachen durchprobierte. Er setzte sich dann aufs Bett, gab gelegentlich Kommentare ab (jedenfalls dann, wenn ich ihn dazu aufforderte) und fotografierte mich in den unterschiedlichen Kleidungsstücken – was durchaus hilfreich war, weil ich anhand der Bilder besser beurteilen konnte, was wie aussah. Gelegentlich fand so ein Foto auch Eingang in unsere Bildergalerie bei *Joyclub*. So hatte die kleine Modenschau für meinen Liebsten auch noch einen Zusatznutzen.

Ich schwankte am Ende zwischen einem sehr kurzen Cocktailkleid ohne was drunter und einer Corsage mit passendem Slip und Netzstrümpfen. Sicher war ich mir nur bei meinen neuen Pumps, die zu beiden Outfit-Varianten gut passen würden.

Zwei Tage vor der geplanten Party (ich war noch immer unsicher, welches Outfit ich nun wirklich tragen sollte), kam noch einmal eine Mail unserer Gastgeber, in der sie die Adresse mitteilten und erläuterten, wo man am besten parken konnte, wenn beide Stellplätze vor ihrem Carport schon belegt sein sollten. Das interessierte mich weniger. Schließlich wollten wir bereits am Vorabend zu Birte und David fahren und dann alle vier gemeinsam anreisen. Meine Aufmerksamkeit galt einmal wieder dem letzten Satz der Mail:

> *„Auf vielfachen Wunsch haben wir übrigens beschlossen, dass wir dieses Mal eine FKK-Party machen."*

So viel also zur Frage des Outfits.

Irgendwie fühlte ich mich nackt, als wir schließlich im Wohnzimmer unserer Gastgeber standen. Vermutlich ganz einfach deshalb, weil ich nackt war. Dass Tanja und Axel uns kurz zuvor bei der Begrüßung (da allerdings noch vollständig bekleidet) herzlich in den Arm genommen hatten, war für eine Swinger-Party natürlich normal. Auch dass Axel Birte bei dieser Umarmung kräftig den Hintern knetete, lag wohl in der Natur der Sache. Immerhin hatten sie ja ein paar Wochen zuvor auf Ibiza miteinander Sex gehabt, wie ich erfahren hatte. Doch dass Axel das Gleiche anschließend auch mit mir tat, fand ich etwas verwirrend. So vertraut waren wir nach den paar Mails ja nun wirklich noch nicht. Und ob wir das noch werden würden, blieb abzuwarten.

Im Grunde genommen begann die Party wie irgendein Geburtstag im normalen Freundeskreis: Tanja und Axel hatten in der Küche ein kalt-warmes Buffet aufgebaut, dazu gab es reichlich Getränke, man aß im Stehen oder am Esstisch, übte sich in gepflegtem

Smalltalk und versuchte, unbekannte Menschen ein wenig kennenzulernen. Der einzige Unterschied zu einer Normalo-Party war nur, dass alle Gäste vor Betreten des Wohnzimmers in einen kleinen Nebenraum geführt wurden, wo sie sich ihrer Kleidung entledigten. Als alle da waren, zogen auch Tanja und Axel sich vollständig aus, so dass nun alle Anwesenden nackt waren.

Trotzdem wurde ich zu meinem eigenen Erstaunen relativ schnell warm mit der Situation. Dazu trug sicherlich auch die angenehme Atmosphäre bei, die das schöne Haus ausstrahlte. Im Wohnzimmer brannte ein Kaminofen, dessen Feuerschein in dem insgesamt gedämpften Licht des Raumes überall immer mal wieder gut sichtbar wurde. Die Möbel bestanden überwiegend aus massivem Eichenholz, am großen Esstisch ließen sich einige Gäste nieder, andere hatten es sich in der Sofaecke bequem gemacht.

In dem großen Raum lag ein riesiger, flauschiger Teppich, und ich hatte die Fantasie, dass der etwas später vielleicht als Spielwiese dienen würde. Allerdings ahnte ich, dass das für sexuelle Aktivitäten möglicherweise eine ziemlich harte Unterlage sein könnte – auch wenn sich der dicke Teppich unter den nackten Füßen sehr behaglich anfühlte. Aber wer wusste schon, was unsere Gastgeber so alles planten. Schließlich gab es in dem Haus noch mehr Zimmer, und Axel hatte zur Begrüßung betont, dass das gesamte Haus allen offenstehe. Das empfand ich als sehr angenehm.

Möglicherweise würde es ja gar kein ganz großes Durcheinander mit allen Anwesenden geben, sondern mehrere kleinere Aktionen in unterschiedlichen Räumen – ähnlich wie im Swingerclub. Ich stellte fest, dass mir dieser Gedanke weit mehr gefiel – auch wenn ich natürlich ahnte, dass David das allgemeine Durcheinander bevorzugen würde. Tat Birte das wohl auch? Da war ich mir nicht ganz sicher.

„Mal schauen", entgegnete sie schmunzelnd, als ich sie in einem stillen Moment bei Kartoffelsalat und Nackensteak danach fragte. „Ein bisschen habe ich ja die Fantasie, heute endlich mal zu meiner Spermadusche zu kommen."

„Spermadusche?", fragte ich irritiert.

„Ich hab dir doch erzählt, dass das meine Fantasie ist. Nach meinem Geburtstag war ich ganz schön neidisch auf dich, als ich das Foto gesehen habe, auf dem du so spermaverschmiert warst. In der Nacht hast du meine Fantasie ausgelebt – während ich betrunken war und nichts mitbekommen habe", fügte sie mit bedauerndem Unterton hinzu.

Das war wohl auch besser so, dachte ich mit Blick auf ihren Bruder, sprach es aber nicht aus. Stattdessen entgegnete ich:

„Es hatte sich so ergeben. Meine Fantasie war das eigentlich nicht."

„Ich weiß. Trotzdem hat mich dieses Foto von dir ziemlich angemacht. Wollen wir doch mal sehen, ob es hier nicht ein paar Herren gibt, die das Gleiche mit mir anstellen möchten", sagte Birte, und ich erkannte im Funkeln ihrer Augen, dass sie das durchaus ernst meinte.

Aha, dachte ich. Nicht nur David. Auch Birte würde wohl das große Durcheinander bevorzugen. Ich atmete tief durch und schenkte mir von dem Rotwein nach, der ziemlich lecker war.

Das Essen zog sich eine ganze Weile hin, doch ich bemerkte, dass hier und da bereits ein wenig gefummelt wurde – wenn auch zunächst eher sanft. Ein leichtes Tätscheln hier, ein vorsichtiges Berühren da, scheinbar zufälliger Hautkontakt in der vollen Küche: Es wurde erster Körperkontakt aufgenommen. Auch auf meinem Po spürte ich mehrfach eine fremde Hand, die über meine Haut strich.

Einer der anwesenden Männer beließ es nicht dabei, sondern tastete sich mit seinen Fingern von meinem Po zielstrebig zwischen meine Oberschenkel. Ich stand mit Steffen am Kamin, hatte mein Weinglas in der Hand und ließ den fremden Mann zunächst gewähren. Dann aber nahm ich wahr, dass er etwas abgestanden roch. Ich schaute ihn an, bedachte ihn mit einem freundlich-neutralen Lächeln und schüttelte zugleich den Kopf. Er schaute mich mit Bedauern im Blick an, aber respektierte meine Ablehnung und zog sich zurück.

Steffen und ich blieben mit Birte und David am Kamin zurück und unterhielten uns über das schöne Haus unserer Gastgeber sowie die anderen Partygäste. Hier in dem vertrauten Vierer-Kreis fühlte ich mich einigermaßen sicher. In unseren Blick fiel das Küken des Abends – jene 23-Jährige mit ihrem deutlich älteren Partner, an deren Profil ich mich ganz gut erinnern konnte. Die Frau hatte kurze, hellrote Haare, ein Piercing sowohl in der Unterlippe als auch in der Nase und hatte an den Hüften wohl ein paar Kilo mehr als ihr lieb sein dürfte, wie ich mutmaßte. Für männliche Blicke war sie dennoch der absolute Blickfang – allein schon wegen ihrer riesigen Oberweite.

„Ob die Brüste echt sind?", fragte David eher sich selbst als uns.

„Ja, sind sie", entgegnete ich.

Ich hatte in den inzwischen mehr als drei Jahren unserer Zeit als Swinger schon mehrfach Silikonbrüste gesehen. Auch wenn manche davon recht gut gemacht waren, hatte ich mittlerweile einen Blick dafür entwickelt, was echt war und was nicht. Diese junge Frau, da war ich mir sehr sicher, hatte von Natur aus einen solch sensationellen Busen.

„Ja, ich glaube auch", stimmte Birte mir zu.

„Möchtest du es überprüfen?", fragte ich David grinsend, ohne das ernst gemeint zu haben.

„Ja, warum eigentlich nicht?", entgegnete er jedoch, stellte sein Weinglas ab und ging zu der Rothaarigen, die neben einem Sofa stand und sich mit ihrem Partner unterhielt.

David gesellte sich dazu, ich konnte nicht hören, was er mit den beiden sprach, aber offensichtlich hatte er den richtigen Begrüßungsspruch gefunden. Jedenfalls brachte er die Frau nach wenigen Sekunden bereits zum Lachen – womit er vermutlich schon gewonnen hatte. Ich sah David nur von schräg hinten, aber ich wusste genau, wie er sie jetzt ansah. Schließlich war auch ich schon mehrfach seinem besonderen Blick erlegen, dem sich eine Frau einfach nicht entziehen konnte. Der andere Mann ließ David mit der vollbusigen Rothaarigen schließlich allein und kam zu uns.

„Du hast eine schöne Frau", sagte ich zu ihm.

Er nahm das Kompliment lächelnd entgegen, sah mir in die Augen und entgegnete:

„Ja, das stimmt. Und sie ist nicht die einzige Schönheit dieses Abends."

Sein charmantes Kompliment wirkte, und ich schenkte ihm ein Lächeln, das deutlich weniger neutral war als jenes für den unangenehm riechenden Herrn von vorhin. Der Partner der Rothaarigen gefiel mir. Er war zwar nicht ganz so groß, wie ich das bei Männern mochte, aber er hatte eine gute Figur und eine insgesamt angenehme Ausstrahlung. Sein glattrasierter Kopf unterstrich nach meinem Empfinden seine männliche Erscheinung noch. Überhaupt konnte ich an seinem Körper nicht ein einziges Haar erkennen – abgesehen von den dunklen Augenbrauen.

Ziemlich ungeniert ließ er eine Hand sowohl auf meinen als auch auf Birtes Po wandern. Nun ja, warum auch nicht. Wir alle wussten schließlich, warum wir hier waren. Er hielt sich allerdings nicht lange an meinem Hinterteil auf, sondern wanderte mit seinen Fingern rasch von hinten zwischen meine Oberschenkel. Bei diesem Mann fühlte sich das besser an als bei dem anderen vorhin, und ich öffnete ein wenig meine Beine – nicht sehr, aber genug. Er nutzte die Einladung, die ich ihm damit gab, und im nächsten Moment spürte ich seine Finger an meiner Muschi.

Nein, hörte ich meine Erotikfee flüstern, allen gehört deine Muschi nicht. Aber dieser Mann hier darf gern damit spielen. Wie recht sie hatte. Ich war bereit, den Mann noch mehr tun zu lassen.

Vorerst aber nahm Birte ihn nun in Beschlag. Sie ging vor ihm auf die Knie, griff zu seinem halbsteifen Schwanz und nahm ihn in den Mund – während sie mit der anderen Hand zu Steffen Teil griff. Leider zog der Fremde daraufhin seine Hand aus meinem Schoß zurück und konzentrierte sich mehr auf Birte und ihr Blasen. Ich wusste, dass meine Freundin so etwas ziemlich gut machte. Mein Liebster hatte schon mehrfach davon geschwärmt.

Das gab mir die Möglichkeit, mich wieder mehr umzuschauen. Ich sah, dass auch Davids bestes Stück in diesem Augenblick von weiblichen Lippen verwöhnt wurde. Die Rothaarige hatte sich ins Sofa gesetzt, er stand vor ihr und genoss sichtlich, was sie mit ihm tat. Auch die anderen Partygäste hatten die Smalltalk- und Fummelphase weitgehend hinter sich gelassen. Mehrere Männer und Frauen gingen zur Treppe; offensichtlich wollten sie sich gemeinsam ein ruhiges Zimmer in der oberen Etage des Hauses suchen. Die Mehrheit aber blieb im Wohnzimmer und hatte den allgemeinen Reigen eröffnet.

Neben der Rothaarigen saß ein Mann auf dem Sofa, der eine vor ihm stehende Frau mit seinem Mund verwöhnte. Diese wiederum lehnte sich eng an David und tauschte Zungenküsse mit ihm. An anderer Stelle wurde bereits gevögelt. Eine Frau hielt sich am Sofa fest und wurde stehend von hinten genommen, mehrere Paare ließen sich auf dem Wohnzimmerteppich nieder, wobei rasch ein unübersichtliches Knäuel entstand.

„Ich schau mal, ob David Hilfe braucht", flüsterte mir Steffen zu und ging ebenfalls zum Sofa.

Ganz glücklich war ich ja nicht darüber, dass er mich jetzt allein ließ. Aber immerhin war Birte ja noch hier. Und der fremde Mann neben mir war eine angenehme Erscheinung. Ich sah nur noch, dass Steffen sich zu der Rothaarigen drängte und sich mit Händen und Mund über ihre großen Brüste hermachte. Da hatten er und David ganz eindeutig die gleiche Vorliebe, dachte ich, bevor ich neben Birte auf die Knie ging und sie sanft von dem Schwanz des Glatzkopfes verdrängte.

Er war längst so steif, wie er nur steif sein konnte, als ich ihn in den Mund nahm. Was Birtes mit ihm getan hatte, war offenbar recht wirkungsvoll gewesen.

Zunächst bliesen wir abwechselnd den Schwanz, dann aber wurde Birte von einem anderen Mann abgelenkt. Er befummelte ihren Hintern, küsste ihren Nacken und im nächsten Moment drehte sie sich zu ihm und küsste ihn auf den Mund. Die beiden entschwanden für den Moment aus meinem Blickfeld.

Der Mann vor mir ging nun ebenfalls auf die Knie, nahm meinen Kopf in die Hände, küsste mich und setzte sich anschließend auf den Teppich. Dann drückte er meinen Kopf wieder in seinen Schoß und wollte offenbar, dass ich mein Lippenspiel mit seinem Schwanz fortsetzte – was ich gern tat.

Während ich zwischen seinen Beinen kniete und ihn blies, spürte ich irgendwelche Hände an meinem Po. Kurz darauf wanderten Lippen über mein Hinterteil, das ich genießerisch und vermutlich auch etwas aufreizend bewegte. Im nächsten Moment verschwanden die Lippen wieder, dafür packten mich kräftige Hände. Ich spürte, wie sich ein Schwanz gegen meinen Po drückte – der ganz offensichtlich auf dem Weg zwischen meine Beine war. Obgleich ich in diesem Augenblick keine Ahnung hatte, wer das da hinter mir war, war ich dennoch bereit, mich jetzt einfach ficken zu lassen – ich war angekommen bei dieser Gruppensex-Party.

Ich griff kurz hinter mich, um den fremden Schwanz zu ertasten. Bevor ich dem Mann erlauben konnte, in mich einzudringen, wollte ich sicher sein, dass er ein Kondom drübergezogen hatte. Trotz monatelangen Blankfickens mit David funktionierte dieser reflexartige Kontrollgriff, den ich mir beim Gruppensex angewöhnte hatte.

Doch was ich ertastete, entsprach nicht meinen Erwartungen: Der Schwanz war blank. Im ersten Moment dachte ich, dass es Steffen oder David sei, der hinter mir war. Doch als ich mich umdrehte, blickte ich in das Gesicht eines blonden Mannes mittleren

Alters. Ich erinnerte mich, dass ich mich mit ihm und seiner ebenfalls blonden Frau eine Stunde zuvor in der Küche unterhalten hatte.

Ich sah ihn an, mein Blick wechselte zwischen seinen Augen und seinem Schwanz, den ich noch immer in der Hand hielt. Vermutlich wirkte ich dabei nicht sonderlich freundlich – schon gar nicht, als ich den Kopf schüttelte. Der Mann hatte mich tatsächlich ohne Kondom nehmen wollen. Das ging ja wohl gar nicht!

Mein Kopfschütteln quittierte er mit einem gleichgültigen Achselzucken. Im nächsten Moment wandte er sich von mir ab und gesellte sich zu dem Knäuel, das sich ganz in der Nähe auf dem Teppich befand. Dort kniete er sich hinter eine schwarzhaarige Frau, die in diesem Augenblick ihren Po ebenso in die Luft streckte, wie ich das gerade getan hatte. Er packte sie und begann sie zu ficken, ohne zuvor seinen Schwanz in ein Kondom zu verpacken. Die Schwarzhaarige, die nicht seine eigene Frau war, ließ es geschehen und blickte nicht einmal nach hinten, um vielleicht zu sehen, wer der Stecher hinter ihr sein mochte.

Irritiert suchte mein Blick den Raum nach der blonden Frau ab, die zu diesem Mann gehörte. Ich entdeckte sie auf einem der Sofas, wo sie auf dem Schoß irgendeines Mannes saß und auf ihm ritt. Auch dieser Schwanz steckte, soweit ich das erkennen konnte, nicht in einem Kondom.

Ich wandte mich wieder dem charmanten Glatzkopf vor mir zu und sah ihn an:

„Sag mal, ist das hier eine AO-Party oder was?", fragte ich ihn.

Statt einer Antwort zuckte er nur harmlos grinsend mit den Schultern. Als mein Blick noch durchdringender und vermutlich sehr ernst wurde, entgegnete er schließlich:

„Also *dich* würde ich auch mit Gummi ficken, wenn du darauf bestehst."

„Ist ja reizend", sagte ich mit einem bewusst zynischen Unterton.

Ich ließ seinen Schwanz los, stand auf und betrachtete die Orgie, die um mich herum tobte. Erst jetzt realisierte ich, dass ich nirgendwo im Raum irgendwo Schälchen mit Kondomen erkennen konnte – was man bei einer Gruppensex-Party eigentlich erwarten würde.

Der Glatzkopf stand ebenfalls auf, stellte sich hinter mich, ich spürte seinen noch immer steifen Schwanz an meinem Po und seine Lippen in meinem Nacken. Ich schüttelte ihn ab und bedachte ihn mit einem ziemlich unfreundlichen Blick. Endlich verstand er und wandte sich ab. Wo um alles in der Welt war Steffen?

Nach zwei, drei Sekunden entdeckte ich ihn im Sofa sitzend – eine fremde Frau auf seinem Schoß, die mir bisher noch nicht aufgefallen war. Ich bekam einen Riesenschreck: Hatte Steffen sich etwa dazu hinreißen lassen, mit irgendeiner wildfremden Frau blank zu ficken? Doch im nächsten Moment beruhigte ich mich wieder. Denn ich konnte deutlich erkennen, dass Steffens Schwanz sehr wohl in einem Gummi steckte. Es gab also doch Kondome hier. Nur benutzte sie offenbar kaum jemand. Neben Steffen war David noch immer mit der Rothaarigen beschäftigt – mit einem Busenfick.

Ich ging zu dem Sofa, drängte mich einfach dazwischen, sah Steffen mit ernstem Blick an und sagte:

„Kannst du bitte mal mitkommen?"

„Was? Jetzt?", entgegnete er mit ungläubigem Blick, während auch die Reiterin auf ihm irritiert schaute.

„Kannst du bitte mal mitkommen!", wiederholte ich – nun aber in einem sehr deutlichen Ton, der keine Zweifel zuließ, dass ich das auch so meinte.

Steffen zuckte mit den Schultern, hob die erstaunt dreiblickende fremde Frau von sich herunter und stand auf.

„Du auch!", sagte ich im Befehlston zu David, der nicht weniger verwirrt meine stimmungskillende Aktion verfolgt hatte. Er zögerte etwas länger als mein Liebster, ließ dann aber endlich auch von der Rothaarigen und ihren Riesenbrüsten ab und folgte mir. Ich entdeckte Birte mit einem fremden Mann in der 69er-Stellung auf dem Teppich. Sie lag auf ihm und hatte seinen Schwanz im Mund, während der Mann gerade genüsslich über den blauen Schmetterling auf ihrem Po leckte. Bei Birte genügte ein Blick. Als sie uns sah, ließ sie den fremden Mann wortlos liegen und ging mit uns in die Küche, wo wir vier erfreulicherweise allein waren.

„Was ist das hier?", fragte ich David.

„Wie bitte? Was das hier ist?"

„Ja, ich will wissen, was das hier ist!"

„Ich würde sagen: eine Gruppensex-Party", entgegnete David reichlich genervt.

„Kirsten, was ist los?" fragte Steffen, der offensichtlich noch nicht verstanden hatte.

„Das ist hier eine AO-Party!", fauchte ich und berichtete den anderen drei, was ich erlebt und beobachtet hatte.

„Was?", gab Steffen entsetzt zurück und fügte nach zwei Sekunden nachdenklich hinzu: „Deshalb hat die Frau eben so komisch geguckt, als ich mir das Gummi über den Schwanz gezogen habe."

„Habt ihr das gewusst?", fragte ich Birte und David nun in einem ruhigeren, aber ernsten Ton.

„Nein, natürlich nicht", beteuerte David sofort.

Ich schaute ihn an.

„Nein!", bekräftigte er noch einmal sehr viel deutlicher – gerade so, als hätte das erste Nein nicht ausgereicht.

„Wieso gibt es denn bei einer AO-Party Kondome?", fragte Birte mit Blick auf Steffen.

„Die hatte ich mitgebracht", entgegnete er. „Habt ihr das nicht bemerkt, dass ich das kleine Täschchen vorhin dezent neben das Sofa gelegt hatte?"

Das war mir tatsächlich entgangen.

„Ich hatte unsere latexfreien Gummis mit Rücksicht auf Birtes Allergie eingesteckt", fuhr Steffen fort, was ihm einen ausgesprochen liebevollen Blick von ihr einbrachte.

Leider versäumte ich, Birte und David zu fragen, ob sie denn nicht auch ihre latexfreien Kondome mitgebracht hatten. Aber vielleicht wollte ich die Antwort auch gar nicht wissen.

„Ich will weg hier", sagte ich stattdessen.

„Aber die Party hat doch grad erst angefangen", warf David ein. Offensichtlich war er noch nicht überzeugt.

„Ich will weg hier! Sofort!", wiederholte ich – nun allerdings deutlich lauter. So laut, dass man es vielleicht auch durch die geschlossene Küchentür hindurch hören konnte.

„Kirsten hat recht", sagte Steffen ernst. „Bei einer AO-Party machen wir nicht mit – auch nicht, wenn wir Kondome nehmen."

Birte nickte stumm, während David mit einer ergebungsvollen Geste die Schultern hob und sich uns fügte.

Wir verließen die Küche und gingen zu jenem Nebenzimmer, in dem unsere Sachen lagen. Schon auf dem Weg dorthin registrierte ich erstaunte Blicke. Offenbar war ich in der Küche tatsächlich so laut gewesen, dass man mich im Wohnzimmer gehört hatte. Als wir kurz darauf angezogen durch das Wohnzimmer gingen, kam unser Gastgeber auf uns zu:

„Was ist los?", fragte Axel.

„Wir gehen", sagte ich nur. „Danke für das leckere Essen. Aber das ist nicht unsere Party."

Axel setzte an, etwas zu sagen, doch David sah ihn an und schüttelte den Kopf. Daraufhin zuckte Axel nur stumm mit den Schultern und wir verließen das Haus.

Draußen holte ich erst einmal tief Luft – gerade so, als könne ich damit das Geschehene wegatmen. Was ich natürlich nicht konnte. Trotzdem tat die klare Abendluft gut. Nicht schön hingegen war, dass wir noch immer nicht wegkonnten. Irgendjemand hatte mit seinem dicken SUV Davids Auto zugeparkt.

„Kannst du bitte mal dein Auto befreien!", forderte ich ihn wütend auf, obgleich er dafür ja nun wirklich nichts konnte. Aber das war mir in diesem Augenblick egal. Ich wollte einfach nur weg hier. Weg, weg, weg!

David ging zum Haus zurück, klingelte, klingelte noch einmal und noch einmal. Endlich ging die Tür auf und ein leicht bekleideter Axel schaute verdutzt heraus. David verschwand mit ihm im Haus und kam einige Minuten später mit einem anderen Mann zurück, der sich spärlich und offensichtlich recht eilig etwas übergezogen hatte. Bevor er sich in sein Auto setzte, warf er mir einen giftigen Blick zu. Damit konnte ich leben. Mein Blick für ihn war ebenso giftig. Mindestens.

Die Rückfahrt nach Bielefeld verlief recht wortkarg. Anders als wir es bei Autofahrten zu viert bisher gern getan hatten, saßen wir nicht mit vertauschten Partnern nebeneinander. Ich hatte das Bedürfnis, mich auf dem Rücksitz ganz eng an meinen Liebsten zu kuscheln und tat das auch.

Dennoch hatten wir in dieser Nacht im großen Doppelbett unserer Freunde noch Sex zu viert – auch mit getauschten Partnern. Als David es mit mir tat, stieß er unglaublich heftig in mich. Es hatte beinahe etwas Gewalttätiges – gerade so, als wolle er etwas kompensieren, was er bei der Party nicht bekommen hatte.

Erst am anderen Morgen sprachen wir noch einmal in einem etwas ruhigeren Ton über die verunglückte Party des Vorabends. Wie schon während des Küchengesprächs beteuerten Birte und David (vor allem David) nicht gewusst zu haben, dass sie uns zu einer AO-Party geschleppt hatten. Was mich stutzen ließ, denn weder Steffen noch ich hatten das unterstellt. Eigentlich hatte mir die Antwort auf diese Frage am Vorabend in der Küche ausgereicht. Aber wir vertieften das jetzt nicht weiter. Nur auf der Rückfahrt nach Hannover, sprach Steffen mich genau darauf noch einmal an. Ihm war das also auch aufgefallen.

Am Montagabend fanden wir in unserer Joyclub-Mailbox eine Nachricht von Tanja und Axel vor:

> *Hallo ihr zwei,*
>
> *schade, dass es euch bei uns nicht gefallen hat. Wir waren alle etwas erstaunt über euren plötzlichen Aufbruch. Wir fragen uns,*

womit wir euch verschreckt haben. Wir würden uns freuen, wenn ihr uns da mal aufklären könntet.

Liebe Grüße, Tanja und Axel

PS: Ihr habt eine Menge verpasst …

Eine Menge verpasst, dachte ich. Nun ja, das mochte vielleicht sein. Aber dieses gummifreie Durcheinandervögeln mit vielen Unbekannten wollte ich auch lieber verpasst haben. Glücklicherweise waren Steffen und ich uns an der Stelle hundertprozentig einig. Bei Birte und David war ich mir da mittlerweile nicht mehr ganz so sicher – auch wenn ich den Gedanken, dass sie es vielleicht doch gewusst haben könnten, lieber verdrängte. Immerhin war es ganz schön, dass die Mail aus Paderborn freundlich und keineswegs vorwurfsvoll klang. In einem ähnlichen Ton antworteten wir:

Liebe Tanja, lieber Axel,

es tut uns leid, dass wir da am Samstag vermutlich einen Break in die Party gebracht haben. Das war auf keinen Fall unsere Absicht. Und aus eurer Mail schließen wir, dass ihr auch ohne uns noch einen heißen Abend hattet. Dass wir nach Beginn der Party ausgestiegen sind, hatte einen ganz einfachen Grund: Wir waren überrascht, dass es sich um eine AO-Party handelte. Jedenfalls war das ganz stark unser Eindruck. Oder haben wir das falsch gesehen? AO machen wir nicht. Sorry.

Liebe Grüße, Kirsten und Steffen

Darauf kam nach nur wenigen Minuten diese Antwort:

Hallo ihr zwei,

nein, das habt ihr nicht falsch gesehen. Unsere kleinen Partys finden tatsächlich immer ohne Kondome statt. Gerade im Gewühl ist es ja doch recht lästig, immer erst ein Gummi draufziehen und dann möglicherweise beim Partnerwechsel auch noch wechseln zu müssen. Mal ehrlich: Das nervt doch. Deshalb haben wir in unserem Partykreis beschlossen, das einfach abzuschaffen. Seither sind unsere Treffen noch viel geiler geworden.

Dass ihr das nicht wusstet, überrascht uns allerdings. Wir hatten Birte und David so verstanden, dass ihr ebenfalls gern blank fickt. Aber da gab es wohl ein Missverständnis. Schade, wirklich schade. Wir hatten uns sehr über den Zuwachs unserer Gruppe durch vier so nette und attraktive Menschen gefreut. Aber wenn ihr Soft-Swinger seid, dann hat das wohl keinen Zweck.

Alles Liebe, Tanja und Axel

Soft-Swinger, dachte ich und musste lachen. Im Club vor einigen Wochen hatte Natalie uns als Hardcore-Swinger bezeichnet. Es war eben doch immer alles eine Frage der Sichtweise. Ich beschloss, dass wir beides nicht waren. Wir waren weder soft noch hardcore – wir waren ganz einfach Swinger. Und irgendwie hatten wir doch das Bedürfnis, den beiden das auch noch mitzuteilen. Außerdem konnten wir nicht widerstehen, Tanja und Axel eine Frage zu stellen, die sie vermutlich nicht so gern lesen wollten:

> *Hallo ihr zwei,*
> *nein, Soft-Swinger sind wir sicherlich nicht. Aber darunter versteht vermutlich jeder etwas anderes. Wir machen schon ganz gern Partnertausch, und auch Gruppensex mit mehreren Paaren ist eine geile Sache für uns. Aber AO? Mal ehrlich: Habt ihr da in Zeiten von Aids nicht auch Sorge um eure Gesundheit?*
> *Liebe Grüße, K und S*

Trotz dieser lustkillenden Frage, die in AO-Kreisen weitgehend tabuisiert wurde, antworteten die beiden darauf:

> *Liebe Kirsten, lieber Steffen,*
> *ach ja, Aids. Die Frage mussten wir uns schon mehrfach anhören. Ein bisschen Risiko swingt doch immer mit – ob nun mit oder*

ohne Kondom. Aber es ist ja keineswegs so, dass wir gar nicht auf unsere Gesundheit achten. Denn unser Partykreis ist ziemlich geschlossen. Alle Mitglieder sichern zu, dass sie nur innerhalb dieser Gruppe blank ficken. Damit haben wir sozusagen ein großes Kondom über die ganze Gruppe gespannt. Wir nennen das unser Sozialkondom. Und unter diesem Sozialkondom braucht man dann keinen weiteren Schutz. Wenn wir jemanden neu aufnehmen, dann sehen wir ihn uns vorher schon genau an. Euch hätten wir gern aufgenommen. Aber das hat sich ja nun wohl leider erledigt.

Liebe Grüße, T und A

Die Antwort machte mich beinahe sprachlos und verlangte nach einer Erwiderung:

Ihr Lieben,

ihr schaut euch neue Mitspieler unter eurem Sozialkondom vorher genau an? Also den Eindruck hatten wir in Bezug auf uns aber nicht. Wenn euer Sozialkondom wirklich dichthalten soll, dann müsstet ihr doch wohl allen Neuen vor einer Party die Spielregeln erklären – und nicht erst hinterher. Konsequenterweise hättet ihr doch von uns sogar einen aktuellen Aidstest verlangen müssen, oder? Offen gestanden haben wir den Ein-

druck, dass euer Sozialkondom ziemlich löchrig ist.

Alles Gute, K und S

Darauf kam nichts mehr zurück. Und vermutlich war ja auch alles gesagt. Jedenfalls gegenüber Tanja und Axel. Mit Birte und David hingegen gab es durchaus noch Gesprächsbedarf, wie ich fand. Glücklicherweise sahen die beiden das genauso. Zwei Abende später saßen wir deshalb zu viert vor der Webcam und besprachen den merkwürdigen Partyabend noch einmal.

„Ja", sagte David. „Wir hatten den beiden auf Ibiza schon von euch erzählt und dabei auch erwähnt, dass wir vier gummifreien Partnertausch machen. Daraus haben sie dann wohl gefolgert, dass wir alle auch mit anderen blank ficken."

Das klang plausibel und beruhigte mich einigermaßen. Als David die AO-Party zunächst nicht hatte verlassen wollen, war bei mir ein böser Verdacht aufgekommen – der sich nun erfreulicherweise zu verflüchtigen schien. Ich hatte mich ja durchaus gefragt, warum die neuen Freunde unserer Freunde ganz selbstverständlich davon ausgegangen waren, dass wir es ohne Kondom tun würden. Üblich war so etwas schließlich auch in Swingerkreisen keineswegs. Die unerfreuliche Antwort, die meine Mahnerin mir in den vergangenen Tagen mehrfach zugerufen hatte, konnte ich nun beiseiteschieben. Vor allem wollte ich sie beiseiteschieben. Nein, sagte ich mir, Birte und David hatten uns nicht überrumpeln wollen. Oder?

„Haben Tanja und Axel euch auch von ihrem Sozialkondom erzählt?", fragte Steffen ein wenig belustigt.

„Oh ja, das haben sie", bestätigte David.

„Und was haltet ihr davon?", fragte ich.

„Interessanter Gedanke", entgegnete David. Zu meinem Entsetzen hatte ich ganz stark den Eindruck, dass er das auch so meinte.

„Das ist heller Wahnsinn!", warf ich umgehend ein. „Allein durch uns vier hätte deren Sozialkondom doch schon ein riesiges Loch bekommen, wenn wir uns am AO-Partnertausch beteiligt hätten."

„Naja, stimmt schon", räumte Birte ein. „Da müsste man wohl etwas strengere Regeln festlegen in so einer Gruppe. Aber ganz abwegig finde ich den Gedanken an ein großes Kondom über der gesamten Gruppe auch nicht."

Ich starrte Birte und David durch den Bildschirm hindurch fassungslos an. Innerlich und ein wenig wohl auch äußerlich schüttelte ich den Kopf und konnte kaum glauben, was ich da gerade gehört hatte. Offenbar zogen es die beiden ernsthaft in Erwägung, unter dieses merkwürdige Sozialkondom zu schlüpfen.

Die Sache begann unheimlich zu werden.

Kapitel 10:
Der hüpfende Schmetterling

Ein Swingerclub im Sauerland, Oktober 2010

Ich wusste, dass wir reden mussten – und zwar live und nicht nur vor der Webcam. Andererseits hatte ich ein wenig Scheu vor diesem Gespräch. Tief in mir hatte ich die unbestimmte Ahnung, dass mir nicht gefallen würde, was die beiden zu sagen hatten. Deshalb war ich insgeheim ganz froh, dass Birte und ich am folgenden Wochenende unsere monatlichen Auszeiten hatten und wir kein Treffen vereinbarten. Mein Bedürfnis nach Viersamkeit war nach dieser Party und vor allem nach dem Cam-Chat eher begrenzt. Steffen und ich hatten ein völlig freies und ungeplantes Wochenende und ich empfand es als wohltuend, dass wir es nur zu zweit verbrachten.

Am Wochenende drauf hätte ich durchaus Lust gehabt, Birte und David zu sehen. Zumal ich das anstehende Gespräch auch nicht allzu lange aufschieben wollte. Aber die beiden hatten keine Zeit für uns. Auch am folgenden Wochenende gab es kein Treffen. Zudem wurde unser Mailwechsel mit Bielefeld immer spärlicher.

Ich hatte den Eindruck, die beiden machten sich nach der verunglückten Party rar. Für mein seelisches Befinden war das nicht gerade hilfreich. Steffen nahm das eher mit einem Achselzucken und zitierte den biblischen Satz, den ich sonst immer mal wieder gern benutzte:

„Alles hat seine Zeit."

Sicher, diese jahrtausendealte Weisheit hatte ihre Gültigkeit. Dennoch behagte es mir nicht, dass sich unsere Freunde von uns fernhielten. Waren sie auf dem Absprung? Oder brauchten sie nur eine Auszeit? Immerhin hatten auch Steffen und ich das Wochenende nach der AO-Party in trauter Zweisamkeit genossen. Nun aber waren mehrere Wochen mit spärlicher Kommunikation vergangen und ich hatte das Bedürfnis, den Faden wieder aufzunehmen. Außerdem musste ich mir eingestehen, dass ich große Lust auf Sex mit David hatte – trotz einiger Fragen, die mir auf der Seele lagen, seit die beiden eine gewisse Sympathie für das Paderborner Sozialkondom hatten erkennen lassen.

„Lasst uns doch kommendes Wochenende mal wieder gemeinsam verbringen", sagte ich zu Birte am Telefon. „Das Wochenende drauf ist ja sonst schon wieder weibliche Auszeit angesagt. Und wir haben ganz schön Lust auf euch!"

Ich konnte ihr Lächeln durch das Telefon förmlich hören. Und ich wusste, dass meine Freundin das ebenso empfand. Trotzdem hatte sie eine kalte Dusche für mich:

„Kirsten, nehmt es uns nicht übel. Aber am kommenden Wochenende können wir nicht."

„Schon wieder nicht?", entfuhr es mir.

„Ja, naja. Also um ehrlich zu sein: Wir haben da schon ein Date."

Für einen Moment hörten wir uns gegenseitig beim Schweigen zu.

„Kein Problem", sagte ich schließlich mit gespielter Lockerheit. „Wir haben ja schließlich kein Streichelmonopol vereinbart. Wir hatten uns nach dem Schwedenurlaub ja auch mit Natalie und Philipp verabredet."

„Ja", entgegnete Birte, und ihre Stimme klang sehr erleichtert. „Genau das hat David auch gesagt. Ich hatte ja ein schlechtes Gewissen, euch schon wieder zu vertrösten. Schließlich ist das zwischen euch und uns ja doch etwas mehr als einfach nur Partnertausch."

Das dachte ich auch mal, schoss es mir durch den Kopf, sprach den Gedanken aber nicht aus. Unwillkürlich fragte ich mich, ob es überhaupt noch Sinn machte, die Einnahme der Pille unbedingt mit Birte synchron zu halten – auch wenn es für eine Änderung im Moment keine Veranlassung gab. Ich fühlte mich bei diesem Telefongespräch wie eine verschmähte Liebhaberin. So ganz falsch war dieser Eindruck ja auch nicht.

Immerhin vereinbarten wir ein Treffen für das Wochenende nach unseren monatlichen Auszeiten – also zweieinhalb Wochen später. Wer weiß, was in zweieinhalb Wochen ist, murmelte die Pessimistin in mir. Das fühlte sich merkwürdig an.

Steffen nahm die Sache wie meist positiv auf – und freute sich über den Termin, den ich mit Birte ausgemacht hatte.

„Früher war es einfacher, mit den beiden ein Date zu vereinbaren", sagte ich.

„Kann schon sein, dass sie dabei sind weiterzuziehen. Aber wenn das so ist, dann können wir sie auch nicht aufhalten. Vielleicht sollten wir uns auch anderweitig umschauen und mal wieder ein neues Paar kennenlernen."

„So wie Natalie und Philipp?"

„Ja", sagte Steffen nun etwas nachdenklicher. „So wie Natalie und Philipp. Wirklich schade, dass die beiden uns wieder abhanden gekommen sind."

„Woran unsere Bielefelder Freunde ja nicht ganz unschuldig waren", stellte ich fest.

„Ach komm", entgegnete Steffen und sah mich tadelnd an. „Es hat doch keinen Zweck, hier irgendjemandem irgendeine Schuld zuschieben zu wollen. Der Abend zu sechst hat sich einfach unglücklich entwickelt. Damit muss man leben."

Natürlich hatte Steffen recht. Und allein schon, um auf andere Gedanken zu kommen, loggten wir uns an diesem Abend gemeinsam bei *Joyclub* ein – ganz einfach um mal zu sehen, welche Paare zurzeit so auf dem Markt waren.

Die Sache mit den anderen Gedanken ging allerdings mächtig schief. Denn das erste, was wir auf unserer Startseite entdeckten, war ein Eintrag von Birte und David. Sie hatten sich über das Forum für den kommenden Samstag in einem Swingerclub angemeldet. Und da sie in unserer Freundesliste waren, wurde uns ihre Anmeldung angezeigt.

„Sieh einer an", sagte Steffen. „Ihr Date ist also ein Clubdate."

„So ist es", entgegnete ich. „In *unserem* Club!"

Sie hatten sich in jenem Swingerclub angemeldet, in dem wir die beiden im Februar das erste Mal getroffen hatten. Zudem hatte dieser Club im Sauerland auch für Steffen und mich eine größere Bedeutung, weil wir hier Jahre zuvor unseren ersten zaghaften Schritt in die Welt der Swinger gesetzt hatten. Seither fuhren wir trotz der relativ großen Entfernung immer mal wieder ins Sauerland.

Anders als wir eigentlich geplant hatten, klickten wir nun doch nicht die Datewünsche unbekannter Paare durch, sondern starrten beide eine ganze Weile auf die Clubanmeldung von Birte und David. Schließlich sah Steffen mich an und fragte:

„Na, was denkst du?"

Ich grinste ihn an und sagte: „Ja!"

Natürlich bestand das Risiko, dass unser Erscheinen an diesem Abend in diesem Club wie eine Retourkutsche wirkte – gewissermaßen als Revanche für die Störung unseres Abends mit Natalie und Philipp. Aber das nahmen wir in Kauf. Meine Teufelin stachelte mich an, genau an diesem Abend in diesen Club zu fahren, in dem Birte und David sich angemeldet hatten. Steffens innerer Teufel sah das offenbar genauso.

Wobei ich keine Prognose hätte abgeben mögen, wie der Abend sich wohl entwickeln mochte. Zwischen euphorischem Sex mit vertrauten Menschen über reservierte Distanz bis hin zu einem desaströsen Eklat spielten sich während der Autofahrt ins Sauerland alle möglichen Varianten in meinem Kopf ab. Vorgenommen hatten wir uns allerdings, dass wir den beiden nichts verderben wollten. Sie waren mit anderen Menschen verabredet, und wir würden uns da nicht hineindrängen, wenn sie uns nicht ausdrücklich einladen würden.

Allerdings hatte ich für diese Nacht ein besonderes Outfit eingepackt – gewissermaßen als Ermunterung für eine solche Einladung: Eine Corsage, die meine Oberweite sehr betonte und etwas größer erscheinen ließ. Ich wusste, dass David meine Brüste mochte. Warum also sollte ich das nicht nutzen? Der Stoff reichte gerade so eben über meinen Bauchnabel. Außer dieser eher kurzen Corsage, einem String und meinen Pumps wollte ich nichts weiter tragen. Von hinten würde mein Po beinahe nackt aussehen. Da ich wusste, dass David nicht nur meine Oberweite, sondern auch meinen Po geil fand, war auch dies kein Zufall.

Hoffentlich hatte die Frau ihres Dates keine Riesenbrüste, schoss es mir durch den Kopf, während wir auf der Autobahn Bielefeld passierten. Hör auf, dich mit anderen Frauen zu vergleichen, schimpfte das Selbstbewusstsein in mir. Vor allem, bevor du weißt, wie die andere Frau überhaupt aussieht. Krude

Gedanken vor einem nicht ganz unbelasteten Clubabend …

Es war schon relativ spät, als wir ankamen – deutlich nach 21 Uhr. Das war ungewöhnlich für uns. Normalerweise kamen wir eher früh, wenn wir einen Clubabend verbringen wollten. Doch dieses Mal hatten wir das bewusst anders gehalten. Schließlich wollten wir Birte und David Zeit lassen, erst einmal mit ihren neuen Bekannten warm zu werden, ohne dass sie gleich durch uns abgelenkt würden.

Der eigentlich recht große Parkplatz des Clubs war bereits voll belegt, und wir mussten außerhalb des Geländes an der Straße parken. Als wir schließlich zur Eingangstür gingen, schaute ich mich nach Davids Auto um, konnte es aber nicht entdecken. Vielleicht hatten auch die beiden draußen geparkt, vielleicht waren sie auch schon mit ihren neuen Freunden gemeinsam in deren Auto angereist. Wer wusste das schon?

Oder sie sind gar nicht da, hörte ich in mir die Stimme meiner Zweiflerin. Aber das konnte ich mir nicht so recht vorstellen. Warum hätten sie sich sonst für alle sichtbar angemeldet? Allerdings hatten auch wir uns schon einmal trotz Clubanmeldung kurzfristig umentschieden. Ganz so ungewöhnlich war das auch wieder nicht. Anmelden kostete ja nichts.

Als wir nach dem Umziehen den großen Barraum betraten, klopfte mir das Herz. Es war fast wie damals vor dreieinhalb Jahren, als Steffen und ich das erste Mal einen Club betreten hatten – diesen Club! Meine Aufregung war natürlich ganz anderer Art. Ich schaute mich suchend nach Birte und David um, konnte die beiden aber nirgendwo entdecken. Vielleicht waren sie im Speiseraum oder schon oben im Bereich der Spielwiesen.

Wir ließen uns im hinteren Bereich an der Bar nieder, wo man den Raum ganz gut im Blick hatte, ohne selbst sofort gesehen zu werden. Es kam mir beinahe vor, als seien wir auf einer geheimen Spionagemission, von der niemand etwas wissen durfte. Mit dem zweiten Cocktail kamen wir dann aber so langsam auch innerlich im Club an. Menschen gingen vorbei, manche grüßten uns mit einem freundlichen Lächeln, das wir aber nur unverbindlich erwiderten.

Ein fremdes Paar setzte sich zu uns und versuchte, mit uns ins Gespräch zu kommen. Nach wenigen Minuten zogen sie aber weiter. Unser Desinteresse war wohl zu offenkundig. Unter anderen Umständen hätten wir uns zumindest auf den Smalltalk mit den beiden eingelassen – und vielleicht auch auf mehr. Hässlich oder unsympathisch waren die beiden jedenfalls nicht. Ich registrierte durchaus Steffens interessierten Blick auf das wackelnde Hinterteil der Frau, als die beiden wieder gingen.

„Vielleicht später", sagte ich grinsend zu ihm und tätschelte seine Hand.

Er erwiderte mein Grinsen und zuckte mit den Schultern.

„Sieht das bei mir auch so aus, wenn ich meinen Hintern bewusst bewege?", fragte ich ihn.

„So ähnlich", entgegnete er. „Nur mit dem Unterschied, dass dein Po schöner ist."

Danke, dachte ich, und lächelte ihn an. Genau das hatte ich hören wollen.

Wir wechselten ins Speisezimmer, aßen eine Kleinigkeit (Steffen eine größere Kleinigkeit) und beschlossen, nach oben zu gehen – dorthin, wo die Spielwiesen waren. Als wir in der ersten Etage langsam über den Flur schlenderten, hatte ich zwar nicht vergessen, dass wir wegen Birte und David hier waren, aber ich fühlte mich zunehmend wie bei anderen Clubbesuchen: Ich spürte die Blicke der Menschen, manche lächelnd, manche durch uns hindurchsehend, einige recht interessiert in Richtung meines Dekolletees, und bei ein oder zwei Männern hatte ich das ganz starke Gefühl, dass sie sich nach dem Vorübergehen nach mir umdrehten. Auch ich selbst sah die fremden Männer zunehmend durch das Raster meines Beuteschemas an.

Es waren durchaus Paare dabei, mit denen ich mir ein kleines Abenteuer hätte vorstellen können, falls Birte und David wirklich nicht hier waren oder sich von uns fernhalten sollten – was schließlich auch möglich war. In dem Fall, so hatten wir uns ausdrücklich vorgenommen, würden wir das natürlich respektieren. Aber ich konnte mir nur schwer vorstellen, dass die beiden uns tatsächlich ignorieren würden. Schließlich hatten wir doch eine Beziehung zu viert. Aber Kontakt zu Birte und David und neue Bekanntschaften hier und jetzt waren ja kein Widerspruch.

Schließlich gab es ausdrücklich kein Streichelmonopol, wie wir in letzter Zeit immer häufiger konstatiert hatten.

„Sind wir eigentlich nur hier, um Birte und David zu suchen oder gehen wir auch auf die Jagd?", fragte mich Steffen, der meine Gedanken zu erraten schien.

„Wir sind hier, weil wir Swinger sind", entgegnete ich und lächelte ihn vielsagend an.

Als wir in der gesamten ersten Etage nichts von unseren Freunden entdecken konnten, stellte ich mich innerlich zunehmend darauf ein, neue Menschen kennenzulernen. Die Auswahl war ziemlich groß an diesem Abend. In der zweiten Etage hatte sich in dem kleinen, etwas abgedunkelten Vorraum vor dem Eingang zum sogenannten Orgienspeicher eine Menschentraube gebildet. Manche der Männer und Frauen hier waren wohl unschlüssig, ob sie den großen, mit Matten ausgelegten Dachraum ebenfalls betreten sollten, andere betrachteten einfach nur durch die kleinen Gucklöcher in der Wand das Geschehen dort drinnen. Da wir für den Augenblick kaum eine Chance hatten (jedenfalls nicht ohne Drängelei), ebenfalls einen Blick in den Raum zu werfen, zogen wir weiter. Auch auf den anderen Spielwiesen dieser Etage war mehr oder weniger Betrieb, doch von unseren Freunden war nichts zu entdecken. Aber immerhin hatten wir einige anregende Szenen zu sehen bekommen, und meine Lust auf Sex wurde größer – ebenso wie Steffens Schwanz, der sich beim Betrachten eines hoch erotischen Vierers, dem wir eine Weile zusahen, hart gegen mich drückte.

So kehrten wir zum Orgienspeicher zurück, wo sich die Traube inzwischen aufgelöst hatte. Nur ein Mann und eine Frau standen noch dort im Vorraum und schauten durch die Löcher ins Innere des Raumes, in dem sich offensichtlich viele Menschen befanden. Jedenfalls standen vor dem niedrigen Eingang zahlreiche Schuhe.

Als wir uns zu dem Paar stellten, um ebenfalls einen Blick nach drinnen zu erhaschen, zogen wir damit offensichtlich eine gewisse Aufmerksamkeit auf uns. Die Frau schaute zu uns, dann auch ihr Mann. Er hatte einen festen, ernsten Blick, mit dem er mich fixierte. Aber ich hielt diesem Blick stand und sah ihm in seine blauen Augen. Er ging einen Schritt auf mich zu und streckte seine Hand nach mir aus. Als er mich an der Schulter berührte, wanderte auch Steffens Hand zu seiner Frau.

Der Griff des Fremden war männlich fest. Er massierte meine Schulter mehr, als dass er sie streichelte. Erst als seine Finger zu meinem Hals und dann weiter zu meinen Lippen wanderten, wurden sie sanfter. Noch immer schauten wir uns in die Augen – auch als ich meinen Mund ganz leicht öffnete und seinen Fingern die Andeutung eines Kusses gab. Daraufhin wurde er noch mutiger und steckte mir einen Finger in den Mund. Ich ließ es zu und saugte daran – auch wenn ich natürlich wusste, welche Fantasie ich damit bei dem Mann auslöste. Vielleicht tat ich das auch gerade deshalb, weil ich es wusste. Er kam noch näher, seine Hände wanderten um meinen Körper, er griff zu meinen Pobacken und drückte mich fest an sich, wobei ich den steifen Schwanz in seinen Shorts deutlich spüren konnte.

„Du hast einen geilen Hintern", sagte er leise zu mir, während er mein beinahe nacktes Hinterteil knetete. Wieder sagte ein Mann so etwas zu mir, dachte ich und lächelte in mich hinein. Ganz falsch konnte es also nicht sein.

Ich drehte mich aus seinen Armen, wandte ihm meinen Po zu und drückte mich gegen ihn. Nun spürte ich seine Männlichkeit von hinten, während seine Hände um mich herum zu meinen Brüsten wanderten und diese durch die Corsage hindurch kneteten.

Ich wusste selbst nicht so genau, warum ich mich eigentlich gedreht hatte. Wollte ich, dass der Fremde mich jetzt einfach von hinten im Stehen nehmen sollte? Das wäre dann vielleicht doch ein bisschen schnell gewesen, auch wenn ich es möglicherweise zugelassen hätte – zumal ich wusste, dass Steffen ein paar Kondome in der Tasche hatte und es somit durchaus möglich gewesen wäre. Oder wollte ich ihm einfach nur sein Kompliment für meinen Po durch einen auch optischen Eindruck bestätigen? Vielleicht wollte ich auch einfach nur besser sehen, was mein Liebster in diesem Augenblick tat.

Er war mit der anderen Frau direkt neben uns in einer ganz ähnlichen Fummelsituation – nur mit dem Unterschied, dass die Fremde seinen Schwanz bereits freigelegt hatte und fest in der Hand hielt. Ich sah sie an und zwinkerte ihr zu. Sie reagierte darauf mit einem Lächeln, ging in die Knie und begann, Steffens steifes Teil zu blasen.

Das geht hier ja ganz schön schnell zur Sache, dachte ich, bewegte aber dennoch aufreizend meinen Po, gegen den sich der noch immer hinter einem seidigen Stoff verborgene fremde Schwanz drückte. Ich war mir fast sicher, dass der Mann mich jetzt nehmen würde, wenn er ein Kondom hätte. Hatte er aber wohl nicht, und Steffen reichte ihm auch keins, weshalb er es zunächst mit der Andeutung einer stoßenden Bewegung an meinem Po beließ.

In diesem Moment fiel mein Blick auf das Guckloch in der Wand, an der ich mich festhielt. Mir kam wieder in den Sinn, weshalb wir eigentlich hier waren, und ich schaute auf die Spielwiese im Innern des großen Raumes, wo sich zahlreiche Menschen tummelten. Ich konnte auf Anhieb gar nicht ausmachen, wie viele Paare in dem Raum waren.

Ganz in der Nähe des Eingangs sah ich eine schlanke Frau, die auf dem Schoß eines Mannes saß und auf ihm ritt. Ich konnte deutlich erkennen, wie der steife Schwanz zwischen ihren Pobacken verschwand, wieder zum Vorschein kam, wieder verschwand. Erst beim zweiten Hinsehen fiel mir der bläulich schimmernde Schmetterling auf dem wohlgeformten Hinterteil auf. Mit den fickenden Bewegungen der Frau schien dieser Schmetterling auf- und abzuhüpfen. Es dauerte zwei, drei weitere Sekunden, bis ich realisierte, dass mir dieser hüpfende Schmetterling bekannt vorkam.

Vielleicht weigerte sich irgendetwas in mir, das markante Tattoo auf Anhieb Birte zuzuordnen. Aber auf den zweiten Blick wusste ich natürlich, dass dieser Schmetterling dort im Getümmel meiner Freundin gehörte.

Unsere Bielefelder Freunde waren also doch hier. Aber als ich vollends realisiert hatte, was ich sah, war ich entsetzt: Denn der Schwanz, auf dem sie ritt, gehörte nicht David – was ja grundsätzlich nicht schlimm war. Schließlich waren wir alle Swinger. Doch dieser fremde Schwanz in Birte war blank. Ich konnte kein Gummi erkennen. Dafür entdeckte ich nicht weit von Birte entfernt ihren Mann beim Fick mit einer anderen Frau.

Entgeistert wandte ich mich von der Spielwiese ab und starrte Steffen an. Er erkannte an meinem Blick wohl sofort, dass etwas nicht stimmte.

„Was ist los?", fragte er und fügte hinzu: „Hast du ein Gespenst gesehen?"

„Nein", entgegnete ich und wies auf das Guckloch. „Aber einen hüpfenden Schmetterling."

Steffen schaute ebenfalls auf die Spielwiese, sah mich wieder an, schaute erneut in den Raum und schüttelte dann ebenso fassungslos den Kopf wie ich. Jetzt vergaß er die blasende Frau an seinem Schwanz wohl ebenso, wie ich den Mann hinter mir kaum noch wahrnahm.

Ich schaute noch einmal auf die Spielwiese – in der vagen Hoffnung, etwas übersehen zu haben. Aber das hatte ich nicht. Birtes Po hüpfte noch immer auf dem Mann auf und nieder. Und dessen Schwanz steckte eindeutig nicht in einem Kondom. Bei David konnte ich das nicht ganz so deutlich erkennen, aber auch bei ihm sah das sehr nach einem Fremdfick ohne Gummi aus.

„Ich will weg hier!", sagte ich zu Steffen, der nur nickte und seine heruntergelassenen Shorts wieder nach oben zog – womit er bei der Frau an seinem Schwanz einen reichlich verwirrten Gesichtsausdruck auslöste. Auch der fremde Mann, der offensichtlich gerade ein Kondom auspacken wollte (eins von der Sorte, wie Steffen sie in der Tasche hatte), schaute mich einigermaßen entgeistert an, als wir uns zum Gehen wandten.

„Sorry", brachte ich nur in Richtung der beiden hervor, sah mich aber nicht in der Lage, ihnen eine ausführliche Erklärung für den Abbruch unseres gerade begonnenen Liebesspiels zu geben. Auch Steffen zuckte nur bedauernd mit den Schultern und sagte im Gehen:

„Es hat nichts mit euch zu tun."

Wir sahen nur noch zwei große Fragezeichen auf den Gesichtern der beiden, als wir den kleinen Vorraum verließen und hinunter ins Erdgeschoss gingen. Oder genauer gesagt: Als wir aus den oberen Etagen nach unten flüchteten. An der Bar bestellte ich mir einen Caipirinha und ziemlich schnell noch einen zweiten. Ich erwog, mir noch einen dritten Cocktail zu bestellen, aber ich ließ es. So viel Alkohol hatte selbst diese gut sortierte Bar nicht, als dass ich mir den Abend noch hätte schöntrinken können.

So setzten wir uns in eine Sitzecke, von der aus man gut im Blick hatte, wer von oben kommend den

Raum betrat. Auch wir würden hier gut sichtbar sein. So warteten wir auf das Erscheinen von Birte und David – ohne eine Ahnung zu haben, was dann eigentlich passieren sollte.

Etwas später kamen sie. Gemeinsam mit dem Paar von der Spielwiese betraten sie den Barraum und sahen uns sofort. Vor allem über Davids Gesicht huschte ein freudig-überraschtes Lächeln. Auch Birte lächelte, allerdings etwas verhaltener. Die beiden sagten etwas zu dem fremden Paar, welches uns daraufhin freundlich zunickte und dann Richtung Bar davonging.

Birte und David kamen auf uns zu, aber wir blieben sitzen – ich mit verschränkten Armen und vermutlich nicht sonderlich freundlichem Blick. David wollte mich trotzdem umarmen und küssen. Ich aber drehte den Kopf weg und ließ seinen Kuss nicht zu. Auch Steffen blieb reserviert, gab Birte aber zumindest so etwas wie den Ansatz einer Umarmung – was ich in diesem Moment schon als zu viel empfand.

„Was ist denn mit euch los?", fragte David, während sich die beiden zu uns setzten. „So eine eisige Begrüßung?"

„Wir haben euch grad oben auf der Spielwiese gesehen", sagte Steffen.

„Ach so", entgegnete David und grinste mich an. „Eifersüchtig?"

Das vielleicht auch. Jedenfalls ein bisschen, musste ich mir eingestehen – sprach das aber natürlich nicht aus. Stattdessen entgegnete ich ohne Umschweife und in einem erkennbar vorwurfsvollen Ton:

„Ihr habt mit den beiden blank gefickt!"

Darauf reagierten unsere Freunde mit betretenem Schweigen, das wir alle vier eine ganze Weile durchhielten.

„Ja, haben wir", sagte Birte schließlich.

„Ich dachte, wir hatten eine Verabredung!", erwiderte ich. „Ohne Gummi nur wir vier!"

Birte nickte schuldbewusst, und David sagte: „Es hat sich anders entwickelt."

„Anders entwickelt?", fragte Steffen mit ungläubiger Stimme. „Wie kann sich so etwas denn anders entwickeln?"

„Es war auf Ibiza", setzte Birte an, die uns offensichtlich eine ernsthafte Erklärung geben wollte: „Da waren wir bei dieser Party, wo wir auch Tanja und Axel kennengelernt haben. Da hat mich ein fremder Mann mit falschem Kondom gefickt. Ihr wisst doch: diese Latexallergie. Das Mistding hatte ganz schön heftige Auswirkungen. Rasender Puls und Schweißausbruch waren noch die harmloseren Reaktionen. Aber ich habe kaum noch Luft bekommen. Das war vielleicht mies!"

Steffen und ich sahen sie an, erwiderten aber nichts. Die Geschichte war noch nicht zu Ende, und Birte sollte alles erzählen. Doch stattdessen fuhr David fort:

„Tanja und Axel haben das mitbekommen und uns dann von ihrer Gruppe unter dem Sozialkondom erzählt."

„Moment mal!", warf ich ein: „Ihr wusstet also doch, dass das eine AO-Party sein würde, als wir zusammen nach Paderborn gefahren sind?"

„Ja, wussten wir", räumte Birte kleinlaut ein.

„Und ihr habt uns davon nichts erzählt?"

„Seit dem verunglückten Club-Treffen mit euren Hildesheimer Freunden hatten wir den Eindruck, dass ihr gummifreien Partnertausch noch immer recht eng seht", erwiderte David. „Da hatten wir Sorge, dass wir euch mit einer AO-Party verschrecken würden."

„Die Sorge war berechtigt", entgegnete Steffen, während ich David einfach nur mit offenem Mund und großen Augen ungläubig anstarrte.

Darauf setzte erneutes Schweigen ein – bis David uns immer eindringlicher ansah und schließlich mit gesenkter Stimme sagte:

„Diese gummifreien Partys sind echt der Hammer. Wildes Getümmel und tauschen, ohne auf Gummis oder sonst etwas achten zu müssen. Das ist wirklich Gruppensex! Wir haben noch nie etwas derart Geiles erlebt. Lasst doch einfach mal den Gedanken zu und stellt euch vor wie das ist."

Doch seine Beschwörung hatte bei uns nicht den gewünschten Erfolg – im Gegenteil.

„Mit anderen Worten: Ihr habt auch schon an AO-Partys teilgenommen?", fragte ich.

David antwortete mit vielsagendem Schweigen, bis Birte sagte:

„Ja, haben wir."

„Wie oft?"

„Mehrfach."

„Ihr seid wahnsinnig!", sagte ich.

„Seit wann fickt ihr mit anderen ohne Kondom?", wollte Steffen wissen.

„Was wird das hier eigentlich?", fragte David entrüstet zurück. „Ein Verhör?"

„Du kannst es nennen, wie du willst", entgegnete ich ganz ruhig, sah David in die Augen und wiederholte Steffens Frage: „Seit wann macht ihr es mit anderen ohne Kondom?"

„Seit Ibiza", entgegnete Birte und zog sich damit Davids tadelnden Blick zu. Offensichtlich hatte er das nicht erzählen wollen. Doch Birte hatte wohl das Gefühl, uns diese Antwort schuldig zu sein und fuhr fort:

„Da haben uns Tanja und Axel zu einer privaten AO-Party mitgenommen, die ein deutsches Pärchen veranstaltet hat. Da haben wir zum ersten Mal blank durcheinander gevögelt."

„Augenblick mal", sagte ich und dachte kurz nach. „Ihr habt also mit anderen schon ungeschützten Partnertausch gehabt und es später auch noch mit uns gemacht? Verstehe ich das richtig?"

Eine Antwort erhielten wir darauf nicht, aber sie war auch nicht nötig.

„Genau genommen seid ihr nicht ganz unschuldig an dieser Entwicklung", setzte David zu meinem Erstaunen jedoch wieder an.

„Wie bitte?", fragte ich ungläubig.

„Naja", fuhr er mit einem leichten Grinsen fort, das aber etwas gekünstelt wirkte: „Mit euch haben wir gummifreien Partnertausch doch erst kennengelernt. Dabei sind wir auf den Geschmack gekommen. Alles Weitere hat sich mehr oder weniger von selbst entwickelt."

Damit wollte er das Ganze wohl auf eine ironische Schiene ziehen, um so wieder etwas mehr Leichtigkeit in unser sehr ernstes Gespräch zu bringen. Aber das ging daneben.

„Ihr seid Arschlöcher!", fauchte ich und stand auf. „Alle beide!"

Steffen folgte mir umgehend, und wir ließen die beiden in der Sitzecke zurück, ohne noch ein weiteres Wort zu verlieren. Wozu auch? Es war alles gesagt.

„Kirsten! Steffen!", hörte ich noch Birtes Stimme hinter mir, die nun beinahe flehentlich klang. Aber wir reagierten nicht mehr. Wir sahen uns nicht mehr um, sondern gingen nur noch zur Bar, um uns unseren Schrankschlüssel geben zu lassen. Damit war dieser Abend für uns beendet.

So früh hatten wir noch nie einen Swingerclub wieder verlassen.

Was folgte, war die schweigsamste Rückfahrt von einem Cluberlebnis, die wir je erlebt hatten. Steffen war ebenso in seinen Gedanken verloren wie ich in meinen. Nur einmal zog ich eine Tüte mit Weingummis aus dem Handschuhfach und fragte meinen Liebsten, ob er auch eins wolle. Zur Antwort erhielt ich ein undefinierbares Grunzen, das ich weder als Ja noch als Nein deuten konnte. Das war so ziemlich unsere gesamte Kommunikation während der zweistündigen Rückfahrt nach Hannover.

Ich vermutete, dass durch Steffens Kopf die gleichen Gedanken waberten wie durch meinen – und die waren alles andere als schön. Erneut hatten wir eine Krise in unserer Viererbeziehung mit Birte und David. Dieses Mal aber war sie weit heftiger als der skurrile Streit nach dem Geburtstag in Bielefeld.

Nein, sagte die Realistin in mir. Das ist keine Krise. Das ist das Ende.

Kapitel 11:
Zeit in Watte

Hannover, November / Dezember 2010

Natürlich war die Sache jetzt beendet. Daran konnte kein Zweifel bestehen. Einige Monate hatte ich mich der Illusion einer polyamoren Beziehung hingegeben, und nun war ich aufgewacht. Hart aufgeschlagen auf der weichen Matte eines Swingerclubs. Wie hatten die beiden das nur tun können? Es war einfach unfassbar.

In den kommenden Tagen bekamen wir noch zweimal eine Mail von Birte und David. „Lasst uns wenigstens noch mal darüber reden", lasen wir und: „Das kann doch so nicht einfach zu Ende gehen."

Doch, dachte ich. Konnte es, würde es – war es bereits. Wir beantworteten diese Mails nicht mehr. Es war vielleicht auch nicht schön, eine derart intensive Beziehung schlichtweg mit dem Ignorieren von Mails zu beenden, aber ich konnte mich nicht zu einer Antwort durchringen. Als an einem Abend das Telefon klingelte und ich im Display die Bielefelder Nummer der beiden erkannte, überließ ich den Anruf vertrauensvoll der Automatik unseres Anrufbeantworters. Anschließend löschte ich die aufgesprochene Nachricht, ohne sie zuvor abgehört zu haben. Auch Steffen verspürte keine Neigung zur Kommunikation mit den beiden, also ließen wir es. Zu groß waren Enttäuschung, Trauer und Wut. Vor allem Wut. Die wenigstens half meiner Seelenlage – mehr sogar als meine Jogging-Runden durch den Stadtwald.

Ansonsten aber war es eine ziemlich unerfreuliche Mischung von Gefühlen, die sich in meinem Innern zusammenbraute. Auch Angst gesellte sich dazu. Was, wenn wir uns bei den beiden nun etwas geholt hatten? Sicher, seit ihrem Ibiza-Urlaub hatten wir nicht mehr allzu oft mit ihnen Sex gehabt. Aber ein paar Mal schon. Und einmal konnte ja bereits reichen. Zudem hatte David nach der verunglückten AO-Party in Paderborn wie ein Besessener in mich gestoßen und war auch in mir gekommen.

Während ich in meinem Kapuzenpulli bei Nieselregen über die verschlammten Pfade im hannoverschen Stadtwald trabte, sah ich einen gruseligen Gedankenfilm vor meinem geistigen Auge: Ein Film, in dem Davids heftige Stöße winzige Verletzungen in mir verursacht hatten, durch welche dann kleine, böse HI-Viren in meinen Blutkreislauf gelangt waren, die dort nun ihr unheilvolles Werk begonnen hatten. Nach diesem Lauf stand ich sehr lange unter der heißen Dusche. Aber auch das half natürlich nichts.

Noch bedrückender war, dass auch Steffen und ich in den kommenden Wochen sonderbar distanziert miteinander umgingen. Zwar schliefen wir wie immer zusammen, auch konnte ich in seinen Armen die bösen Fantasien zuweilen vergessen, aber irgendetwas hatte sich auch zwischen uns verändert. Natürlich sprachen wir über das Geschehene. Aber anders als ich das aus den vergangenen Jahren kannte, brachten solche Gespräche keine Lösung. Wie sollten sie auch?

Das Gefühlschaos blieb. Ich fühlte mich wie in Trance, und es wollte mir einfach nicht gelingen, daraus aufzuwachen.

Meine Mailfreundin Ines hatte recht behalten: Die Sache mit Birte und David hatte eine Eigendynamik entwickelt. AO-Paare, da musste ich ihr nun recht geben, neigten mit der Zeit zu einem recht elastischen Verhältnis zum Safer Sex. Das zumindest unterschied uns von den beiden Bielefeldern. Sie sahen offensichtlich kein Problem in dem Gesundheitsrisiko, das sie eingegangen waren und auch uns zugemutet hatten. Wir schon.

Meine Mail an Ines war ziemlich kleinlaut, aber ich konnte nicht anders, als ihr die ganze Geschichte zu erzählen. Meine Frage an die große Swinger-Schwester klang für sie vermutlich etwas flehentlich: „Was sollen wir nur tun?"

Darauf hatte Ines eine recht lapidare Antwort: „Zum Aidstest gehen, was sonst?"

Glücklicherweise hatte sie auch einige sehr beruhigende Sätze für mich, in denen sie mir die statistische Wahrscheinlichkeit einer Infektion erläuterte, die offenbar längst nicht so groß war, wie ich es mir in meinen Gedankenfilmen vorgestellt hatte. Die innere Beruhigung nach dieser Antwortmail hielt allerdings nur eine Stunde. Dann war die Angst wieder da.

Natürlich hatte Ines recht. Wir mussten zum Aidstest. Das Dumme war nur, dass das jetzt noch keinen Zweck hatte. Seit unserem letzten Sex mit Birte und

David waren sechs Wochen vergangen. Für ein verlässliches Testergebnis aber mussten es drei Monate sein. Wir waren also dazu verdammt, noch anderthalb Monate zu warten. Und diese Zeit wurde lang. Obgleich selbst der November noch einige recht milde und sogar sonnige Tage mit sich brachte, fühlte sich dieser Herbst wie ein nicht enden wollender Winter an. Die Zeit schien wie in Watte gepackt. Sie wollte nicht verstreichen, nichts war irgendwie greifbar. Manchmal stand ich am Wohnzimmerfester, betrachtete die kahlen Bäume auf dem kleinen Platz vor unserem Haus und fühlte mich einfach nur leer. Zumindest dagegen half dann joggen. Manchmal jedenfalls.

Irgendwelche neue (oder aufgewärmte alte) Swinger-Kontakte gab es in der Zeit nicht. Wir schauten eher selten in unser Joyclub-Profil. Wozu auch? Die Lust am Swingen war uns vorerst vergangen. Auch die Mail eines recht interessanten (und offensichtlich interessierten Anfängerpaares) ließen wir unbeantwortet. Die beiden waren sehr attraktiv und öffneten uns sofort ihre geschützte Galerie mit Gesichtsbildern. Natürlich schauten wir sie uns an. Da lächelten uns zwei sympathische Menschen vom Bildschirm an, denen wir unter anderen Umständen mit Sicherheit umgehend geantwortet hätten. Der Mann hatte ein kantiges Gesicht, einen Dreitagebart, breite Schultern und wirkte mit seinem leicht machohaften Blick sehr maskulin. Er war ein Mann, bei dem ich ganz spontan einfach nur „wow" sagte – allerdings nur in Gedanken für mich selbst. Etwas Ähnliches galt für seine Frau: Sie hatte ein Gesicht wie aus dem Weichzeichner. Sie war eine der wenigen Frauen, bei der auch ich auf Anhieb Lust gehabt hätte, sie zu küssen. Und ihre beschriebene Bi-Neigung im Profil stellte in Aussicht, dass ich ihre Küsse wohl auch würde bekommen können. Dennoch antworteten wir den beiden nicht. Selbst die große Oberweite dieser schönen Frau entlockte Steffen lediglich ein wohlwollendes Achselzucken.

Als endlich die Wartezeit verstrichen war, saßen wir gemeinsam im Wartezimmer der Aidsberatung. Ich spürte mein Herz klopfen, als ich vor Steffen drankam. Ein freundlicher Mann fragte mich, was mir Sorgen bereite und warum ich einen Aidstest machen wolle. Für einen Augenblick war ich in Versuchung, ihm die ganze Geschichte zu erzählen, beließ es dann aber mit Andeutungen:

„Ich hatte mehrfach ungeschützten Sex mit einem Mann, von dem ich inzwischen weiß, dass er gleichzeitig auch mit anderen Frauen ohne Kondom geschlafen hat", sagte ich lediglich.

Der Berater nickte verständnisvoll und fragte erfreulicherweise nicht weiter nach. Allerdings erläuterte er mit mir, wie das HI-Virus übertragen werden konnte und wie nicht. Dass wir dabei auch das Thema Analsex besprachen, tat mir nicht gut, musste aber wohl sein. Immerhin beruhigte ich mich mit dem Gedanken, dass sich Davids Eindringen in mein Poloch vor dem Ibiza-Urlaub der beiden und somit wohl vor ihrem Eintauchen in die AO-Welt ereignet hatte. Aber wer wusste schon, ob wir wirklich die ganze Wahrheit kannten.

Die anschließende Blutabnahme für den eigentlichen Test fühlte sich merkwürdigerweise ein wenig befreiend an – auch wenn wir nun noch einmal eine Woche warten mussten, bis wir das Ergebnis erfahren würden. Aber ich hatte das Gefühl, dass es nun endlich voranging. Die Zeit schien sich allmählich wieder aus der Watte herauszutasten.

Trotzdem pochte mein Herz erneut, als wir eine Woche später wieder zur Aidsberatung gingen, um uns die Ergebnisse abzuholen. Ich weiß nicht, ob ich ernsthaft etwas anderes als HIV-negativ befürchtet hatte, aber der Stein, der mir vom Herzen fiel, als wir beide unsere erfreulichen Testergebnisse erfuhren, muss riesengroß gewesen sein. Steffen und ich waren gesund geblieben, wir hatten uns bei unserem Ausflug in die Welt des gummifreien Partnertausches nichts geholt. Ich blickte lächelnd dem Tag entgegen, der gerade erst begonnen hatte.

Wir hatten uns beide frei genommen – in dem Gefühl, dass wir diesen Tag für uns brauchen würden. So oder so. Das Frühstück, zu dem wir nach dem Termin bei der Aidsberatung in unserem Lieblingsbistro einkehrten, schmeckte wundervoll. Mit jedem Bissen Brötchen, mit jedem Schluck Milchkaffee spürte ich mein Erwachen aus der ungewollten Trance. Und allein an Steffens Blick erkannte ich, dass es ihm ebenso ging. Endlich lächelten wir wieder. Und dieses Lächeln kam aus der Tiefe der Seele.

Als wir anschließend nach Haus gingen, konnten wir nicht schnell genug ins Bett kommen, wo wir die kommenden Stunden verbrachten. Wir hatten ganz sanften und zärtlichen Sex, wobei wir mehr als nur einmal miteinander schliefen. Als Steffen mir zwischen meinen Beinen liegend einen Orgasmus bescherte und kurz darauf auch selbst in mir kam, war das einer jener Momente in meinem Leben, in denen ich einfach nur glücklich war.

Am späten Nachmittag packte mich die Aufräumwut. Ich ging durch unsere Wohnung, zog ein Swingerbuch aus dem Regal, das Birte und David uns einst geschenkt hatten und steckte es in eine Mülltüte. Das gleiche Schicksal ereilte eine kleine (an sich sehr schöne) Kamasutra-Figur, die sie uns von Ibiza mitgebracht hatten. Aus einem Schränkchen, in dem wir ein paar Sexspielzeuge, Augenbinden und ähnliches aufbewahrten, nahm ich eine Flasche mit Massageöl, das wir vor einigen Monaten zu viert benutzt hatten. Ein bisschen schwer fiel es mir, auch jene Schühchen in die Mülltüte zu stecken, die ich im Sommer bei dem getrennten Wochenende getragen hatte. Die hatte ich zwar nicht eigens dafür gekauft, aber bei der Gelegenheit zum ersten Mal getragen – damit waren sie für mich mit David verknüpft. Die Schuhe hatte ich wirklich gemocht, aber es half nichts: Sie mussten weg. Beim BH, dem Slip und dem grünen Nagellack jenes Wochenendes fiel mir die Entsorgung etwas leichter. Das traf auch auf die Netzstrümpfe zu, die ich für jenen getrennten Flirt-Abend im April eigens gekauft hatte.

„Was tust du?", fragte Steffen als er auf die Sammlung in der Mülltüte blickte.

„Ich räume Erinnerungen weg", entgegnete ich.

Steffen nickte und ging anschließend mit mir nach unten vor das Haus, wo wir die Tüte gemeinsam in der Mülltonne versenkten. Damit betrachteten wir das Kapitel Birte und David als abgeschlossen.

So ganz war es das aber noch immer nicht. Ein paar Tage später war Heiligabend, und wir setzten uns am Vormittag gemeinsam vor dem PC. Wir wollten ein paar Weihnachtsgrüße versenden – an ganz normale Freunde mit ganz normaler E-Mail und an alte Swingerkontakte über *Joyclub*. Zu unserer Freude hatten wir selbst bereits ein paar Grüße in der Mailbox, als wir uns in dem Sexforum einloggten – und zu unserer Überraschung kam einer davon aus Bielefeld:

Hallo ihr zwei,

es ist Weihnachten und somit Zeit, endlich mal wieder guten alten Freunden einen kleinen Gruß zu schicken, auch wenn ihr möglicherweise noch immer sauer auf uns seid. Seid ihr? Oder stimmt euch die besinnliche Zeit doch ein bisschen milde? Wir würden uns freuen, mal wieder ein paar Zeilen von euch zu lesen, einfach zu hören, wie es euch geht. Schließlich seid ihr für uns noch immer zwei sehr besondere Menschen, mit denen wir eine sehr besondere Zeit verbracht haben. Und nichts davon möchten wir missen.

Fühlt euch gegrüßt und umarmt – und wenn ihr mögt, dann auch gern noch ein bisschen mehr.

Birte und David

Ich sah Steffen erstaunt an: „Nichts davon möchten sie missen? Na, die haben vielleicht Nerven. Mir würden ein paar Dinge einfallen, auf die ich liebend gern verzichtet hätte."

Mein Liebster zuckte mit den Schultern: „Wie reagieren wir darauf?", fragte er mich, während seine Hand die Maus bewegte und der Cursor scheinbar unentschlossen über die Bildschirmseite schwebte. Es hätte mich durchaus gereizt, darauf ein paar Sätze zu entgegnen. Allein schon, weil ich gern gewusst hätte, ob die beiden sich weiter in der AO-Szene bewegten oder vielleicht doch wieder zur Vernunft gekommen waren.

Der Cursor wanderte ins Antwortfeld, dann wieder heraus, dann wieder in das Antwortfeld, Steffen klickte zurück in die Mailübersicht, der Cursor schwebte auf die Mail, öffnete sie aber nicht erneut. Schließlich nahm ich meinem Liebsten die Maus aus der Hand und klickte auf den Löschen-Button. Damit war die Mail aus Bielefeld verschwunden.

„Du bist ja ganz schön nachtragend", sagte Steffen.

„Nein", erwiderte ich. „Nur konsequent."

Damit war das geklärt.

Anschließend schrieben wir die Weihnachtsgrüße, die wir schreiben wollten. Von manchen dieser Menschen hatten wir lange nichts gehört – was natürlich auch an uns lag. Monatelang hatten wir uns auf Birte und David konzentriert und dabei andere Kontakte vernachlässigt. Wir wollten auch Natalie und Philipp einen kleinen Gruß schicken – auch wenn unser Cluberlebnis mit ihnen ja ein ziemliches Desaster gewesen war. Als wir ihr Profil anklicken wollten, bekamen wir allerdings eine Rückmeldung vom System, die einer kalten Dusche gleichkam:

„Dieses Paar ignoriert euch", lasen wir. Die beiden hatten unser Profil gesperrt. Somit hatten wir gar keine Chance, ihnen zu schreiben.

„Da ist offenbar noch jemand konsequent", sagte Steffen.

Das war wohl so. Wie hätte sich das mit den beiden wohl entwickelt, wären uns bei jenem Clubabend Birte und David nicht dazwischen gekommen? Aber es war müßig, darüber nachzudenken. „Das Geschehene ist eine Fabel", fiel mir die alte Weisheit aus dem Lateinunterricht ein. Oder, wie man heute sagen würde: Vorbei ist vorbei.

Dafür aber geriet ein anderes Paar in unseren Blick. Die Mail jenes Anfängerpaares, das uns vor ein paar Wochen angeschrieben hatte, war noch immer in unserer Mailbox. Wir sahen uns das Profil erneut an. Obgleich wir den beiden nicht geantwortet hatten, waren ihre Gesichtsbilder noch immer für uns offen. Wieder lächelte uns dieses Weichzeichner-Gesicht der Frau an, neben dem mir ein charmant-machohafter

Dreitagebart-Blick ein erneutes „Wow" entlockte. Dieses Mal allerdings nicht still und tief in meinem Innern, sondern durchaus vernehmbar für den Mann an meiner Seite.

„Na, passt der in dein Beuteschema?", fragte Steffen grinsend, obgleich er die Antwort ganz genau kannte.

„Ich würde sagen: Ungefähr so wie die Frau in deins", entgegnete ich mit vermutlich einem ganz ähnlichen Gesichtsausdruck.

Steffen nickte und sagte: „Ich glaube, es wird Zeit, wieder auf Jagd zu gehen."

Ich erwiderte nichts, sondern lehnte mich an ihn und sah einfach zu, wie er eine schön formulierte Mail an ein interessantes Paar schrieb. Ich ahnte, die beiden würden uns unser langes Schweigen verzeihen und sich mit uns verabreden.

Ich sollte recht behalten.

Kapitel 12:
Begegnung beim Umsteigen

Hannover, Frühling 2012

Es war einer der ersten milden Tage in diesem Frühling und ich genoss die Wärme der Sonne. Trotzdem fühlte ich mich nicht ganz wohl, als ich vor dem Cafe am Hauptbahnhof von Hannover saß und wartete. Was tust du hier eigentlich, fragte meine Mahnerin mehrfach. Weder meine Realistin noch meine Erotikfee hatten darauf eine Antwort. Hin und wieder sah ich auf mein Handy, obgleich ich ganz genau wusste, dass ich zu früh dran war und noch würde warten müssen.

Anderthalb Jahre waren vergangen seit unserer letzten Begegnung mit Birte und David. Nachdem wir den Aidstest gemacht und uns kurz darauf auch wieder auf neue Kontakte eingelassen hatten, waren die beiden Bielefelder aus unserem Bewusstsein halbwegs verschwunden. Wir hatten sie nicht nur aus unserer Freundesliste bei *Joyclub* gelöscht, sondern unser Profil für sie komplett gesperrt. Wir sprachen nicht mehr über diese Beziehung zu viert; es gab Wichtigeres in unserem Leben. Trotzdem hatte dieses Dreivierteljahr, das wir mit Birte und David verbracht hatten, ein paar Nachwirkungen.

Vor allem war da der Safer Sex: Der war uns zwar auch vor dieser gummifreien Zeit mit den beiden wichtig gewesen, nun aber achteten wir beim Partnertausch noch mehr darauf, was wir taten – und was andere taten. In der ersten Zeit machten wir nur noch Partnertausch mit besonders reißfesten Kondomen, welche wir auch mitnahmen, wenn wir einen Swingerclub besuchten – obgleich es dort nun wirklich keinen Mangel an Gummis gab. Direkt nach einem Partnertausch ertappte ich mich immer wieder beim Blick auf das benutzte Gummi bei der bangen Frage, ob es nicht möglicherweise beim Poppen geplatzt war (obgleich so etwas nun wirklich selten passierte). Kamen wir mit einem Paar neu in Kontakt, dann sprachen wir sehr schnell die Frage an, wie die beiden es denn mit Safer Sex hielten. Gab es da keine eindeutige Antwort oder wurde sogar die Möglichkeit für AO ins Spiel gebracht, beendeten wir den Kontakt sofort wieder. Anfangs hatte ich die Befürchtung, dass uns unsere Leichtigkeit beim Swingen abhanden gekommen sein könnte. Glücklicherweise schlich sich dieser Gedanke aber nur manchmal in meinen Kopf und verschwand im Laufe der Monate mehr und mehr. Was blieb, war allerdings die Bevorzugung besonders reißfester Kondome.

Dann war da auch noch die Sache mit den Vorlieben, die wir in unserem Joyclub-Profil an einigen Stellen veränderten. So bestand ich darauf, den Punkt „Anal" in der Liste unserer Vorlieben und Abneigungen auf „geht gar nicht" zu setzen. Analsex hatte zwar noch nie zu meinen Vorlieben gehört, aber so deutlich war das aus unserem Profil bisher nicht hervorgegangen. Das war natürlich eine Auswirkung von Davids

Eindringen in mein Schokotöpfchen, wie er das genannt hatte. Auch die Antwort auf die Frage nach Spermaspielen veränderten wir: von „stehen wir drauf" auf „situationsabhängig". Das war zwar nur eine Stufe darunter, aber die Veränderung war mir dennoch wichtig. Eigentlich mochte ich es in entsprechenden Situationen ganz gern mal, angespritzt zu werden – zumindest auf bestimmte Körperstellen. Das war nichts, was ich erst durch David kennengelernt hatte. Aber Birtes Fantasie einer Spermadusche mochte ich dann doch nicht teilen.

Wenn ich allerdings viel Sperma auf nackter Haut erblickte (was etwa bei einem späteren Cluberlebnis bei einer anderen Frau der Fall war), dann sah ich automatisch jenes Foto von mir, das David in der Nacht nach Birtes Geburtstagsfeier von mir gemacht hatte. Diese Erinnerung aber war zwiespältig: Sie war erregend und zugleich wollte ich sie verdrängen. Also schob ich Spermaspiele lieber etwas weiter weg, ohne sie ganz zu verbannen.

Es gab auch Nachwirkungen ganz anderer Art: So verwarfen wir unseren Plan, einen Urlaub auf Ibiza zu verbringen. Die Insel war für uns vorerst zu sehr mit Birte und David verbunden. Es gab andere schöne Reiseziele, die auf uns warteten.

Zudem gingen wir mit unseren Besuchen in Swingerclubs etwas anders um: Waren wir für einen Clubabend mit einem Paar verabredet, so meldeten wir uns nur noch anonym an – damit uns niemand in der Anmeldeliste entdecken und dann überraschen konnte, wie das Birte und David getan hatten, als wir eigentlich mit Natalie und Philipp verabredet waren.

Und dann war da die Sache mit den Grapefruits: Obgleich ich die früher ausgesprochen gern gegessen hatte, sollten sie auch in der Zeit nach Birte und David nicht auf meine Einkaufsliste zurückkehren – auch wenn ich inzwischen wusste, dass dieses Obst keineswegs die Wirkung der Pille beeinträchtigen konnte. Das war ganz einfach ein Mythos. Außerdem war gummifreier Partnertausch für Steffen und mich nun ohnehin zu einem absoluten Tabu geworden, so dass ich die Verbannung meiner einstigen Lieblingsfrucht aus dem Einkaufswagen selbst dann hätte aufheben können, wenn sie tatsächlich die Pille beeinträchtigen könnte. Aber das tat ich nicht. Mehrfach ertappte ich mich dabei, wie ich sie im Obst- und Gemüseregal liegen sah und dann weiterging. Vielleicht, so mutmaßte die Hobbypsychologin in mir, hatte ich sie in meinem Unterbewusstsein irgendwie mit Birte und David verknüpft und bestrafte nun das Paar in Bielefeld durch Missachtung dieser Frucht. Das war zwar abstrus, aber dennoch nicht ganz unwahrscheinlich.

Sicher, das alles waren nur Kleinigkeiten. Aber es waren eindeutig Nachwirkungen unserer Zeit mit Birte und David. Vermutlich stimmte die alte Weisheit, nach der man aus jeder Beziehung etwas mitnahm – sogar aus einer Beziehung zu viert.

Natürlich erkannte ich David trotz seiner Sonnenbrille sofort. Er kam direkt auf mich zu, obwohl es auf dem Bahnhofsvorplatz viele kleine Tischchen mit noch mehr Menschen daran gab, die die warme Frühlingssonne nach draußen gelockt hatte. Eigentlich hätte ich einen suchenden Blick erwartet. Aber David war schon immer sehr zielstrebig gewesen, schoss es mir durch den Kopf, während ich zunächst sitzen blieb und zusah, wie er näherkam. Erst als er direkt vor mir stand und die Sonnenbrille abnahm, stand ich auf.

„Hallo Kirsten", sagte er und wollte mich in den Arm nehmen.

„Hallo David", erwiderte ich und ließ nur die Andeutung einer Umarmung zu.

Während wir uns setzten, fiel mir auf, dass meine eher spröde Begrüßung nicht so recht zu meinem Outfit passte, welches mit Minirock und enger Bluse möglicherweise ganz andere Signale aussendete. Außerdem trug ich jene rote Lederjacke, in der ich zwei Jahre zuvor bei unserem getrennten Flirt mit David durch die Stadt geschlendert war. Aber mit diesem Widerspruch musste er irgendwie klarkommen, beschloss ich, und legte ein Bein über das andere.

„Deine SMS gestern hat mich ganz schön überrascht", begann ich das Gespräch.

„Offen gestanden hat sie mich selbst überrascht", entgegnete er. „Ich habe lange überlegt, ob ich sie dir schicken soll oder nicht. Außerdem wusste ich ja nicht mal, ob deine Handynummer noch aktuell ist. Nachdem ihr uns bei *Joyclub* gesperrt hattet, hätte es mich nicht gewundert, wenn du auch noch deine Telefonnummer gewechselt hättest."

„Na, so viel Aufwand muss ja nun auch wieder nicht sein. Die Sache mit dem Profil bei *Joyclub* hat ja nur einen Klick gekostet", fügte ich eher kühl hinzu und erhielt dafür einen sehr indifferenten Blick. So ganz schlau wurde er wohl nicht aus mir und meiner Bemerkung. Aber das musste er ja auch nicht.

„Was treibst du hier?", fragte ich ihn.

„Umsteigen", entgegnete er.

„Ach ja, in Hannover kann man ja nur umsteigen", erwiderte ich und nun mussten wir doch beide grinsen. Schließlich war das einer der ersten Sätze, die ich damals nach unserem Kennenlernen im Club von ihm zu hören bekommen hatte – was mich in jener Situation zwei Jahre zuvor allerdings nicht sonderlich erheitert hatte.

„Der eingefleischte Autofahrer fährt Bahn?", fragte ich.

„Notgedrungen", entgegnete er. „In Flensburg gibt es so eine merkwürdige Kartei. Und die ist der Ansicht, dass ich mein Auto mal für eine Weile stehen lassen sollte."

„Was hast du verbrochen?"

„Ich war wohl ein bisschen zu oft zu schnell auf der Überholspur."

„Den Eindruck hatte ich vor zwei Jahren schon", entgegnete ich.

David schaute mich eine Sekunde fragend an. Erst dann realisierte er wohl, was für eine passende Metapher er gerade von sich gegeben hatte. Und ich hatte nicht widerstehen können, sie zu nutzen. Schmunzelnd nickte er:

„Ja, da hast du vielleicht gar nicht mal so unrecht."

Ich entgegnete nichts, gab ihm aber einen deutlichen Siehst-du-Blick.

„Ihr wart damals ganz schön sauer auf uns, oder?", setzte er wieder an.

„Das kann man wohl sagen!"

„Und ist der Zorn mittlerweile verraucht?"

Einen Augenblick dachte ich nach, bevor ich antwortete:

„Weißt du, David: Das liegt jetzt anderthalb Jahre zurück. Steffen und ich sind gesund geblieben. Wir haben das überprüft. Deshalb hat sich meine Wut über dich und euer Verhalten einigermaßen gegeben. Aber auch, wenn ich das alles jetzt mit Abstand betrachte, muss ich doch dabei bleiben, was ich bei unserer letzten Begegnung im Club schon gesagt habe: Ihr seid Arschlöcher!"

David sah mich fassungslos an. So hatte er sich unser Wiedersehen vermutlich nicht vorgestellt. Dass ich meinen letzten Satz mit einem freundlichen Lächeln verknüpft hatte, verringerte seine Verwirrung wohl auch nicht gerade. Für einen Augenblick sah er aus, als wisse er nicht, ob er nicht besser aufstehen und sofort wieder gehen solle. Er entschied sich zu bleiben.

„Eine Sache wundert mich allerdings", sagte er nun mit etwas gedämpfter Stimme. „Ein paar Monate vorher habt ihr euch darauf eingelassen, mit uns blank zu ficken – und dann macht ihr plötzlich dicht."

„Ganz recht: mit euch – und mit niemandem sonst. Wir hatten uns darauf verlassen, dass diese vereinbarte Exklusivität Bestand haben würde."

„Tja, das ist natürlich ein gewisser Unterschied", gab er immerhin kleinlaut zu.

„Nein, das ist der entscheidende Unterschied. Außerdem war ich damals verliebt in dich. Sehr sogar! Und wenn man verliebt ist, macht man so manches."

„Du hattest dich in mich verliebt?"

„Ja, natürlich", entgegnete ich und wunderte mich anschließend selbst über meine spontane Gegenfrage: „Du dich etwa in mich nicht?"

„Naja, was heißt schon verliebt?", setzte er an, während er ganz offensichtlich nach den richtigen Worten suchte, die er aber nicht fand.

„Schon gut", sagte ich und machte eine abwehrende Handbewegung. Er sollte es besser nicht noch schlimmer machen. Vielleicht war ich ja doch die einzige gewesen, die unsere Viererbeziehung als polyamor betrachtet hatte – obgleich ja zweifellos auch Birte in Steffen verliebt gewesen war.

„Auf jeden Fall ist es ein Jammer, dass das alles so abrupt zu Ende gegangen ist", sagte er nach ein paar Sekunden gemeinsamen Schweigens. „Das war schon etwas sehr Besonderes für uns."

„Ja, für uns auch", stimmte ich ihm zu. „Aber ihr hattet unsere Vereinbarung gebrochen und unser Vertrauen missbraucht. Zudem wart ihr ein Gesundheitsrisiko geworden. Das konnten wir nicht akzeptieren."

Innerlich platzte ich vor Neugierde zu erfahren, ob sich die beiden noch immer in der AO-Szene bewegten oder nicht. Aber ich verkniff mir die Frage danach. Dennoch erhielt ich eine Antwort.

„Im Moment machen wir übrigens eine komplette Auszeit beim Swingen", erzählte David.

„Oh", sagte ich und war ernsthaft überrascht. „Wie kommt das denn?"

„Birte ist schwanger", entgegnete er. „Das hatten wir zwar nicht geplant, aber es ist eben passiert."

Für einen Augenblick vergaß ich meine Reserviertheit, lehnte ich mich ganz spontan zu ihm und nahm ihn in den Arm – wenn auch nur ganz kurz. Ob Birte nun die Pille vergessen hatte oder wie auch immer es zu dieser Schwangerschaft gekommen war, wollte ich gar nicht wissen. Ein Verhütungsunfall hatte immer einen Grund. Und der Wichtigste war vielleicht, dass eine Frau schwanger werden wollte. Das Thema Kinder war bei den beiden ja ein bisschen heikel, wie wir damals schon bei unserem ersten Besuch in Bielefeld festgestellt hatten. Möglicherweise hörte Birte mit ihren jetzt 32 Jahren so allmählich die biologische Uhr ticken. Unwillkürlich horchte ich in mich hinein – und hörte nichts. Jedenfalls kein Ticken. Aber ich war ja auch vier Jahre jünger als Birte.

„Herzlichen Glückwunsch, Papa David", sagte ich lächelnd.

„Keine Ahnung, ob ich wirklich Papa werde", entgegnete er und rührte lange in seinem Kaffee. Ein glücklicher werdender Vater sah anders aus. Ich schaute David fragend an und wartete auf die Fortsetzung seiner Aussage – obgleich ich bereits ahnte, wie er das meinte.

„Naja", sagte er endlich. „In der Zeit als es passiert sein muss, hat Birte mit so einigen Männern Sex gehabt. Ich kann also nicht wissen, ob ich wirklich der Vater bin – rein biologisch gesehen."

Noch immer erwiderte ich nichts, aber mein Blick war wohl Frage genug.

„Ja", fuhr er endlich fort. „Alles ohne Gummi. Leider war Birte etwas vergesslich mit ihrer Pille."

„Ach", entgegnete ich und sah vor meinem geistigen Auge plötzlich wieder jene Party in Paderborn, bei der hemmungslos und gummifrei durcheinander gevögelt worden war – und von der wir dann zu Davids Ärger geflüchtet waren.

„Ich hoffe, die anderen potenziellen Väter bringen ebenso gute Gene mit wie du", sagte ich und versuchte aufmunternd zu klingen. Das aber misslang.

„Wir wissen nicht mal so genau, wer alles infrage kommt", sagte er seufzend. „Genau in der Zeit waren wir bei einer AO-Party, wo es ziemlich durcheinander ging. Birte weiß nicht mal mehr, wer sie da alles gefickt hat. Du weißt ja: Sie ist ein bisschen spermageil und hat sich von allen möglichen Männern anspritzen lassen."

„Offenbar nicht nur anspritzen."

„Nein", entgegnete David nachdenklich. „Nicht nur das."

Na immerhin hat sie sich ihre Fantasie der Spermadusche erfüllt, dachte ich, sprach es aber nicht aus. Für einen Augenblick sah ich ihren schlanken, nackten und spermaverschmierten Körper deutlich vor mir – und war froh, dass nicht auch Steffen seinen Beitrag dazu geleistet hatte. Zwei Jahre zuvor hätte das ja durchaus sein können – und mir hätte dann der Gedanke Unruhe bereitet, ob möglicherweise mein Mann die andere Frau geschwängert hatte. Das war keine schöne Vorstellung.

„Mal ganz ernsthaft, David: Findest du nicht, dass das alles ziemlich wahnsinnig ist, was ihr da treibt? Auch wenn Birte nicht schwanger wäre oder ihr wissen könntet, dass das Baby von dir ist?"

„Die unklare Vaterschaftslage ist natürlich nicht schön. Aber ich denke, wir werden keinen Vaterschaftstest machen, sondern ich werde dieses Kind auf jeden Fall als mein Kind betrachten."

„Ich glaube, das ist eine gute Haltung", pflichtete ich ihm bei. „Es ist euer Kind. Es ist bei eurem Sex entstanden – egal, wessen Sperma da in Birte am schnellsten war."

„Ja, das sehe ich genauso. Vor Schwangerschaft schützt das Sozialkondom leider nicht", fügte er spöttisch lachend hinzu.

„Glaubst du etwa wirklich, es schützt vor irgendetwas anderem?"

„Einigermaßen schon", beharrte er trotz allem.

„So ein Sozialkondom ist doch löchrig ohne Ende. Wer war denn zum Beispiel das Paar, mit dem wir euch im Club gesehen haben?"

„Die gehören auch zu der Paderborner Gruppe. Sie waren nur an dem Abend mit euch nicht dabei. Die Gruppe ist deutlich größer, als ihr das erlebt habt."

„Das meine ich: je größer desto löchrig."

„Ich habe eigentlich den Eindruck, die Gruppe nimmt das ernst."

„Ihr nehmt es doch selbst nicht ernst. Wenn wir vier zusammen geblieben wären, weiterhin blank gefickt hätten und Steffen und ich aber nicht unter euer Sozialkondom geschlüpft wären: Dann wäre da doch an dieser Stelle schon ein Loch in eurem merkwürdigen Kondom. Oder? Wer in eurer Gruppe hat wohl sonst noch darüber hinaus weitere gummifreie Kontakte? AO-Paare werden recht geschmeidig in ihrer Auffassung von Safer Sex, hat mir mal eine gute Freundin gesagt. Ich fürchte, sie hat recht."

David sah mich an und fühlte sich wohl festgenagelt. Vermutlich hatte ich ihm eine unangenehme Wahrheit gesagt, die er natürlich selbst kannte, aber dennoch nicht gern hören wollte. Statt einer Antwort zuckte er mit den Schultern, und ich beschloss, das Thema auf sich beruhen zu lassen. Auch er wollte die Sache wohl nicht weiter vertiefen. An der Stelle würden wir zu keiner gemeinsamen Sicht der Dinge kommen. Deshalb hatten wir uns ja auch vor anderthalb Jahren getrennt.

„Ich muss leider zum Zug", sagte er schließlich mit einem ernsten Blick auf die Uhr.

Ach ja, dachte ich. Er war ja eigentlich nur zum Umsteigen hier. Für einen Moment reagierte ich dennoch nicht, sondern sah ihn forschend an. David war ein anderer geworden. In seinem Blick lag sehr viel Unruhe, und das lag sicher nicht allein an seinem Terminkalender und der nahenden Abfahrtszeit des Zuges. Die hypnotische Wirkung seiner Augen, die mich vor zwei Jahren so sehr fasziniert hatte, war vollständig verschwunden. Ich hatte den Eindruck, der Mann hatte seine Mitte verloren. Hoffentlich würde sich das mit der Geburt seines Kindes wieder ändern.

Als wir beide aufstanden, war er augenscheinlich unsicher, ob er mich in den Arm nehmen dürfe oder nicht. Da ich das Gefühl hatte, dass dies nun wirklich unsere letzte Begegnung sein würde, nahm ich ihm die Entscheidung ab und umarmte ihn. Nicht so wie früher, aber doch etwas inniger und länger, als man das normalerweise mit guten Freunden tat. Als seine Hand auf meinem Rücken nach unten zu rutschen begann, löste ich mich wieder von ihm. Wir lächelten uns verhalten an, er wollte etwas sagen, doch ich kam ihm zuvor:

„Machs gut", sagte ich. „Grüß Birte und streichel ihr von mir den Babybauch."

Damit immerhin zauberte ich ihm ein deutlicheres Lächeln ins Gesicht. Er erwiderte nichts mehr, nickte nur und wandte sich zum Gehen. Kurz darauf war er zwischen den vielen Menschen auf dem Bahnhofsvorplatz verschwunden, ohne sich noch einmal nach mir umzusehen.

Auch ich machte mich auf den Heimweg. Ich hatte Steffen versprochen, an diesem Abend etwas für uns zu kochen. Die Zutaten dafür hatte ich bereits zu Haus. Dennoch wollte ich noch einen kleinen Umweg zu unserem türkischen Gemüsehändler machen.

Ich hatte Lust auf Grapefruits.

Von Kirsten Steiner sind bisher folgende Titel erschienen (Stand März 2017):

Schneetreiben für vier
Winter, Sonne, Sex – eine wundervolle Mischung. Allerdings waren Sabrina und Florian, mit denen wir diesen Skiurlaub im Montafon verbrachten, als Swinger noch völlige Anfänger. Dennoch wurde es eine heiße Woche zwischen Piste, Sauna und Bett. Aber vielleicht war es auch gerade deshalb so spannend, weil die beiden gar nicht so recht wussten, was sie eigentlich wollten. So manches haben sie mit uns dann aber entdeckt.

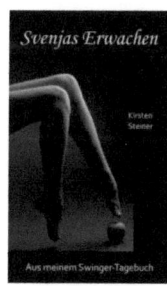

Svenjas Erwachen
Meine Schulfreundin Svenja war schon immer ein schwieriger Fall. Als Teenager hatte sie nie einen Freund abbekommen, als Studentin geriet sie stets an die falschen Männer. Und als sie mir dann einmal erzählte, dass sie seit fünf Jahren keinen Sex mehr gehabt hatte, habe ich sie zu einem Besuch im Swingerclub überredet. Und mit einer Freundin durch einen Club zu streifen, ist etwas ganz anderes als mit einem Mann an der Seite.

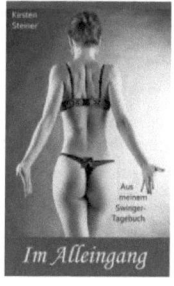

Im Alleingang
Mir war nicht ganz wohl bei der Sache. Aber Steffen hatte etwas gut bei mir, und so ging ich auf seinen Vorschlag ein: Gemeinsam in den Swingerclub – aber dann sollte jeder für drei Stunden allein auf Pirsch gehen. Im Nachhinein war ich erstaunt, was in drei Stunden so alles passieren kann.

Spielzeit
Vier Paare, ein Ferienhaus und
ein sonniges Pfingstwochenende:
Die Zutaten zu diesem Spiele-Wochenende
waren verlockend, und wir folgten der
Einladung. Wobei wir nicht geahnt
hatten, dass unsere Gastgeber wirklich
spielen wollten. Allerdings wurden
das Spiele der besonderen Art.

Mallorquinischer Seitensprung:
Zwei Männer allein für mich:
Mit dieser pikanten Überraschung wollte
Steffen mir den Urlaub versüßen – was ihm
auch gelang. Doch dieser zweite Mann hatte
ein kleines Geheimnis. Und das sollte noch
ein ganz anderes erotisches Abenteuer auslösen – ein Erlebnis, an dem nicht nur wir drei
beteiligt waren.

**Die Frau, die in einen Swingerclub
hineinging und aus einem
Jungbrunnen herauskam**

„Mein Mann vögelt mit so schönen jungen
Frauen wie dir seine Midlife-Crisis weg", hatte
Sylvia nach unserem Vierer auf der
Swingerclub-Matte zu mir gesagt. Im weiteren
Verlauf des Abends stellte ich fest, dass sie mit
ihrer Einschätzung wohl durchaus richtig
lag – sie selbst aber auch tief in dieser Krise
einer Mitt-Vierzigerin steckte. Doch obgleich
sie es zunächst nicht so recht glauben wollte,
tat der Sex mit einem deutlich jüngeren Mann
ganz offensichtlich auch ihr gut. Und nicht nur
mit einem …

Räumchen wechsel dich

Swingen ja, aber Partnertausch in getrennten Räumen? Das kam für uns nicht infrage. Dachten wir ... Dann aber trafen wir Katja und Lukas, die das eigentlich genauso sahen. Eigentlich ... Doch zu unserer Überraschung entwickelte sich der erotische Abend mit den beiden ganz anders, als wir alle das wohl erwartet hatten ...

Monogamie für Fortgeschrittene

Einander treu sein und dennoch fremde Haut spüren, klingt wie duschen, ohne nass zu werden. In ihrem Buch erläutern Kirsten und Steffen Steiner, wie dieser scheinbare Widerspruch dennoch funktioniert und für eine harmonische Beziehung sogar ausgesprochen hilfreich sein kann. Dafür greifen die Autoren, die seit Jahren in der Swingerszene aktiv sind, sowohl auf eigene Erlebnisse zurück als auch auf Gespräche mit anderen Paaren, die sie in diesem Buch zu Wort kommen lassen.
Mit persönlichen Geschichten und Anekdoten geben sie einen Einblick in die Welt der Swinger.

Kontakt zur Autorin:
kirsten.steiner84@web.de